KB004660

순.진.한.걸음.

순진한 걸음

2010년 4월 15일 초판 1쇄 발행. 2015년 2월 16일 초판 3쇄 발행. 순진이 글을 쓰고 사진을 찍었으며, 이홍용과 박정은이 기획하여 펴냅니다. 양인숙과 천소희가 편집을 했고, 문양효숙과 김다정이 홍보 및 마케팅을 합니다. 표지 및 본문 디자인은 박소희가 하였습니다. 제판은 한국커뮤니케이션(주), 인쇄는 영프린팅, 제본은 쌍용제책에서 하였습니다. 출판사 등록일 및 등록번호는 2003. 2. 6. 제10-2567호이고, 주소는 서울시 마포구 성산동 628-5, 전화는 (02) 3143-6360, 팩스는 (02) 338-6360, 이메일은 shantibooks@naver.com입니다. 이 책의 ISBN은 978-89-91075-60-3 03800이고, 정가는 14,000원입니다.

이 도서의 국립중앙도서관 출판시도서목록(CIP)은 e-CIP홈페이지(http://www.nl.go.kr/ecip)와 국가자료공동목록시스템(http://www.nl.go.kr/kolisnet)에서 이용하실 수 있습니다.(CIP제어번호: CIP2010001213)

순. 진. 한. 걸. 음.

한 번에 한 걸음씩, 기적을 찾아 떠난 산티아고 길

글, 사진.. 순진

【산티】

내 안에 작은 아이가 있었다. 아이는 오래된 고통과 슬픔으로 울고 있었다. 하지만 나는 한 번도 그 아이에게 귀 기울이지 않았다. 다들 이렇게 어른이 되는 거라고, 이제 다 컸으니 더는 울거나 보채면 안 된다고 언제나 작은 아이를 혼내고 다그쳤다.

어느 날, 보다 못한 내 영혼이 나에게 신호를 보내왔다. 작은 아이에게 귀 기울여야 한다고, 아이를 돌보고 사랑해 주어야 한다고, 그것이 지금 내 삶에서 가장 중요한 일이라고. 영혼이 보내는 신호는 내 삶을 송두리째 흔드는 것이어서 도저히 모르는 체할 수가 없었다. 그래서 나는 작은 아이와 길을 떠나기로 결심했다.

길에서 나는 말 그대로 아무것도 아닌 '작은 아이'였다. 힘들면 어디에나 아이처럼 주저앉았고 슬플 땐 언제라도 소리 내어 울었다. 사소한 발견에도 아이처럼 신기해하고, 별것 아닌 일에도 까르르 웃었다. 작은 아이와 내가 가까워지자 정말 많은 사람들이 와서 "너는 좋은 아이, 강한 아이"라고 말하며 나를 안아주었다. 그랬다, 나는 아이였고 아이여도 괜찮았다.

그러자 세상 모든 사람들이 가슴속에 상처 받은 작은 아이를 품고 있다는 사실이 보이기 시작했다. 쉰이 된 아저씨의 눈물에도, 예순이 지난 아주머니의 손길에도, 칠순이 넘은 할아버지의 눈 속에도 작은 아이들은 살아있었다. 우리는 모두 신의 작은 아이였고 아이들에게 필요한 것은 오로지 사랑 하나였다.

그리고 이 모든 것이 하나의 커다란 놀이라는 것을 짐작하게 된 지금, 나는 곳곳에 다른 모습으로 숨어 있는 사랑을 본다. 그것은 때로 인색함, 무관심, 분노나 슬픔의 얼굴을 할 때도 있지만 결국 이 모두가 외로워서 친구가 필요한 작은 아이들일 뿐이다. 이제 나는 더 이상 그런 변장에 속지 않을 것이다.

언젠가 낯선 나라에서 강도를 만나 가진 것을 몽땅 뺏긴 적이 있다. 한밤중에 전화한 딸에게도 아버지는 여행을 관두고 당장 돌아오라고 말씀하지 않으셨다. 그것이 무심함으로 변장한 아버지의 사랑이었다는 것을, 지금껏 한 번도 "너는 아프다, 못한다" 하고 말씀하지 않은 아버지 덕에 오늘의 내가 있다는 것을, 이제는 알 것 같다.

이 이야기는 스스로를 치유하기 위해 길을 떠난, 서른이 훌쩍 넘은 어느 여자아이의 성장담이다. 언제 어떻게 영혼의 메시지가 들려올지 몰라 매일 매일 걷고 난 뒤 보고 듣고 느낀 것을 작은 수첩에 깨알같이 기록했다. 나를 위한 기록이었지만 이 기록이 누군가에게 작은 도움이 된다면 더없이 기쁠 것 같다. 그래서 나를 부른 그 길이 또다시 누군가를 초대할 때, 우리 안에 있는 목소리가 떠나자고 말할 때, 주저 없이 그 손을 맞잡을 수 있었으면. 자유롭게, 놀이하듯 가볍게!

2010년 3월

順眞

순.진.한.
걸음.

| 차례 |

제 3 장 지도에도 없는 마을

제 4 장 까미노의 기적

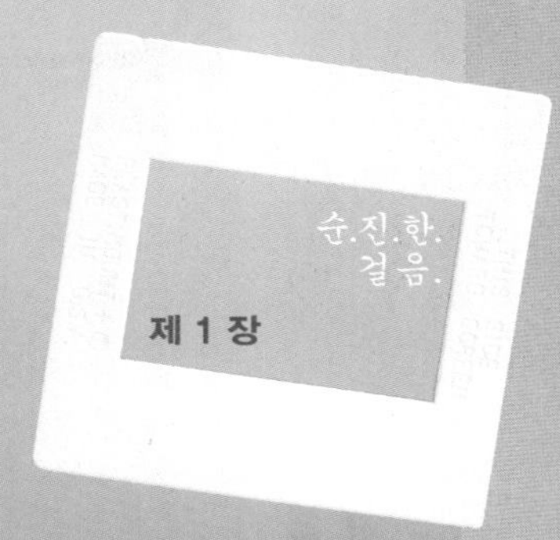

어쩌면, 내가 선택한 운명

나는 까미노에게 내 소개를 했다. 나는 누구고 어디서 왔으니 잘 부탁드린다는 말씀을 하늘과 땅과 숲과 나무와 돌과 달팽이 모두에게 드렸다. 이 모두의 도움 없이는 산티아고는커녕 다음 마을까지도 못 간다는 걸 나는 알고 있었다.

#01

목소리

8년 전 어느 빈 강의실, 내 가슴이 미친 듯 두방망이질하기 시작했다. 《연금술사》라는 매혹적인 책의 마지막 장을 덮는 순간이었다. 아직은 내게 허락되지 않은, 몹시도 중요한 비밀을 엿본 것만 같았다. 보물을 찾아 길을 떠난 양치기 산티아고 이야기. 책에 매료된 나는 여기저기 그 책을 사다 안기고, 만나는 사람한테마다 그 이야기를 하며 설레어했다. 그리고 얼마 후 목동이 걸었던 그 길이 실제로 존재한다는 것도 알게 되었다. 언젠가 한번 저 길을 걸어보았으면…… 막연한 꿈을 내 마음밭에 은밀하게 심었다.

여러 해가 흘렀고, 그런 꿈을 꾸었다는 사실조차 잊어버렸을 즈음 나는 소원하던 인생의 스승을 만났고, 우연히 그분과 '산티아고 길' 이야기를 나누었다. 선생님은 그 길을 걷겠다는 생각이 '나'로부터 나온 것이 아닐 터이니 잘 관찰해 보라고 하셨다. 언젠가 떠나게 될 것이라고도 하셨다. 하지만 나는 웃어넘겼다.

한쪽 발목이 불편해 제대로 움직이는 것조차 힘겨워하며 살아온 지가 벌써 20년이 더 되었다. 열 몇 살 이후로는 달리기를 해본 적도 없고, 오래 걷거나 서 있는 것조차 고통스러워 어쩔 줄 몰랐다. 미칠 듯한 통증으로 잠 못 드는 날이 십수 년째 계속되었다. 용하다는 병원은 다 찾아다녀 보았지만 치료법은커녕 통증의 원인조차 밝혀내지 못했다. 뼈, 근육, 피, 신경, 모든 게 정상이라는데 상상을 초월하는 이 통증만이 내가 정상이 아니라고 말하고 있었다.

나의 사춘기는 오로지 집과 병원을 오간 기억뿐이다. 고등학교 다닐 무렵 통증의 양상이 암과 같다고 분류되어 나는 암을 앓고 있는 사람들과 함께 치료를 받았다. 낫기 위해서라기보다는 죽기 전에 조금이라도 고통을 덜어보기 위해 통증 치료를 받던 말기암 환우들이 많아 병동에서는 항상 무겁고 어두운 기운이 흘렀다. 같이 치료받던 사람들이 수술실로 들어가서 다시 돌아오지 않는 경우도 있었다. 어느 날 복도에서 수술실로 들어가는 간암 환우 아주머니와 마주쳤다. 얼굴이 새까맣고 임산부처럼 배가 부푼 아주머니는 뜻밖에도 몹시 평온한 모습이었다. 나는 이 모든 것이 곧 끝나게 될 아주머니가 부러웠다.

열여덟 살 어느 봄날, 척추 속에 약물을 투입해 교감 신경을 마취시키는 시술을 다섯 번째 끝낸 의사는 부모님께 내 오른쪽 감각 신경을 절제하자고 권했다. 겨드랑이부터 허벅지까지 절제해 감각 신경을 없애는 수술이라고 했다. 사망률이 50퍼센트에 이르지만 이 수술을 받지 않는다 해도 내 심장이 두 달을 버텨내기 힘들 거라고 했다. 이미 나는 먼젓번 시술에서 두 번이나 심장이 멎은 터였다. 한참을 고민하던 아버지는 나를 그냥 집으로 데려왔다.

그런데 어찌된 일인지 두 달이 지나도 나는 살아있었다. 심장이 멎을 듯한 발작과 통증은 덜했지만 나는 내가 언제라도 죽을 수 있다는 것을 늘 기억했다. 그 후로 내 삶의 중요한 선택과 결정은 '두 달 뒤에 내가 죽는다면' 이라는 가정 아래 이루어졌다. 가족과 친구들이 말리던 영화학과에 진학한 것도, 휴학을 하고 돈을 모아 배낭여행을 떠난 것도 내겐 목숨을 건 선택이었다. 그러나 여전히 내가 할 수 있는 일이란 통증이 오면 그저 견디는 것, 조금 덜 고통스럽도록 평소에 조심하는 것, 그렇게 사는 데까지 살아보는 것, 그뿐이었다.

그런 내가 산티아고 길을 걷다니! 선생님이 내게 희망을 주려고 하신 말씀이라 생각하며, 나는 곧 그 이야기도 잊어버렸다. 그러던 어느 가을 새벽녘, 별안간 내 속에서 '학교를 그만두어라!' 하는 목소리가 들려왔다. 나는 일주일에 두 번씩 중학교 특별 활동 시간에 아이들에게 영화를 가르치고 있었다. 보통 사람 반의반도 못 미치는 내 체력이 감당할 수 있는 드물고 귀한 일인데다가 먹고살 돈도 마련해 주는, 내겐 꼭 필요한 일이었다. 나는 말도 안 된다며 고개를 젓고 다시 잠자리에 들었다. 그리고 그 목소리를 무시해 버렸다. 하지만 가을이 깊어가고 겨울이 찾아올 무렵, 내 안의 목소리는 이제 '길 위에 서라!' 하고 명령했다. 말도 안 돼. 미쳤어. 계속해서 목소리를 무시하고 눌렀지만 목소리는 날마다 커져 귓바퀴에서 윙윙대기 시작했다. '산티아고로 떠나라. 산티아고로 떠나라!……'

그래, 내가 졌다! 나는 일을 그만두었고, 산티아고에 가기로 마음먹었다. 일단 배낭을 지고 걸을 수 있는 체력이 급했기에 헬스클럽도 다니고 남들처럼 등산화도 길들이기로 했다. 하지만 겨우내 날마다 약을 먹고 뜸을 떠도 동네 한 바퀴 제대로 돌 수가 없었다. 아, 이래서 떠날 수는 있는 걸까? 떠나라고 하던 목소리는 나를 흔들어놓고 어디로 사라져버린 것일까? 나는 기도했다. '정말 제가 떠나야 하는 길이 맞다면 신호를 주십시오!'

겨울이 막바지에 접어들고 봄볕이 어슴어슴 찾아오던 어느 새벽, 꿈을 꾸었다. 피카소가 내 엄지손톱을 칼로 슥슥 깎더니 왼손 엄지 위에는 보름달을, 오른손 엄지 위에는 십자 모양으로 생긴 조가비 장식을 달아주고는 말했다. "이것들이 네 갈 길을 지켜줄 징표다. 떠나라!" 손톱 위의 장식들은 황금처럼, 햇빛처럼 노랗게 반짝거렸다.

아직 나는 두려웠다. 하지만 더 망설일 것이 없는 꿈이었다. 나는 파리 행 비행기 표를 예약했다.

초대

떠나기로 마음먹고 나니까 이것저것 준비할 게 많아졌다. 등산이나 트레킹을 해본 적이 없어 등산화나 가벼운 배낭, 등산용 점퍼도 하나 없었다. 무엇보다 급한 건 등산화였다. 산티아고로 가는 길 대부분이 자갈길이라고 들었다. 비가 내리면 온통 진창으로 변하기도 하고, 소똥이나 양똥을 지르밟고 가는 길도 많다고 했다. 사람들의 경험에 비추어 단연코 바닥이 두꺼운 경등산화가 제일 적합해 보였다. 그러나 손쉬운 결론에도 불구하고 그 결론이 내게까지 해당되진 않았다. 아픈 부위가 발목, 정확하게는 복숭아뼈 뒤쪽 아킬레스건 부위였기 때문인데, 대부분 편한 신발들은 발목을 보호하기 위해 신발 뒤축이 아킬레스건에 닿게 되어 있었다. 등산화나 트레킹화, 심지어 에어가 달린 운동화까지도 아픈 발목을 자극하지 않는 신발이 없었다.

여러 날 신발을 찾아 헤매던 나는 점점 풀이 죽어갔다. 신발 하나 맘 놓고 살 수 없는 내가 어떻게 그 먼 길을 걸어간단 말인가. 막막하고 아득하고, 어쩐지 누군가 원망스러워졌다. 나는 가고 싶지 않은데 누가 계속 등을 떠미는 기분이었다. 아니면 산티아고의 길 어딘가 붙박인 강력한 자석이 나를 끌어당기는지도 몰랐다. 사람들은 팔자 좋게 세월아 네월아 여행 가는 나를 부러워했지만 신발 하나 찾지 못해 완전히 절망한 내 속을 버선목처럼 뒤집어서라도 보여주고 싶었다.

그러기를 여러 날, 어쩌면 신발이나 가방 따위는 아무래도 상관없겠다는 생각이 들었다. 신발 때문에 더 못 가겠으면 갈 수 있는 데까지만 가면 된다. 적어도 나는 800킬로미터를 완주해야 한다거나, 하루에 20~30킬로미터씩 주파해야겠다는 생각은 없으니까. 선생님 말씀대로 산티아고는 거기만 있는 게 아니라 여기도 있는 거니까. 이만하면 됐다 싶을 만큼 느릿느릿 산보하다 온다고 치자. 이런 마음으로 편한 단화라도 한 켤레 사야겠다 싶어 친구랑 백화점에 갔다. 운동화만 모아놓은 매장이라고 해서 따라나섰던 건데 거기서 뜻하지 않게 등산화를 한 켤레 발견했다. 여느 등산화와 달리 뒤축이 아킬레스건에 닿지 않는, 운동화처럼 생긴 등산화였다. 등산화 만드는 회사가 아닌데 그 넓은 운동화 매장에 딱 한 켤레, 그것도 내 치수가 있었다. 의심의 여지가 없었다. 날 위해 준비된 것이었다.

그 등산화를 길들이는 동안 날 위해 준비된 것들을 차마 우연이라 할 수 없는 방식으로 만났다. 그동안 내 상처만 들여다보기 바빠 전혀 보이지도, 들리지도 않았던 다른 사람의 아픔과 사연들이 보란 듯이 자기 존재를 드러냈고 내가 길 위에서 찾아와야 할 보물과 가장 경계해야 할 것이 무엇인지도 신문, 텔레비전, 책이 이야기해 주었다.

살면서 이렇게 강렬한 메시지를 연속해서 받아본 적이 없다. 기승전결이 완벽하게 짜인 소설 속에 들어와 있는 느낌이랄까. 이미 나보다 먼저 이 여행을 계획하고 준비한 누군가가 때에 맞게 그것들을 내 손에 쥐어주고 있었다. 무딘 내가 확실히 알아챌 수 있도록.

문득 이 여행이, 내 의지로 가는 것이 아니라는 느낌이 들었다. 길이 나를 초대했다는 느낌이 아주 강렬하게 다가왔다. 나를 초대한 그 길이 내게 필요한 모든 것을 알아서 다 준비하고 있다는 확신이 점점 강해졌다. 나는 그냥 마음 편하게, 고마워하면서 기다리면 되는 것 같았다. 그러자 밤마다 계속되는 통증도, 불면증도, 하루 한 끼 소화하기 힘든 위장도 걱정되지 않았다. 체력도, 언어도, 준비하지 못했다고 불안해할 것이 없었다.

어쩌면 포기하다시피 나는 나 자신과 여행에 관한 모든 것을 그냥 내어맡겼다. 나를 그리로 부른 누군가에게.

출발

1일째, 오사카

지난 며칠, 여행을 앞두고 잠을 제대로 못 잔 덕에 컨디션이 최악이다. 이 여행이 내 미션이란 생각이 없었다면 아마 떠나오지 못했을 것 같다. 여러 달 비워놓을 집 청소도 못했고 여행 준비도 제대로 못한 듯해 며칠만 더 여유가 있었으면 했는데, 사실 떠난다고 노래 불러온 지 몇 달인데도 막상 떠나려니 너무 갑자기란 느낌이 든다.

죽을 때도 이럴까? 늘 죽음을 생각하고 두려워하고 그래서 어떻게든 준비를 한답시고 아등바등하지만 결국 내 때가 왔을 땐 마냥 아쉽고 '조금만 더' 하며 애원하고 싶어지는 것. 이미 충분히 예고되었는데도 갑작스럽다고 느껴지는 것.

밤새도록 통증에 시달린 발목을 붙안고 뒹굴다가 몽롱한 상태로 공항 리무진을 타러 나섰다. 4킬로그램쯤 되는 배낭을 메고 인천공항에 도착하니 비행기 처음 타는 사람처럼 얼떨떨하다. 탑승권을 받고, 환전하고, 마지막으로 친구들 목소리 한 번씩 듣고 게이트로 들어서니 내 트레킹 폴trekking pole(체중을 분산시켜 무릎을 보호해 주는 등산용 스틱)이 검색대를 통과하지 못한 모양. 다리가 아파서 꼭 필요한 물건이라고 하니 짚고 가라고 한다.

구름 위를 나는 건 언제나 멋진 일!

비행기가 이륙하자 다리 통증이 심해졌다. 고도가 높아질수록 아예 발목이 끊어지는 것 같다. 이젠 한계구나 싶어 승무원에게 진통제를 달라고 하려던 참에 오사카에 도착했다.

파리 행 비행기가 오사카를 하루 경유하게 되어 있어 입국 수속하는 곳에 줄을 서는데, 트레킹 폴을 짚고 절룩거리는 것이 안쓰러웠는지 공항 직원이 순서를 앞으로 빼준다. 셔틀윙을 타러 가니 순하게 생긴 일본 아저씨가 의자를 양보해 주고, 공항에서 호텔까지 짐을 옮길 수레가 필요한데 마침 누군가 내 앞에다 수레를 버려준다. 오늘 하느님이 서비스가 좋으시네! 힘든 나를 배려한 누군가의 손길이 필요한 때마다 적절히 나타난다. 나는 거의 울다시피 절며 수레를 보행기삼아 공항 호텔에 들어섰다. 방에 들어와 진통제를 먹고 가까스로 침대에 몸을 뉘었다.

한숨 자고 일어나니 사방이 캄캄, 저녁 7시가 넘었다. 노곤한 몸을 일으켜 공항에 있는 일식집에서 우동과 덮밥을 먹었다. 메뉴를 읽을 수가 없어 식당 주인아저씨를 가게 밖으로 불러내 쇼윈도에 전시된 모형을 손가락으로 가리켰다. 말 못하고 글 못 읽는 답답함이 이런 거구나 싶다. 친절한 주인아저씨는 밥 먹는 나와 눈이 마주칠 때마다 웃으며 인사해 주었다. 처음 마주친 일본은 소박하고 다정했다.

방으로 돌아와 더운 물에 몸을 담갔다가 뜸을 떠주니 긴장이 조금 풀리는 것 같다. 텔레비전에선 한국 드라마가 나오고 있어 어쩐지 우리나라 다른 지방에 온 느낌이다. 내일은 몸이 더 좋아질 것 같다. 어젯밤엔 다른 세계로 떠나는 게 죽는 것마냥 낯설고 긴장됐는데 막상 떠나와 보니 이것도 나쁘지 않다. 아마 죽음도 이럴 것이다.

어쩌면, 내가 선택한 운명

2일째, 파리

오사카에서 떠나 7시간 10분째. 지금 서 시베리아 저지대 상공을 날고 있다. 시속 807킬로미터, 앞으로 석 달간 걸을 거리를 한 시간 만에 날아간다. 난기류를 만났는지 기체가 좀 흔들린다.

오늘도 역시 운수 좋은 일투성이다. 아침에 호텔에서 실내화를 한 켤레 살 수 있느냐고 물으니 그냥 주셨고, 카드 지갑이 하나 있었으면 했는데 식당에서 만난 한국 친구가 사은품으로 받은 것을 주었다. 트레킹 폴을 가지고 기내로 들어갈 일이 난감했는데 친절한 공항 직원이 파리로 부쳐주었다. 중요한 물건이니 안전하게 보내달라는 말에 공항 직원들은 한참 머리를 맞대고 끙끙대더니 트레킹 폴을 커다란 상자에 넣어 몇 번이고 꼼꼼하게 포장한 뒤 '취급주의' 딱지까지 붙여 파리로 보내주었다. 내 방, 서울, 한국이란 세상 밖으로 나오니 겁내던 것과는 달리 사람들은 훨씬 친절하다. 앞으로 만나게 될 세상에는 이런 일들이 훨씬 많으리라.

떠나오기 전날, 수화기 너머로 목이 멘 할머니는 "네가 이런 할매, 할배, 이런 부모를 안 만났으면 그리 안 살아도 되었을 낀데……" 하셨다. 과연 그럴까? 어쩌면 나는 이렇게 살아보기 위해 이 모든 조건과 상황을 스스로 선택한 게 아니었을까? 여섯 달 젖먹이를 두고 가야 했던 친어머니도, 평범하지 못한 내가 버겁고 미웠던 새어머니도, 내가 겪는 고통에 그저 무심할 수밖에 없었던 아버지도, 아픈 몸도, 가난도, 깜깜한 우주에 혼자 버려진 것처럼 늘 외롭고 서글펐던 시간도 내가 아니라면 대체 누가, 이런 가혹한 조건들을 내 운명에 골라 넣었단 말인가.

7년 전에는 아름다운 노트르담만 보였는데
이제는 그 거리의 사람들이 보인다.
어느 뒷골목 거리 연주자의 표정과 눈빛이
노트르담의 스테인드글라스보다 눈부실 수 있다는 것을
그때는 왜 몰랐을까?

기내 텔레비전으로 영화 〈어거스트 러쉬〉를 다시 봤다. 언젠가 부모를 다시 만날 수 있다는 어거스트의 믿음이 기적을 불러온 것처럼, 내가 아직 모르고 있는 내 속에 깃든 힘도 훨훨 날개 달고 나오기를 빌어본다.

창밖은 너무나 눈부신 낮, 낮, 낮뿐이다. 나는 지금 시간을 피해 달아나고 있다. 소멸과 죽음으로부터 벗어나고 있다. 내가 달아나고 싶어 하는 것이 내 과거인지 내 현재인지 잘 모르겠다. 어쩌면 둘 다인지도, 또 어쩌면 나 자신인지도 모르겠다.

드골 공항에 내려 시내로 들어가는 전철에 올랐다. 어제부터 줄곧 벙어리에 문맹이다. 차표 사는 일에서부터, 정류장에 내려 숙소로 가는 일까지 일자무식이 따로 없다. 프랑스는 어제부터 서머타임이 적용돼 저녁 8시까지 훤하다. 생각보다 파리가 따뜻해 환호했는데 밤이 되니 금세 추워진다. 이번 여행에서 제일 잘 가져온 게 내복이지 싶다.

그때와 다른 점

4일째, 파리

숙소에서 10분 거리라는 노트르담 성당에 한 시간 걸려 도착했다. 지도를 보나 안 보나 내 길눈은 역시 일관성 있다. 성당 뒤편 공원에 앉아 있으니 오래전 여기서 낙엽을 던지며 놀던 기억이 떠오른다. 여기 다시 오다니, 오래 살고 볼 일이다. 그때도 그 여행이 내 인생 마지막 배낭여행이 될지도 모른다고 생각했는데.

그때 나는 파리에서 무얼 보았더라? 내가 기억하는 파리는 오로지 미술관에 박제된 그림뿐이었다. 그러고 보니 왔던 곳에 다시 오는 것도 썩 괜찮은 일이다. 어쩐지 좀 더 편하고 가벼워지는 느낌이랄까? 난 그때 너무 심각하고 진지했구나, 피식 웃음도 난다. 예쁜 물건들, 맛있는 빵집, 그림 같은 집들, 어디서나 쪽쪽대는 연인들, 7년 전과 똑같은 것도 많지만 이제 서른한 살이 된 내게는 '사람'이 더 많이 보인다. 손을 잡고 산책하는 노부부, 유모차를 밀고 나온 가족들, 광장을 뛰노는 아이들, 그 사람들의 표정과 눈빛…… 그들 사이에 오가는 사랑과 관심.

출발 전날, 유일하게 이번 여행을 반대하시던 아버지께 다녀오겠다고 말씀드리니 몸이 무리한다 싶으면 언제라도 그만두고 오라고 하셨다. 무뚝뚝한 아버지의 그 말이 좋았다. 나, 중간에 돌아가도 괜찮구나.

혼자 어슬렁거리는 내게 프랑스 아이 둘이 길을 물어와 지도를 보고 알려주었다. 내가 길치라는 소문이 아직 파리에는 안 퍼졌나보다. 음하하하, 너희들 오늘 집에는 다 갔다! 가끔 이렇게 사람 보는 눈 없는 이들이 내게 희망을 준다.

모두의 평화, 모두의 자유

8일째, 파리

'셰익스피어 앤 컴퍼니' 2층 다락이다. 파리에 온 지 일주일인데 사흘째 여기 와 있다. 작가를 위한 구석자리엔 아직 온기가 남아 있다. 잠시 그 침대에 걸터앉아 어느 가난한 예술가의 체온을 나누어 가졌다. 이곳은 몹시 평화롭고 아늑하다. 시끄러운 거리의 소음도, 재촉해야 할 발걸음도 여긴 없다. 이 방에 홀로 앉아 있노라니 고요한 평화와 자유가 느껴진다. 낯선 방 같지 않다.

이 서점 주인이었던 조지 휘트먼은 젊어서 세계 곳곳을 여행했는데, 언젠가 정착하게 되면 가난한 여행자와 예술가 들을 위한 공간을 하나 만들고 싶었다고 한다. 30년 전통의 고서점이 2차 대전으로 파괴된 것을 안타까워하던 젊은 시인과 작가 들이 힘을 모아 이 자리에 '셰익스피어 앤 컴퍼니'란 영문학 서점을 연 지 50년이 훌쩍 넘었다. 소설가 제임스 조이스와 헤밍웨이, 사진가 만 레이 같은 그 시대 젊은 보헤미안들의 보금자리였고 지금도 가난한 예술가들이 하루 두어 시간 서점 일을 도우면 이 다락에서 재워준다는 낭만적인 이야기가 있는 곳이다. 영화 〈비포선셋〉의 주인공 제시와 셀린느가 10년 만에 재회하는 곳도 바로 이 서점!

갑자기 주먹만한 바퀴벌레가 한 마리 나와서 깜짝 놀랐다. 그런데 이 다락과 바퀴벌레는 정말 잘 어울린다. 50년이 훌쩍 넘은 곳이니 바퀴들이야말로 이 서점의 산 증인이다. 이 바퀴벌레의 할아버지의 할아버지의 할아버지는 제임스 조이스와 헤밍웨이가 여기서 책 읽고 토론하는 모습도 보았을 테지. 시인과 작가 들의 공간, 이곳의 평화롭고 자유로운 기운을 내 몸과 마음과 영혼에 한 가득 담아가고 싶다.

혼자만의 평화와 자유를 만끽하고 돌아오는 길엔 대대적인 시위가 벌어지고 있었다. 인종도, 성별도, 연령도 다양한 사람들이 "티베트에 자유를!"이라고 쓴 피켓을 들고 시청 앞 광장에 모여 중국 정부에 항의하고 있었다. 대체 저 사람들은 티베트와 무슨 상관이 있는 것일까? 내 한 몸 평화롭고 내 한 몸 자유롭기도 힘든데 지구 저쪽 작은 땅에서 벌어지는 일에 함께 분노하며 모여든 이들. 하지만 이 사람들이야말로 '나'라는 존재가 내 한 몸, 내 가족을 넘어 온 세계, 온 우주로 확장되어 있다는 것을 알고 있는 게 아닐까? 결국 그 시위에서 베

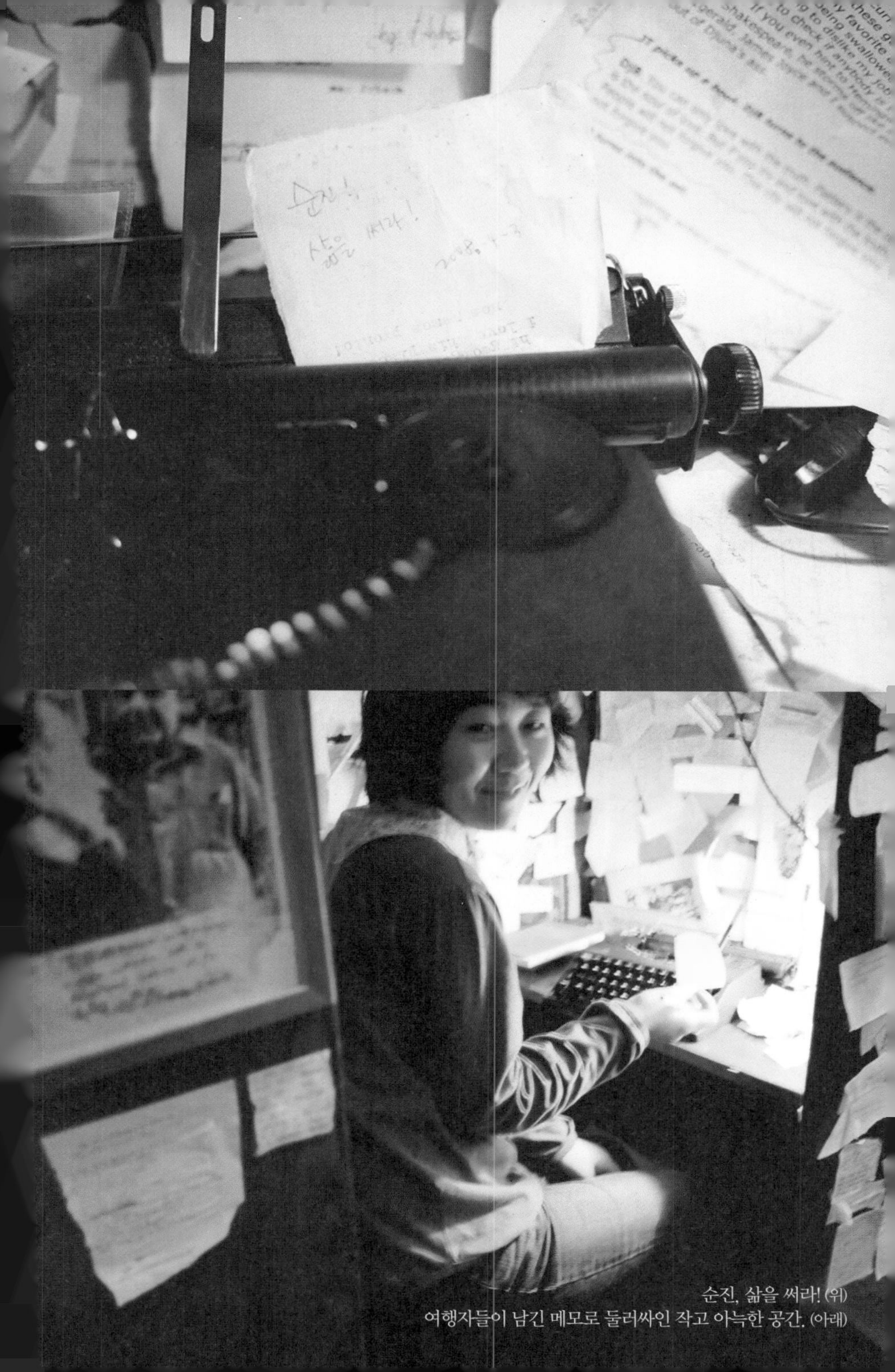

순진, 삶을 써라! (위)
여행자들이 남긴 메모로 둘러싸인 작고 아늑한 공간. (아래)

까미노 프란세스가 시작되는 마을
생장 피 드 포르에 함께 내린 순례자들.
국적도 나이도 성별도 다르지만
모두 같은 길을 가게 될 길동무이다.

이징으로 가던 올림픽 성화가 꺼졌다는 소식을 뉴스로 보았다. 티베트 사람들은 자유를 되찾을 수 있을까?

멋진 여행, 멋진 인생!

9일째, 생장 피 드 포르

밤새 잠을 설치고 아침까지도 오늘 순례길을 떠나야 할지 어떨지 결정이 서지 않았다. 날은 추웠고, 나는 아직 겁이 났다. 침대에 누워 이래저래 망설이고 있는데 왠지 내 안에서 떠나면 더 좋은 일이 있을 거라고 하는 것 같았다. 눈을 뜨면서 급히 떠나기로 마음먹었다. 매사에 머뭇대고 주저하던 내가 이상하게 이번 여행만큼은 굉장히 즉흥적이다. 이게 바로 '직관' 이라고 믿어보기로 한다.

숙소에서 나온 시각이 생장 행 열차 출발 한 시간 전. 표가 있는지 없는지도 모르고 무작정 기차역으로 간다. 몽빠르나스 역 가는 길을 한참 헤매다가 막 떠나려는 기차에 가까스로 올랐다. 바욘이란 곳까지는 고속 열차로 이동하고, 거기서부터 생장 피 드 포르까지는 일반 열차로 갈아타야 한다.

바욘으로 오는 길에 보르도 지방의 끝없는 포도밭을 보고 감탄했다. 역시 프랑스는 농업 국가구나. 어쩌면 프랑스의 여유는 먹을거리를 다른 나라에 의존하지 않아도 되는 데서 오는지도 모르겠다. 생장으로 가는 창밖으로도 끝없는 초원과 강줄기가 흐른다. 양떼들이 풀을 뜯는 모습과 수선화가 가득한 들판은 꿈에서나 본 것 같은 평화로운 풍경이다. 간이역 앞에서 빨래 널던 아주머니와 눈이 마주쳐 손을 흔드니 같이 손을 흔들어준다. 어쩐지 평화와 기적의 길 까미노로 다가가고 있다는 느낌이 든다.

까미노 프란세스가 시작되는 마을 생장 피 드 포르에 내리니 오후 4시 15분. 나 말고도 일곱 명쯤 되는 순례자들이 내렸다. 순례자 사무소로 가는 길을 물어물어 찾아갔다. 자끄라는 할아버지가 크레덴시알credencial(순례자용 여권)도 만들어주고 오늘밤에 묵을 알베르게albergue(순례자 전용 숙소)도 예약해 준다. 다리가 불편해 가파른 피레네를 하루에 넘을 수가 없는데 무슨 방법이 없겠냐고 물으니, 다음 마을 론세스바예스까지 가는 택시 서비스를 신청해 주셨다. 자끄 할아버지는 내 배낭을 숙소로 옮겨주시고 가이드북 파는 서점까지 데려다주셨다. 느리게 절룩대는 내 걸음에 보조를 맞춰 걸어주신 할아버지께 나는 깊은 감동을 받았다. 누군가와 함께 걸을 때면 나는 언제나 멀찍이 뒤처져 걷곤 했다. "자끄, 할아버진 내가 이 길에서 만난 첫 번째 하느님이에요!" 할아버지는 미소를 지으셨다. "네 다리는 점점 나아질 거야. 포기하지 말고 시도해 봐."

신라 금관 책갈피를 선물로 드렸더니 자끄 할아버지는 아이처럼 기뻐하며 소리치셨다. "멋진 여행, 멋진 인생!"

미쳤지, 이런 델 오고 싶어 하다니!

10일째, 비스까레따

아저씨 다섯 명의 우렁찬 돌림노래 덕분에 잠을 설쳤다. 말귀는 어두운데 잠귀는 밝기도 하다. MP3에 담아온 '옴마니 반메훔'을 들으며 밤새 마음을 가라앉히려 애쓰다 선잠이 들었다. 처음 내 여행을 지지해 주셨던 관옥 선생님이 생장까지 나를 배웅하러 오셨다. 나는 길 떠나는 게 무서워 계속 움츠리고 있었다. 생장을 벗어나는 성문 밖에는 나를 노리는 강도도 둘이나 있었다. 나는 못하겠다고, 강도가 나를 해칠 거라며 울먹였다. 선생님은 가만히 지켜만 보셨다. 성문 밖으로 나가는 게 옳다는 걸 알고 있었지만 나는 집으로 돌아가고 싶어 하며 잠에서 깼다.

밤새 소프라노로 코를 골던 아저씨가 너무나 밝은 얼굴로 잘 잤느냐고 묻는다. 나는 뾰로통하게 잘 못 잤다고 대답했다. 하지만 아침을 먹는 동안 이야기해 보니 아저씨는 참 좋은 사람이었다. 밤새 고달팠던 건 난데 되레 내가 미안해졌다.

픽업차가 조금 늦었다. 오늘 손님은 자전거를 타고 온 호주 아저씨하고 나. 모두가 삐질삐질 땀 흘려 넘는 19킬로미터 고갯길을 택시로 수월하게 넘어간다.

론세스바예스 알베르게에서 도장을 받았다. 걸어와서 받은 도장은 아니지만 그래도 크레덴시알에 도장이 두 개 생겼다. 하지만 여기서 묵기에는 아직 너무 이르다. 도장을 찍어주신 호스피탈레라hospitalera(알베르게를 관리하는 봉사자. 남자는 호스피탈레로hospitalero라고 부른다) 할머니도 멈추지 말고 계속 가라 하신다. 그래, 좋다!

가볍고 힘찬 기분으로 호젓한 숲길을 따라 나섰다. 헛둘! 헛둘! 구령을 붙여가며 트레킹 폴에 익숙해지려 애썼다. 전날 내린 비로 촉촉하게 젖어 있는 숲길은 걷기에 그만이었다. 나는 까미노에게 내 소개를 했다. 나는 누구고 어디서 왔으니 잘 부탁드린다는 말씀을 하늘과 땅과 숲과 나무와 돌과 달팽이 모두에게 드렸다. 이 모두의 도움이 없으면 산티아고는커녕 다음 마을까지도 못 간다는 걸 나는 알고 있었다. 까미노를 알리는 표지석이 나타날 때마다 "고맙습니다!" 인사를 드렸다. 나무 덤불을 헤치고 나아갈 때는 나무에게 양해를 구했다.

순례자 사무소 쪽에서 내려다 본 골목.

작은 마을에서 점심을 먹고 다음 마을까지만 가야지 했는데 별 생각 없이 마을 간판을 지나쳐왔다. 책이랑 다큐멘터리에서 보았던 그림 같은 풍경을 카메라로 찍어가며 노란 화살표를 따라 신나게 걸었다. 잠을 거의 못 잤는데 어쩐 일로 몸 상태도 좋았고 트레킹 폴 덕분에 삐걱대던 왼쪽 무릎도 풀렸다. 비가 내리고 바람이 미친 듯이 불다가 해가 나서 덥고, 날씨가 희한했다. 시간의 문을 열고 다른 차원에 와 있는 기분이다.

그렇게 한참 가는데 몸에서 무리하지 말라는 신호가 왔다. 다음 마을 비스까레따까지는 한참 남았고 되돌아가기엔 이미 너무 먼 거리였다. 울며 겨자 먹기로 꾸역꾸역 나아가는데 길도 완전 진창에 소똥, 말똥, 양똥, 온갖 똥들의 향연이다. 이제 보니 책이랑 다큐멘터리는 걷기 편하고 예쁜 길만 찍어놓은 거였다.

갑자기 비가 억수같이 쏟아졌다. 빗길이 험해 트레킹 폴 없이 걷기란 상상하기 어려웠다. 계곡에서 발을 헛디뎌 넘어지고 굴러 떨어졌다. 다행히 물이 많아 심하게 다치지는 않았지만 온몸이 젖어버렸다. 폭우 속에서 나는 그만 산 속에 고립되었다. 내가 이 산에 있다는 걸 아무도 몰랐고 도움을 청할 수 있는 방법도 전혀 없었다. 가끔씩 길 위에서 죽은 순례자들의 무덤도 눈에 띄었다. 그런데 내가 겪고 있는 일의 심각성에 비해 내 마음은 지극히 고요했다. 두렵거나 떨리지 않았다. 신기한 일이었다.

하지만 비가 그치고 평탄한 길이 나타나자 나는 긴장이 풀려 그냥 길바닥에 주저앉아버렸다. 오늘 순례자라곤 쏜살같이 나를 지나쳐간 단 한 명, 그 뒤론 사람 구경을 할 수가 없다. 나는 내 몸에게 사과하며 기분 내킨다고 막 걸어온 것을 후회했다. 순례 첫날, 몰골은 몇 년 떠돌아다닌 사람 같다.

산티아고 가는 길을 가리키는 표지석.(위) 누가 신발을 버리고 갔다. 나도 배낭이고 뭐고 다 버리고 도망가고 싶다!(아래)

빌어먹을 화살표는 똑같은 길, 어차피 만나게 될 길인데도 꼭 험한 길만 골라 가리켰다. 몇 번 속고 나니 약이 바짝 올랐다. 나한테 보이는 이 화살표는 나를 골탕 먹이려고 일부러 힘든 길만 가리킨다는 생각이 들었다. 왜 내 화살표만 이렇게 힘든 길을 가리키는 거야? 다른 사람들 화살표는 이것보다 편한 길 아냐? 결국 나는 화살표에게 역정을 내며 찻길로 나와버렸다. 화살표 따위 없어도 얼마든지 갈 수 있다구! 찻길을 따라 다음 마을이라 생각되는 곳으로 걷고 있는데 슬슬 불안해졌다. 아니나 다를까, 길을 잃었다. 저 아래 보이는 마을이려니 하며 무턱대고 찻길을 따라갔는데 가보니 아니었다. 문득 겁이 났다. 길 위에서 해가 저물 것 같았다. 나는 허둥지둥 다시 표지를 찾았다.

가까스로 어느 길가에서 화살표와 다시 만났을 때, 나는 돌아온 탕아가 된 기분이었다. 큰소리 치고 떠났다가, 두 시간이 안 되어 울면서 돌아온 거다. 살면서 나는 얼마나 많은 신호를 놓치고 무시하고 살까. 그래 놓고 급해지면 그제야 하느님, 부처님, 할머니를 찾는다. 순례 첫날, 나는 '나'라는 인간의 바닥을 본 것 같았다. 몹시도 맘에 들지 않았지만, 누가 알까 부끄러웠지만, 어쩔 수 없는 내 모습이었다. 하지만 투덜대며 화살표를 버리고 떠날 때와는 다르게 시간이 지날수록 남들한테 보이는 화살표 따위는 없어지고 내가 봐야 하는 화살표만 남았다. 애초부터 다른 화살표 따윈 없었는지도 모른다. 그렇게 생각하자 내게 보이는 화살표와 길을 알려주는 모든 표지가 정말 고마웠다.

화살표를 다시 만나 안심했지만 이번엔 표지판이 12킬로미터 다음 마을을 가리켰다. 이 밤에, 시속 1킬로미터로 걷는 내가 12킬로미터를 더 걸을 수는 없었다. 다시 찻길로 나가 지나가는 차를 세웠다. 다행히 냉장고 수리공의 트럭을 얻어 타고 비스까레따까지 올 수 있었다. 홀딱 젖은 생쥐 꼴로 마을에 있는 호스텔에 짐을 풀고는 서러워서 엉엉 울었다. 내가 미쳤지, 이런 델 오고 싶어 하다니, 땅을 치며 후회했다. 오늘은 정말 힘든 하루였다. 생전 배낭 메고 걸어본 적 없는 험한 산길을 11킬로미터나 왔다. 장한 내 다리! 하지만 너무 힘들고 외롭다. 다 그만두고 집에 가고 싶다.

그래도 나는 행운아

11일째, 수비리

간밤에 라디에이터에다 비에 젖은 옷가지를 널었는데 주인 할머니가 전기를 끄신 모양이다. 덜 말랐지만 배낭에 싼다. 말이 안 통하니 저 사람이 무슨 말을 하고 있는지, 지금 내게 선한지 아닌지를 자꾸 판단하려 든다. 그냥 사람인 걸. 손자가 귀엽고, 전기세가 걱정되는 똑같은 사람인 걸.

길을 나서자마자 금세 비가 내리기 시작한다. 귀찮기도 하고 금방 그치겠지 싶어 비옷도 안 입었는데 비는 종일 내렸고 나중엔 우박까지 왔다. 빗속에서 세 시간이 넘도록 한 번도 쉬지 못하고 걸었다. 어제 산 파이랑 초콜릿을 선 채로 먹고 아침 겸 점심을 때웠다.

오늘도 사람 그림자 하나 없는 산 속에 나 혼자만 엉금엉금 걸어가고 있었다. 천둥 번개는 우르르 쿵쾅대는데 산에는 나무나 바위가 드물었다. 문득 이 상태라면 내 손에 쥔 트레킹 폴이 벼락에 맞을 확률이 매우 높다는 사실을 깨달았다. 이걸 버려야 하나? 번개에 맞으면 죽게 될까? 하지만 방법이 없었다. 번개에 맞을 때 맞더라도 가는 데까지 가보는 게 내가 할 수 있는 전부였다.

걷고 또 걸어, 트레킹 폴을 쥔 손등에 우박이 떨어질 즈음 인내심은 한계에 다다랐다. 손이 너무 시리고 따가웠다. 추위로 빨갛게 튼 손등에 우박이 내려 푸릇한 멍이 들고 있었다. 나는 하늘인지 땅인지 모를 곳에다가 소리쳤다. "다 좋은데 이 우박은 정말 못 참겠어요!"

그때 눈앞에 빈집이 한 채 나타났다. 기막힌 타이밍이었다. 하늘이 내 소리를 들으셨다고 믿을 수밖에 없는 순간이었다. 바닥이 헤쳐지고 2층도 내려앉은 빈집이 지붕은 멀쩡했다. 나는 빈집에 쪼그리고 앉아 우박을 피했다. 여전히 사람은커녕 개미 그림자도 보이지 않고 산은 거칠었다. 빗속에서 양말과 신발, 배낭 속의 물건들까지 몽땅 젖었다. 햇볕 한 줌도 없이 종일 비만 맞으니 온몸이 덜덜 떨려왔다. 역시 책이랑 다큐는 전부 뻥이다. 속았다!

우박이 멎고 비가 좀 잦아들어 다시 걷기 시작했다. 그래도 좀 쉬고 나니 어제만큼 죽을 것 같지는 않았다. 나는 여전히 길가의 나무, 바위, 곤충, 지렁이, 달팽이에게 잘 부탁한다고 인사하고 까미노를 알려주는 표지를 만날 때마다 고맙다고 말하며 지났다. 이 표지를 그려준 사람, 지우지 않고 지나가 준 사람, 표지를 달고 살아있어 준 나무, 모든 게 새삼스레 고마웠다.

산 속을 혼자 걷는 동안 사람들 발자국에서 많은 걸 배울 수 있었다. 앞서간 사람이 미끄러진 곳을 보면서 그 실수를 피할 수 있었고 발자국이 많은 땅이 더 단단하다는 것도 알게 되었다. 물웅덩이를 피하는 것보다 때론 그 웅덩이를 딛고 가는 것이 더 안전하다는 것도 알게 되었다. 앞서간 누군가가 있다는 건 참 고마운 일이었다. 살아가는 동안 뒤따라갈 선생님들이 계시다는 것, 이보다 큰 행운이 또 있을까? 걷는 동안 나는 내가 얼마나 행운아인지를 실감하고 또 실감했다.

시속 1킬로미터로 걷고 걸어 수비리에 도착했다. 수비리 마을 간판을 보는 순간 눈물이 났다. 마을 간판이 나를 살려주기라도 한 것 같았다. 공립 알베르게 마당에서 젖은 채로 떨고 있다가 엊그제 생장에서 본 독일 청년 니콜라를 만났다. 올해 열아홉이라는 그 애는 오늘 아침 론세스바예스에서 떠났다고 했다. 정확히 내 두 배 속도로 수비리에 온 거다. 대체 독일인은 뼈에다 철심을 박은 거냐, 아님 젊어서 그런 거냐. 그 애는 내게 공립 알베르게가 문을 열려면 세 시간 더 있어야 한다는 슬픈 소식을 전해 주었다. 젖은 채로 세 시간을 버틸 수가 없어 나는 곧장 사설 알베르게로 갔다. 사설이 공립보다 두 배는 비쌌지만 이대로 감기에 걸리는 것보단 나을 터였다. 적어도 내 뼈에 철심이 박혀 있지 않은 건 분명했다.

양말을 벗고 보니 오른발 엄지발톱 전체가 새파랗다. 발가락도 두 배는 부풀었다. 사람들에게 보여주니 조만간 발톱이 빠져나갈 거라고 한다. 바르셀로나에서 온 빌랴르는 갈리시아 지방 전에 오늘이 제일 힘든 코스라고 했다. 그래, 내일은 분명 오늘보다 나을 거다. 그런데 내일 나는 걸을 수 있을까?

순례자들과의 만찬

12일째, 수비리

아침에 일어나니 통증은 좀 덜하지만 도저히 걸을 수가 없다. 사람들을 떠나보내고 혼자 남아 양말과 신발을 신어보았다. 부기 때문에 일어설 수가 없다. 애쓰면 5킬로미터 떨어진 라라소아냐까진 가겠는데 무리하는 것보단 차라리 하루 쉬는 게 낫겠다 싶어 다시 짐을 풀었다. 인터넷으로 한국 친구들이 보내준 메시지를 읽으니 눈물이 났다.

빠란챠. 보기엔 예쁘지만 너무 독해 눈알이 팽그르르. (왼쪽) 새로 사귄 친구들 틈에서 입이 헤벌어진 나. 언제 죽을 뻔했냐 싶다. (오른쪽)

첫날보단 덜했지만 여전히 돌아가고 싶은 맘이 굴뚝같았다. 하지만 나는 내가 다시 돌아갈 수 없는 문을 열고 나왔다는 사실을 직감했다.

호스피탈레라 마리아가 발톱에 진통 스프레이를 뿌려주고 진통제를 시간 맞춰 먹으니 통증이 한결 가벼워진다. 마리아가 점심 때 먹으려고 집에서 만들어온 라자냐와 또르띠아를 나누어주었다. 마리아는 두 아이를 돌보느라 아직 산티아고에 가보지 못했다고 했다. 공립 알베르게와는 달리 사설 알베르게는 순례 경험이 없어도 운영할 수 있나보다. 정작 자기는 산티아고에 가본 적도 없으면서 매일같이 산티아고로 떠나는 사람들을 맞이하고 떠나보내는 마리아. 어쩌면 마리아

는 자기만의 방식으로 산티아고 순례를 하는지도 모른다.

저녁 무렵, 할머니 한 분이 울면서 숙소로 들어왔다. 어제 호주에서 같이 온 친구와 피레네를 넘던 해티 할머니는 나처럼 산 속에서 천둥, 번개, 우박에 폭우를 겪으셨단다. 그 와중에 할머니 친구가 배낭을 멘 채로 바람에 10미터 정도를 날려갔고 충격으로 놀란 친구는 쪽지 한 장을 남기고 호주로 돌아가 버렸다는 것이다. 아침에 친구의 쪽지를 확인한 할머니는 너무나 슬프고 절망스러웠지만 포기할 수가 없어 울면서 산을 내려왔다. 프랑스에서 온 아저씨는 112 헬기로 구조되어 내려왔고 일본 할아버지 한 분은 그 산에서 돌아가셨다고 했다. 내가 그 산에서 살아 내려온 것이 용하구나! 나는 울고 있는 해티 할머니를 안아드리고 싶었지만 용기가 나지 않았다. 다음번에 해티 할머니 같은 사람을 만난다면 그땐 주저하지 않고 꼭 안아드릴 것이다.

숙소에서 만난 순례자들과 저녁을 먹으러 갔다. 오랜만에 사람들이랑 어울리게 되어서 입이 귀에 걸릴 만큼 좋았다. 이번이 네 번째 까미노 여행이라는 캐나다인 해롤드 할아버지 덕에 생전 처음 들어보는 스페인 요리 주문을 무사히 마치고 할아버지가 사주시는 빠란챠라는 술도 맛보았다.

나는 해롤드 할아버지에게 까미노 이후에 삶이 변했느냐고 여쭈어 보았다. 잠시 생각에 잠긴 할아버지는 고개를 저으셨다. 하지만 캐나다, 오스트리아, 프랑스, 네덜란드, 한국, 노르웨이와 호주, 각기 다른 일곱 나라에서 온 일곱 사람이 이렇게 한 식탁에 앉아 서로를 이해하고 나누고 소통하는 것이 까미노의 매력이라고 하셨다. 죽은 아내와도, 사랑하는 손녀와도 걷지 못했지만 이 길에서 만나는 모든 사람들이 따로 떨어진 개인이 아니라 커다란 전체의 일부로 느껴진다고 하셨다. 프랑스에서 온 리디아는 까미노에 '진짜 삶' 이 있다고 했다. 까미노에 있는 진짜 삶이라…… 나도 그걸 경험할 수 있을 거라 생각하니 설레기 시작한다. 네덜란드에서 온 사이먼은 천천히, 내게 맞는 방법으로 걸으면서 이 길이 다만 매일 목표량을 채우는 걷기가 되지 않길 바란다고 했다. 그래! 욕심을 버리고 천천히, 최대한 느긋하게 걸어야겠다.

역시, 예상대로 오늘이 어제보다 좋다. 벌써 이 길에서 만나는 사람들이 좋아진다. 멋진 사람들 같으니! 내가 바라던 순례자 생활이 시작된 것 같다.

유쾌한 바바리안, 앤디 아저씨

13일째, 라라소아냐

"어디서 왔니?" 어깨 너머로 내 수첩을 들여다보던 장이 물었다. 한국에서 왔다고 하니 내가 쓰는 글씨가 참 예쁘다고 한다. 장은 어제 끈팬티 차림으로 충격적인 첫인상을 남겼지만 다정한 사람이었다. 늦잠 자는 여자 친구를 위해 정성스런 아침상을 차려놓고 기다렸다. 이 커플은 뚜삐라는 개까지 데리고 다니는데 뚜삐는 나를 참 잘 따랐다. 세계 어딜 가나 개와 어린이들은 나를 좋아한다. 일흔 살쯤 되면 남자들에게 인기 있는 인생보다 개와 어린이에게 인기 있는 인생이 더 나았다고 생각하게 될까? 여하튼 이 길엔 '건강한', '어른'만 있는 게 아닌가보다. 어젠 네 살, 여섯 살 먹은 꼬마들이 산에서 내려오는 걸 보았다. 기특한 꼬마들에게 과자를 좀 주고 싶었지만 꼬마들은 초롱초롱한 눈망울로 내 과자를 정중히 사양했다.

알베르게에서 맨 꼴찌로 길을 나섰다. 오늘의 목적지는 5킬로미터 남짓한 라라소아냐. 수비리를 벗어나는 길이 두 갈래로 나뉘었는데 화살표가 없었다. 곰곰이 보니 사람들 발자국이 보였다. 평생 남보다 앞선 사람이 되어야 한다고 배웠는데, 이렇게 뒤따라가는 것도 괜찮구나.

해가 좀 나는 듯하더니 금세 또 빗방울이 듣는다. 해야 해야, 너 뭘 잘못 먹었니? 여기는 태양의 나라 스페인이란 말이다! 너무 춥다. 혹시나 싶어 가져온 내복을 지난 2주간 한 번도 벗지 못했다. 그래도 오늘 길은 지난 이틀에 비하면 천국이다. 발톱 통증만 없으면 시속 2킬로미터는 걸을 수 있을 것 같다.

민들레로 가득한 들판에서 민들레 청중을 모셔놓고 처음으로 오카리나를 꺼내 불었다. 양이랑 말도 풀을 뜯고 있었다. 말 한 마리가 누워 있기에 죽은 줄 알았더니 자고 있었다. 말들이 다 서서 자는 건 아니었나보다. 여기가 천국이구나. 그러고 보니 양도, 말도 내가 매일 11유로씩 주고 사먹는 메뉴 델 디아Menu del dia(오늘의 메뉴)를 공짜로 먹고 있었다. 민들레도 저 피고 싶은 데 피고 개나리도 찔레꽃도 저렇게 예쁘고 환한 옷을 거저 받아 입은 거였다. 먹으려고 입으려고 아등바등하는 건 나 하나뿐인지도 몰랐다. 걷는 내내 양 팔자, 말 팔자, 심지어 개, 고양이 팔자까지 부러워하며 라라소아냐에 도착했다. 가이드북에선 1시간 30분 거리라는데 나는 3시간 40분 걸렸다.

아직 문 열려면 한참 남은 알베르게 앞에 쪼그리고 앉아 '라라소아냐' 하고 마을 이름을 되뇌어보았다. 스페인어 'rr' 발음은 '아르르르~' 하고 혀를 굴리면서 내는 소리인데, 우리말에 없는 발음이라 당최 소리내기 어렵다. 내가 도착하고 잠시 후에 독일 아저씨 한 명이 론세스바예스에서 왔다. 대단한 아저씨, 날아서 왔거나 아님 지름길을 알려주는 다른 화살표가 있는 게 틀림없다!

마을의 유일한 식당에서 유쾌한 바바리안, 앤디 아저씨를 만났다. 아저씨는 내게 바스크 독립 투쟁의 역사를 이야기해 주었다. 덩치 큰 나라가 으레 그렇듯 여러 민족을 억지로 끌어 모아 국가로 만들어놓았기에 스페인 지역마다 분리 독립을 외치는 목소리가 많다. 오는 길에 보니 벽이나 동굴에 바스크를 독립시켜 달라는 메시지가 많았다. 앤디 아저씨도 당신은 독일인이 아니라 '바바리안'이라는 것을 강조하셨다. 아저씨는 한국이 일본의 식민지였다는 것도 알고 계셨다. 힘 있는 나라들이 약한 민족들을 괴롭히는 대신 그 힘을 더 멋진 데 쓰면 좋을 텐데. 우리는 파리에서 티베트 독립 지지자들이 베이징 올림픽 성화를 꺼뜨린 얘기에 같이 통쾌해하고 중국과 미국을 실컷 욕해 주

라리소아냐 가는 길. 지난 이틀에 비하면 천국이다.

었다. 앤디 아저씨는 내일 팜플로냐에서 만나 진짜로 맛있는 타파스 집에 같이 가자고 했다. 하지만 팜플로냐까지는 20킬로미터가 넘는다. 나한테는 너무 멀다. 아저씨가 내 귀에 속닥였다. "택시 타고 와. 한국에선 아무도 모를 거야!"

까미노에서 처음으로 한국 사람을 만났다. 숙소에서 동양인을 언뜻 본 것 같기는 한데 우리는 서로가 일본인이라고 생각했다. 벨기에에서 온 영화광 뱅상이 그 동양인에게 나를 가리키며 한국인이라고 하자 그는 낯선 억양으로 "안녕하세요!" 하고 인사했다. '저 일본인이 우리말을 배웠군!' 했는데 알고 보니 부산 사람이었다. 그는 내 발톱이 곧 빠질 거라며 거즈와 반창고를 나눠주었다. 그리고 등산화 끈은 발등에 피가 안 통할 정도로 꽉 조여 매는 거라고, 군화도 그렇게 신는다고 알려주었다.(잘못된 이 정보는 나중에 내게 재앙이 되었다.)

어쨌든, 저녁을 든든히 먹어두었으니 힘내서 잘 싸워라, 내 몸아! 지금 밤 10시. 벌써부터 위층 아저씨 코 고는 소리가 요란하다.

통곡하며 걸은 새벽

14일째, 트리니닷 데 아레

독일 사람들 체력을 부러워했다. 론세스바예스에서 출발하면 보통 20킬로미터 남짓한 수비리에서 묵는데 기어코 5.5킬로미터 더 걸어 라라소아냐까지 오는 건 독일인들이었다. 역시나 독하군, 그랬는데 알고 보니 새벽에 제일 먼저 일어나 출발하는 것도 독일인들이다. 그들은 씩씩하게 걷고, 황소처럼 먹고, 코도 아주 우렁차게 골았다. 그래, 졌소. 당신들 성실한 것 인정!

알베르게 대문 앞에 1등으로 줄 선 내 배낭이 호스피탈레로를 기다리고 있다.

부지런한 독일 사람들 덕분에 나도 꼭두새벽에 일어났다. 해롤드 할아버지가 알려준 대로 반창고로 발톱을 있는 힘껏 싸매니 통증이 좀 덜하다. 아침 안개 속을 걷는 기분이 묘하다. 올해 일흔둘이라는 프랑스 할아버지 부부가 뒤에서 "미스 코리아!" 하고 부르시더니 "부엔 까미노!buen camino!("좋은 여행하세요" "당신 앞날에 좋은 일이 있기만을 바랍니다"라는 의미)" 하고 복을 빌어주신다. 이른 새벽길, 느릿느릿 손잡고 걷는 노부부가 참 사랑스럽다.

검은 민달팽이 한 마리가 길 위에 나와 있다. 문득 달팽이가 느리다거나 내가 빠르다는 건 진실과 거리가 있다는 생각이 든다. 모든 것엔 자기만의 속도가 있기 때문이다. 달팽아 너는 네 속도로, 나는 내 속도로 가자. 그럼 우린 잘 가는 거다!

라라소아냐엔 가게가 없고 그나마 하나 있는 식당도 아침엔 문을 열지 않아 빈속으로 새벽길을 나섰더니 금세 허기가 몰려왔다. 내 생전 이런 허기는 처음이었다. 발도 아픈데 배까지 고프니 갑자기 서러움이 밀려왔다. 먹을 것을 만날 때까지 얼마나 걸어야 하는지도 몰랐고 이 상태로 못 버틸 것 같다는 불안감에 휩싸였다. 배고픔이 무섭다는 것을 난생 처음 느꼈다. 그런데 그때 내 속에 어떤 영상이 떠올랐다. 하루 종일 빵 한 조각 못 먹고 이보다 먼 길을 물 길러 다니는 어느 우간다 여자아이의 영상이었다. 나는 지금 스페인에 있고 우간다는 여기서 한참이나 먼데 뜬금없이 터져 나오는 눈물을 멈출 수가 없었다. 갑자기 그 아이의 고통이 너무도 절절하게 와 닿았고 내 배고픔이 한없이 작게 느껴져 부끄러웠다. 속에서 북받치는 어떤 것이 울음으로 터져 나왔다. 배고픔 하나로 그토록 사무치는 울음이 나오다니 어리둥절했지만, 그렇게 나는 이른 아침 숲길을 통곡하며 걸어갔다.

오늘도 어제처럼 평지가 많아 걸을 만했다. 아픈 발로 걷는 동안 오늘의 화두는 '통증' 이었다. 《내 인생의 좋은 날》을 쓴 기자영 씨는 '통증은 메시지' 라고 했다. 통증은 내가 지금 적합하지 못한 행동이나 자세를 하고 있거나, 혹은 그런 상황에 있다는 것을 알려주는 신호다. 그러니까 내가 그걸 알아차리고 고치기로 하거나 고친 이후에는 더 이상 작동할 필요가 없는 신호 체계인 셈인데, 지금 나는 내 엄지발톱의 상황을 잘 알고 있고 발톱이 어떻게 되든 받아들일 준비가 되어 있다. 그러니 굳이 통증이 내게 더 알려주어야 할 뭔가는 없었다. 그렇게 생각하니 통증을 의식해서 절룩거릴 필요도 없었다. 그러자 걷는 게 한결 편안해졌다. 난생 처음 발톱을 잃는 경험이 두렵기도 하고 속상하기도 했는데 그 순간 암으로 한쪽 골반과 다리를 잃어야 했던 기자영 씨가 떠오르면서 용기가 났다. 오늘 나는 통증의 본질을 약간이나마 느낀 것 같다.

마더 테레사의 〈매일의 기도〉를 읊으며 오늘의 목적지 트리니닷 데 아레에 도착했다. 이곳 알베르게는 천 년 된 작은 성당을 지나서 들어가게 되어 있는데 작은 마을과 중세 성당의 분위기가 독특했다. 오늘은 주일이라 순례자 메뉴가 없다고 해서 이런저런 주전부리로 허기를 채웠다. 특히 멸치 같은 작은 생선을 소금에 절여 올리브랑 같이 꼬치에 끼운 살딘이 아주 맛있었다. 뭔들 맛이 없었으랴!

어제 라라소아냐에서 만났던 미국인 친구들을 여기서 다시 만났다. 열네 살짜리 그리핀과 엄마 헤더, 인터넷 작가인 리엔. 헤더는 뉴욕에서 잘나가는 커리어 우먼이었다. 항상 일이 바빠 하나뿐인 아들을 비싼 유치원, 비싼 사립학교에 맡겨 키웠다. 하지만 정작 아이가 다 자라도록 함께한 추억이 없다는 걸 알게 된 헤더는 일을 그만두었고, 그리핀은 학교를 그만두었다. 두 사람은 1년 동안 홈스쿨링을 하기로 하고 그 중 반년은 세계 여기저기를 여행중이란다. 나는 두 사람의 용

통곡하며 걸은 새벽길.

감한 결정을 축하해 주었다.

리엔은 나처럼 파울로 코엘료를 좋아했는데 그건 파울로 코엘료가 '여성'이기 때문이라고 했다. 언젠가 파울로 코엘료가 "나는 여성이다"라고 인터뷰한 것을 본 적이 있다. 중요한 결단을 내리거나 뭔가를 행동으로 옮길 때면 가끔 나도 내 안에 있는 남성성이 겉으로 드러난 여성성을 압도하고 있다고 느낀다. 겉으로 드러나는 모습만 가지고 사람을 남성 아니면 여성으로 구분할 수는 없다는 생각이 든다.

세 친구는 내가 친구에게 선물받은 자외선 차단 마스크를 보고 기겁했다. 〈양들의 침묵〉에 나오는 한니발 렉터 박사 같다고 손사래를 치던 친구들에게 나는 이 마스크가 한국 여성들 사이에서 선풍적인 인기를 끌고 있다고, 동양 여성들의 고운 피부 비결은 바로 이 마스크에 있다고 뻥을 쳤다. 요새 주근깨가 늘어 고민이라는 사춘기 소년 그리핀이 살짝 관심을 보이자 나는 냅다 마스크를 떠넘기고 달아났다. 이후로 그리핀은 종종 그 마스크를 써서 보는 내게 안도감과 즐거움을 동시에 안겨주었다.

내게도 쓸모가!

15일째, 시수르 메노르

오늘은 도시를 지나는 길이다. 등교하는 아이들과 출근하는 사람들 틈에 간간이 배낭 멘 순례자들이 보인다. 거리 구경, 사람 구경, 한참을 가다보니 어느 순간 화살표가 사라졌다.

도시는 길 찾기가 복잡하다. 화살표를 여러 번 놓치고 다시 찾아가며 팜플로냐에 들어섰다. 팜플로냐는 이 길에서 처음 만나는 대도시인데 7월에 열리는 소몰이 축제가 유명하다고 한다. 며칠 내내 인적 드문 산길만 다니다가 갑자기 사람도 차도 많은 도시를 만나니 좀 어리둥절했다. 게다가 나는 관광객들에게 좋은 구경거리였다. 일본에서 온 단체 관광객 한 명이 나를 보고 "순례자다!" 하고 소리치자 다들 우르르 몰려들어 내 사진을 찍어대는 게 아닌가. 나는 놀라고 당황해 서둘러 시내를 벗어났다.

팜플로나 외곽 비 내리는 어느 공원에서 빵이랑 요구르트로 아침 겸 점심을 때웠다. 오늘도 팜플로나까지 오는 길에 배가 고팠다. 내가 이렇게 자주 배고픈 인간이라는 걸 처음 알았다. 공원에서 허겁지겁 빵을 뜯어먹고 있는데 지나던 할아버지와 눈이 마주쳤다. 다정한 스페인 사람들이 으레 그러듯이 나도 "올라!" 하고 인사했다. 그런데 할아버지는 내 얼굴을 보자 뭐라고 소리치시더니 내게 침을 탁 뱉었다. 말뜻을 알아들을 순 없었지만 느낌에 "이 거지야, 저리 썩 꺼져!" 하는 소리로 들렸다. 내가 봐도 내 행색이 볼품없긴 했지만 할아버지의 시선과 말투에 마음이 찢기는 것 같았다. 나는 거지가 아니라고 소리치고 싶었지만 증명할 방법이 없었다. 나는 젖은 채로 공원에서 떨고 있었고, 허겁지겁 빵을 먹고 있었고, 집도 없었고, 가진 건 달랑 배낭 하나였다. 문득 나 역시 누군가를 이런 시선으로 본 적은 없었나, 돌이켜보게 되었다. 적어도 앞으로는 절대, 누군가를 그런 시선으로 보지 않으리라고 다짐했다. 내 눈에 노숙자로 보이는 사람이라 해도 그는 분명 순례자일 것이기 때문이다.

알베르게에 도착하니 그리핀과 헤더가 와 있다. 곧 리엔도 도착했다. 그리핀과 헤더는 요 며칠 천천히 걸으며 몸을 푸는 중이고 리엔은 무릎을 다쳐 조금씩만 걷고 있었다. 리엔과 먹을 것을 사러 갔다가 좋은 생각이 떠올랐다. 파스타를 만들어 친구들과 나눠 먹으면 좋을 것 같았다. 서툰 솜씨지만 면을 끓이고 소스를 볶아 파스타를 만들었다. 만들고 났더니 양이 많아 여러 사람과 나누어 먹을 수 있었다.

리엔은 발가락에 생긴 물집 때문에 고생하고 있었는데 언젠가 책에서 읽은 물집 치료법이 기억났다. 마침 리엔한테 실하고 바늘이 있기에 내가 물집 치료법을 안다고 말했더니 리엔은 "그래?" 하며 덥석 내 무릎에 발을 올려놓았다. 그저 방법을 안다고 말했을 뿐인데 리엔은 나를 믿고 발을 맡기고 있었다. 떨렸지만 용기를 냈다. 바늘로 물집을 뚫고 물기를 짜낸 후 실을 조금 남기고 연고를 발라주었다.

또 나는 마당에서 일광욕하는 사람들 틈에 앉아 오카리나를 불었다. 사람들이 〈찔레꽃〉 〈섬집아기〉 같은 우리 동요가 참 좋다고 했다. 〈밀양아리랑〉도 반응이 좋았다. 사람들은 내 피리 소리에 맞춰 발을 까딱거리고 노래 하나가 끝날 때마다 박수로 다음 곡을 청했다.

그러고 보니 오늘 참 놀라운 일들을 많이 해냈다. 파스타를 만들어 여러 사람을 먹였고, 리엔의 물집을 치료했고, 오카리나를 불어 사람들을 즐겁게 했다. 전에는 생전 해보지 않았던 일이다. 내가 사람들을 먹이고, 상처를 치료하고, 즐겁게 하다니! 내가 이 모든 걸 할 줄 아는 사람이었다니! 아무도 내가 이런 일을 해본 적이 없었다는 말을 믿지 않았다. 여기 있는 모두가 나를 믿어주었다. 나를 이리로 오게 하신 분이 나를 먹이고 치료하고 위로해 주실 줄 알았는데, 도리어 나한테 그 일들을 시키고 계셨다. 놀라운 경험이었다.

관옥 선생님이 보내주신 이메일을 확인했다. 선생님은 그분 안에 내가 있는 게 아니라 내 안에 그분이 계시다는 걸 명심하라고 하셨다. 더 느리게, 감사하며 걸으라고도 하셨다. 시속 1킬로미터보다 더 느리게 걷는 건 아마도 어렵겠지만 더 감사하며 걸을 수는 있을 것 같다. 날마다 이 길이 조금씩 좋아지고 있다.

햇살 좋은 마당에 드러누운 뚜삐가 그리핀의 손길을 만끽하고 있다. 지금 이 순간만큼은 네 팔자가 최고다 뚜삐! (위) 만날 내가 술래인 숨바꼭질. 요놈의 화살표, 겨우 잡았다! (아래)

울고 넘은 용서의 고개

16일째, 우테르가

아침 일찍 길을 나서며 오늘 넘어갈 '용서의 고개'에 대해 곰곰 생각했다. 어쩐지 울컥울컥, 제대로 터져 나오지 못한 울음이 목에서 캑캑거렸다. 며칠 전부터 누군가 자꾸 성 프란체스코의 〈평화의 기도〉를 드리라고 하는 것 같다. 하지만 이상하게도 나는 〈평화의 기도〉가 싫고 그 기도만 생각하면 가슴이 답답하면서 눈물부터 났다. 하기 싫다.

리엔이 곧 나를 따라잡았다. 어제 리엔과 부모님 이야기를 나눴다. 내가 행복해지고 인생의 승자가 되려면 그분들을 이해하고 용서해야 한다는 걸 아는데 잘 안 된다고 했더니 리엔은 언젠가 내 영혼이 준비되면 저절로 할 수 있을 거라고 했다. 오늘은 내가 리엔에게 물었다. "너도 네 삶에서 용서해야 하는 사람이 있니?" 그러자 리엔은 내게 엊그제 사진에서 본 아랍 여인을 기억하느냐고 물었다. 리엔이 수첩 속에 넣어 다니는 중년의 아랍 여인, 나는 피부색이 다른 것도 모르고 엄마냐고 물었다. "그 사람이 바로 내 연인이야."

평범한 백인 가정에서 자란 리엔은 사랑하는 가족들이 자기가 동성애자이기 때문에 불행해하는 게 가슴 아프다고 했다. 자신이 동성애자란 사실을 스스로도 받아들이기 힘들었지만, 무엇보다도 가족들을 힘들게 하는 자신이 제일 용서하기 어렵다고 했다. 한참 동안 나는 아무런 대꾸도 해줄 수 없었다. 그래, 리엔. 하지만 정말 큰 문제는 남자를 사랑하느냐 여자를 사랑하느냐가 아니라 어쩌면 아무도 사랑하지 못하는 게 아닐까? 너는 대단한 걸 하고 있는 거야. 누군가를 사랑하고 있으니까.

까미노에 와서 날마다 느끼는 것은 나 혼자만이 아니라는 거다. 누

벨기에 사람 콕스 프란스, 안녕히 주무세요.

바람 부는 고갯길에 순례자 행렬이 지나간다.
한 걸음 또 한 걸음, 묵묵히 또 성실하게.
길에서 만난 뜻밖의 동행들이 위로와 용기를 나누어준다.

구에게나 고통과 상처가 있다. 누군가는 좀 더 잘 견디는 것처럼 보이고 누군 좀 덜 그래 보일 뿐 모두가 똑같았다. 리엔과 나는 한 시간이 넘도록 말없이 느릿느릿 걸었다. 언덕 위 하얀 풍차들이 가까워 보일 때 우리는 헤어졌다. 다시 만날 수 있을지 모르겠지만 우린 이미 소중한 순간을 함께 나눈 친구였다. 리엔은 나란히 서 있는 우리 그림자를 향해 셔터를 눌렀다.

용서의 고개는 올라가는 길이 만만치 않았다. 고갯길은 가파르고 진흙탕 속으로 발목이 쑥쑥 빠져 내려갔다. 가까스로 올라선 고개 위에는 바람이 세차게 불었다. 풍차 근처에 앉아 한참 동안 그 바람 소리를 들었다. '제가 용서해야 할 사람이 누구입니까? 누구부터 어떻게 용서해야 합니까?' 나는 조용히 여쭈었다. 그런데 아무리 기다려도 대답은 들려오지 않았다. 나는 같은 질문을 하고 또 하고, 대답을 기다리고 또 기다렸다. 기다림이 지루해 배낭에서 오카리나를 꺼내 불었다. 오카리나 소리는 바람 소리와 참 많이 닮아 있다. 마음을 다해 부는 내 피리 소리가 하늘에 가 닿기를 바랐다. 그렇게 한 시간쯤 지났을 때 누군가 내 안에서 말하는 것 같았다. '때가 되면 알게 될 것이다.'

내려오는 비탈길에도 주먹만한 자갈이 잔뜩 깔려 잠시라도 한눈을 팔았다간 다치기 십상이었다. 땡볕은 내리쬐고 발은 너무 아파 질질 끌듯이 울면서 내려왔다. 용서의 고개는 용서 그 자체만큼이나 쉽지 않았다. 올라가는 길도, 내려오는 길도 아주 아주 힘이 들었다.

식당을 겸한 알베르게로 들어오니 길에서 만났던 독일 사람들이 "아까 그 울고 가던 애 아니야?" 한다. 울고 들어왔는데 이제 웃는다. 씻었고 좀 쉬었고 뜸도 떴고 밥을 먹고 있기 때문이다! 저녁밥이 장정 두 사람이 먹어도 남을 정도였는데 싹싹 먹어치웠다. 아침마다 영역 표시도 꼭 한다. 정말 병 주고 약 주는 길이다.

아침에 리엔과 걸으면서 내가 말했다. "나는 평생 내가 할 줄 아는 것도 없고 별 쓸모도 없다고 생각했어. 어제 내가 한 일들이 나한테도 놀라워." 그 말에 리엔은 눈을 동그랗게 떴다. "순진, 넌 정말 쓸모 있어! 그리고 사람들은 너를 정말 좋아해! 어떻게 그걸 모를 수 있지?"

늦은 저녁, 눈빛이 반짝거리는 한국 여자아이가 수비리에서부터 11시간 동안 40킬로미터를 걸어와 밥을 먹고 있다. 내가 사흘 걸려 온 거리를 하루 만에 온 게 장하고 대단했다. 하지만 트리니닷 데 아레의 천 년 된 성당에 배인 오묘한 아름다움, 라라소아냐의 작고 맛있는 식당, 시수르 메노르의 푸른 정원과 연못 주변을 뛰노는 고양이들을 저 친구는 못 봤겠구나. 용서의 고개에 앉아 한 시간씩 바람 소리를 듣는 것도, 팜플로냐 공원에서 점심을 먹는 것도. 그래, 느리게 걷는 것이 나는 더 좋다. 할 수 있는 한 나는 더 느리게 걸으리라.

고갯마루 직전 어느 담벼락에 기대어 있는데 하루에 35킬로미터를 걷는다던 이탈리아 여자애가 물었다. "혼자 왔니?" 그렇다고 했더니 피식 웃었다. "너도 나만큼이나 미쳤구나!" 나도 웃었다. "그러게 말이야!"

순례자 놀이

17일째, 푸엔테 라 레이나

오늘은 푸엔테 라 레이나까지 7킬로미터. 문득 중세 성당 기사단이 지었다는 팔각 성당 에우나테에 들를까 싶다. 에우나테에 가면 한참을 돌아가는 셈이라 갈림길 앞에서 잠깐 머뭇거렸다. 고민 끝에 가보기로 한다. 땅만 보고 걷다가 너무 많은 걸 놓치면 아까우니까. 언덕에서 내려다보니 저만치 성당이 손에 잡힐 듯했는데 걷다보니 어지럽고 구토가 치민다. 땡볕 아래 한참을 쉬지 못해서인가 보다.

비틀비틀 가까스로 에우나테에 도착하니 초등학생들이 현장 학습 와 있다. 그러잖아도 막 선생님이 멀리서 온 순례자들과 그들을 지켜주던 성당 기사단 이야기를 하고 계시는데 진짜로 멀리서 온 순례자가 휘청휘청 성당 안으로 들어서니 아이들이 구경났다. 사방에서 플래시가 터졌다. 내 평생 이런 플래시 세례를 언제 또 받아본단 말인가. 이 학교 아이들 앨범 속에 내 사진 한 장씩은 들어 있을 거라고 생각하니 웃음이 나왔다. '지친 순례자의 표본' 으로.

에우나테 성모님이 어디선가 많이 본 듯하다 싶었는데 우리 절에서 본 관세음보살님하고 닮았다. 발그레한 볼에 신비로운 표정까지, 관세음보살이 여기까지 파견 나오셨나 싶다. 신기하다. 이렇게 멀리 떨어진 땅에서도 비슷한 모습으로 사랑하고 있었구나. 두 분은 어쩌면 한 사람이 아닐까? 다르다는 건 우리들 생각 속에만 있는 게 아닐까? 처음부터 다른 종교, 다른 신 같은 건 없었던 게 아닐까?

다음 마을 오바노스로 넘어가는 길, 포도밭에서 일하던 농부 아저씨들이 동양인 순례자가 신기해 자꾸만 말을 건다. "스페인 말 못해요!"란 말을 스페인 말로 했더니 농부 아저씨들이 갸웃한다. '안녕!' '잘 가세요!' 와 함께 유일하게 공부해 온 스페인 말이 '스페인 말 못해요!' 다.

오늘의 화두는 '무엇을 버릴까.' 배낭 무게를 좀 줄여야 하는데 옷을 버리자니 아침저녁으론 아직 춥고 비옷을 버리자니 비올 때가 염려되고, 무엇을 버려야 좀 편해질까? 그때 내 속에서 당장 '걱정을 버려라!' 하는 목소리가 들려왔다. 아하, 그러면 되겠구나. 무거우면 무

푸엔테 라 레이나의 새벽하늘.

거운 대로 걱정하지 말고 가보기로 한다.

오늘은 까미노를 시작한 이래 두 발로 가장 많이 걸었다. 그동안은 트레킹 폴을 목발처럼 의지해 걷느라 '네 발'로 걸어왔다. 오늘은 트레킹 폴에 좀 덜 의존하기로 하고 느려도 두 발로 걸으려 노력했다. 그랬더니 어떤 면에선 걷는 게 훨씬 편했다. 두 발로 걸으니 팔도 덜 아프고 오히려 속도도 빨라졌다. 아, 이래서 인간이 두 발로 걷게 되었구나. 새삼스럽게 두 발로 걷는 게 고마워졌다. 날마다 이렇게 가면 점점 더 튼튼해지겠지? 기분이 좋다. 기대된다.

푸엔테 라 레이나는 '왕비님의 다리'란 뜻인데 어느 왕비가 지어준 아름다운 다리로 유명한 마을이다. 동네 슈퍼에 가서 어쩌다 보니 혼자 먹기 너무 많은 재료를 샀다. 일본에서 온 마코토 아저씨에게 같이 먹자고 하니 일행이 있다고 한다. 결국 스페인 사람 알랭, 아일랜드 사람 프랭크, 프랑스 사람 장 삐에르와 소년 삐에르, 레네, 기, 한국 사람 순진까지 여덟이 한 식탁에 둘러앉았다. 사람들은 내 파스타가 정말 맛있다며 조리법을 궁금해했다. 내 파스타는 '그때그때 달라요' 조리법이라고 하니 저마다 자기만의 조리법 한 가지씩을 털어놓는다. 할아버지들이 만든 또르띠아와 샐러드, 빵과 와인을 곁들인 근사한 식탁이었다.

사람들이 한국에 대해 아는 것은 한국 전쟁이 다였다. 프랭크 할아버지와 나는 남북아일랜드와 남북한에서 일어나고 있는 일들에 관해 이야기했다. 왜 우리는 같은 형제들인데 서로 죽이고 미워할 수밖에 없었을까? 이건 누구의 잘못일까? 프랭크 할아버지는 아일랜드를 떠날 수밖에 없어 지금은 영국에 살고 있지만 당신 뿌리는 아일랜드라고 하며 눈시울을 붉히셨다. 나는 할아버지에게 오카리나로 〈대니보이〉를 불어드렸다. 할아버지는 아일랜드 민요와 우리 동요가 비슷하다고 했는데 아마도 우리에게 비슷한 아픔이 있기 때문일 거란 생각이 든다. 나이와 국적을 떠난 친구들이 한자리에 모여 함께 먹고 마시고 웃고 꿈을 이야기하는, 행복한 시간이었다.

자기 전에 식당에서 뜸을 뜨는데 할아버지들이 하나 둘 모여드신다. 동양식 치료법이라고 하니까 다들 눈이 휘둥그레졌다. 할아버지들이 앞다투어 나도 떠달라고 하시는 바람에 줄을 세워야 했다. 알랭 할아버지 어깨에 뜸을 떠드리다가 등에 난 털을 좀 태우자 할아버지들은 호들갑스럽게 소리쳤다. "알랭! 네 등이 불타고 있어! 네 등에 구멍 났어!"

프랭크 할아버지 말로는 까미노에 가져와선 안 되는 세 가지가 휴대전화, 책, 카메라란다. 때로 카메라가 없으면 걷는 데 훨씬 집중할 수 있을 텐데 싶다가도 이 순간을 기억하고 싶어져 사진을 찍게 된다. 그러고 보니 오늘 저녁 사진이 없네. 술 안 마신다고 아무리 거절해도 와인은 프랑스 우유라며 억지로 권하는 할아버지들 꾐에 넘어간 탓이다. 아무래도 나는 까미노에 엄청 잘 적응하고 있다. 걸음은 느리지만 순례자 놀이는 진짜로 잘하고 있는 것 같다.

오늘의 환대

18일째, 로르카

사람들은 여인네 마음이 알기 어렵다지만 4월의 스페인 날씨만큼 알기 힘든 것이 또 있을까? 로르카 도착 직전까지 잔뜩 흐리더니 그새 해가 나기에 빨래를 했는데 천둥에 번개를 동반한 폭우가 쏟아진 뒤 다시 또 날이 갠다. 여긴 이탈리아 사람들처럼 창 밖에 대롱대롱

빨래를 매단다. 젠장! 다시 흐리다. 아, 단벌 신사는 괴롭다.

오늘의 목적지는 시라우키. 그런데 어제부터 목적지들이 금방 내 눈앞에 나타나더니 오늘도 시라우키까지 금세 왔다. 두 발에 의지해 걷기 시작한 뒤 속도가 조금 빨라졌다 싶긴 했는데 그래도 이건 뜻밖이다. 문득, 걷기 시작한 이래로 발가락이나 발톱, 발바닥이 아픈 적은 있어도 발목이 아팠던 적은 없었다는 생각이 들었다. 서울에서 비행기 타던 날만 해도 아파서 제대로 딛지도 못했던 발목 아닌가. 갑자기 신기하기도 하고 얼떨떨하기도 했다. 어제 잠을 잘 못 자서 그런지 어깨도 결리고 가방도 천근만근 무거웠는데 그것도 걷다 보니 괜찮아졌다.

중고생 팬시 용품에나 등장할 법한 그림 같은 마을, 시라우키에 도착한 것이 낮 12시. 믿을 수 없다. 9킬로미터를 네 시간에! (물론 건강한 어른이라면 9킬로미터는 두 시간이면 충분하다.) 여기서 하루 묵어가고 싶은데 한편으론 이 다리를 실험해 볼까 싶다. 다음 마을까지 가도 괜찮을까? 동네 광장에서 점심을 먹으며 망설였다. 마침 아일랜드 아줌마가 한 분 오셔서 아줌마를 따라 일어섰다. 내 책에는 다음 마을까지 6킬로미터라고 나와 있는데 아줌마 책엔 5킬로미터라고 해서 1킬로미터 적은 아줌마 책을 믿기로 한 것이다.

막상 떠나고 나니 금세 발이 아파왔다. 되돌아갈까 싶었지만 몇 걸음이라도 온 게 아까워 그럴 수가 없었다. 장한 내 다리는 뻘밭과 자갈밭을 쉬엄쉬엄 지나 로르카까지 날 데려다주었다. 로르카에는 사설 알베르게만 두 개 있었는데 그 중 한 군데에 들어갔다. 크레덴시알에 도장을 받으며 행복해하니 호스피탈레라 언니가 집에 잘 돌아왔다며 꼭 안아준다. 순례자 네 명이 들었는데 모두에게 각방을 쓰게 배려해 주고 인터넷도 무료인데다 결정적으로 냉장고에 있는 음식을 마음대

조용하고 평화로운 시라우키 골목.

로 먹으란다! 냉장고 안에는 꺼내서 먹기만 하면 되는 온갖 음식들이 빼곡히 들어차 있었다. "이걸 정말 먹어도 돼요?" 이런 환대를 받아 본 적이 없어 순간 어리둥절했다. 동화에서처럼 실컷 먹으라고 한 뒤에 살찌워 잡아먹는 건 아닐까, 문어 잡이 배에 팔아먹는 건 아닐까 잠깐 의심도 했다. 이런 환대를 감사하기는커녕 겁내는 내가 우습기도 한심하기도 하다가 문득 안쓰러워졌다. 이 음식을 주신 분은 따로 계셨다. 내가 누리는 모든 것을 주신 분은 사실 따로 계셨다. 호스피탈레라 언니 말마따나 나는 '집'에 온 거다. 냉장고에 있는 것들은 음식이 아니라 '사랑과 감사'였다.

지독한 배고픔을 몇 번 경험하고 나는 겁을 먹었다. 그 후론 슈퍼마켓만 보면 먹을 것을 잔뜩 사서 쟁여두었다. 그러나 하루에 먹을 수 있는 양은 한계가 있었고, 그보다 많이 사면 남은 것은 짐이 돼서 내 어깨를 짓눌렀다. 하느님이 모세와 사람들에게 만나를 주실 때 딱 하루치만 주시고 나머진 썩게 하셨다더니 내가 그 꼴이다. 여기선 하루밖에 없다. 그 이상을 계획하거나 준비하는 건 아무런 의미가 없다.

생장을 떠난 지 열흘째. 어제는 내복 차림으로 숙소를 활보하더니 오늘은 길가에다 영역 표시를 했다.

느릴 수 있어 좋다

19일째, 에스떼야

순례자 차림을 한 내가 거울을 보며 웃고 있다. 머리카락이 덥수룩하게 길었다. 거울 속 내 모습을 보고 '참 못났다!' 생각하는데 문득 모자를 벗고 머리카락을 빗어 올리니 순식간에 내가 아주 예쁘게 변

이런 작은 꽃들의 꽃말은 '기쁨' 이 틀림없다! 작은 꽃들이 기쁨에 겨워 와글와글 떠드는 소리가 들리는 것 같다.

한 거다!

신기하고 재미있는 꿈이었다. 꿈에서라도 내가 나를 예쁘다고 생각해 보긴 처음이다. 내 안에서 어떤 변화가 일어나고 있는 걸까?

오늘은 이상하게 기운이 없다. 밤새 비가 내리고 너무 추웠기 때문인가보다. 5킬로미터쯤 비틀거리며 가다 어느 빵집에 들어가 차를 마셨다. 몸을 좀 녹이고 나니 정신이 들었다. 어젯밤은 그제 밤보다 바람이 훨씬 세게 불고 비도 많이 내렸다. 어제 내가 고생하며 걸어온 뻘밭 길이 더 질척해졌을 텐데, 오늘 걷는 사람들은 좀 힘들겠다. 그러고 보면 나는 항상 최악은 피해 다니는 것 같다.

비와 햇살과 바람이 정신없이 오가고 작은 들꽃이 기쁨으로 핀 길을 지나 에스떼야에 닿았다. 공립 알베르게 문 여는 시각에 딱 맞춰 도착한 덕에 오늘도 내가 1등이다. 만날 알베르게에 맨 먼저 도착하니 걸음이 오지게 빠른가보다 싶겠지만 내 1등 비결은 남들이 20～30킬로미터씩 걸을 때 혼자 5킬로미터, 10킬로미터 걷는 것이다. 국영수를 교과서 위주로 열심히 공부하는 것보다 쉽다. 하하하.

미국에서 화훼 농장을 한다는 메어리를 만났다. 메어리는 이번이 두 번째 까미노 여행이라는데 농장을 돌봐주는 일꾼들이 있어 1년에 두 달은 이렇게 여행할 수 있단다. 처음 까미노에 왔을 땐 남들처럼 한 달 만에 800킬로미터를 주파했지만 지금은 훨씬 느리게 걷고 있다며 내 속도가 좋다고 했다. 그리고 나도, 이제는 내 속도가 좋다. 처음에는 느린 것이 무척이나 창피했다. '여기 환자가 가고 있어요' 광고라도 하고 다니는 것처럼 보는 사람마다 아프냐, 괜찮냐 물어와서 민망하고 속상했다. 사람들이 나를 앞질러 갈 때면 어디라도 숨어 있고 싶을 정도로 모두가 빠른 세상 속에서 남들 절반도 못 미치는 내 속도가 마냥 부끄러웠다. 하지만 이제는 느리게 걸어서, 느리게 걸을 수 있어서 행복하다. 내가 느리다는 것을 인정하고 받아들이니까 느린 게 좋은 이유가 하나 둘 눈에 띈다.

오늘 푸엔테 라 레이나에서 걸어온 사람들 옷이랑 신발을 보니 짐작대로 장난 아니게 뻘 투성이다. 내일은 가파른 언덕길. 아~ 좀 평탄했으면 좋겠다. 이제는 꿈속에서도 걷고 있다.

어느 추운 밤

20일째, 몬하르딘

오늘은 저 유명한 포도주 수도꼭지가 있는 이라체 수도원을 지난다. 수도원에 도착하니 이미 다들 포도주 한 잔씩 걸치고 난리법석이다. 사람들은 뒤늦게 도착한 나를 수도꼭지 옆에 세우고 사진을 찍어주며 즐거워했다. 수도원을 향해 고맙다며 연신 뽀뽀를 날리는 사람도 있었다.

못 먹는 와인 받아나 보자고 조금 받아 마셔보니 맛있다. 수도원에서 기른 포도로 담근 술을 이렇게 매일 아침 순례자들을 위해 내놓으신다. 물도 아주 맛있다. 과연 빵, 물, 와인의 고장답다. 사람들은 여기서 물병 가득 포도주를 채우고 마시면서 걸었는데 우리는 이걸 '음주 파워 워킹'이라고 불렀다.

몬하르딘 입구에는 너른 포도밭이 있었는데 이 포도밭을 가로질러 마을로 올라가는 길이 몹시 아름다웠다. 이제 막 잎이 나기 시작하는 포도나무가 지평선까지 늘어서 있었다. 성당 앞에 있는 작은 알베르게에서 바게뜨와 치즈로 점심을 먹었다. 호스피탈레로 안토니오는 순박하고 친절한 사람이었지만 우리는 서로의 영어를 전혀 알아들을 수가 없었다. 내가 따뜻한 물을 달라고 하면 안토니오는 차가운 수프를 주고, 데워달라고 하면 커피를 가져다주는 식이었다. 답답해진 안토니오는 내 코앞에 얼굴을 들이대고 소리를 질렀다. 나는 안토니오도 불편했지만 뭣보다 창고를 개조한 이 숙소가 너무나 추웠다. 얇은 칸막이 몇 개가 있었지만 샤워실, 화장실, 침실 천정이 하나로 연결돼 누워 있으면 사람들 오줌 누는 소리가 마지막 한 방울까지(!) 선명하게 들려왔다. 춥지만 않으면 지낼 만한 곳이긴 했지만 오늘은 아니었다. 이미 한기에 시달려 발목 통증이 시작되었다. 나는 오늘 좀 따뜻한 잠자리가 필요했다. 안토니오에겐 미안했지만 나는 내 중심이 하는 말을 따르기로 했다.

네덜란드에서 온 기독교인들이 운영하는 사설 알베르게로 옮기니 사람들이 장작을 패서 벽난로를 지피고 있었다. 헝가리, 슬로베니아, 페루, 호주, 캐나다, 독일, 네덜란드, 영국에서 온 순례자들이 하나 둘씩 모여들었다. 정말 국제적인 모임이다. 다들 지금까지 걸어온 거리와 앞으로 남은 거리를 가늠하다 보니 가이드북마다 남은 거리가 달랐다. "너 우리 영국 사람 깐깐한 거 알지?" "우리 독일 사람 칼 같은 건 몰라?" 사람들은 서로 자기 나라 가이드북이 정확하다며 우겨댔지만 결론은 '며느리도 모른다' 였다.

이 알베르게에선 식전에 각자 자기 나라 말로 기도를 드리고 식후에 각 나라 말로 성경을 읽는 전통이 있었다. 생각지도 못한 한글 〈요한복음〉을 받았을 때는 정말 감동했다. 《생명의 샘》이라고 쓰인 그 얇은 책을, 까미노 내내 하루 한 장씩 아껴가며 읽었다.

잠들기 전에는 명상의 시간이 있었다. 사람들과 둥글게 모여 앉아 함께 음악을 들으며 명상에 잠긴 동안 코와 겨드랑이에서 찬 기운 같은 것이 스르르 빠져나가는 것을 느꼈다. 그러자 온종일 계속되었던 발목의 통증이 가벼워졌다. 치유의 은사가 있다는 호스피탈레로 부부가 내 발목에 손을 얹고 기도해 주었는데, 당신들이 한 일이 아니라서 자기들도 궁금하니 내일 아침에 상태를 알려달라고 했다.

까미노와 친해지면서 이 길의 진가를 알아가는 것 같다. 밖에선 폭풍우가 치고 있지만 사람들 온기로 마음만은 훈훈하다. 지금 1층 난롯가에선 슬로베니아 친구들이 이라체에서 담아온 와인을 마시며 기타를 퉁기고 있다. 멋진 밤이다. 추워서 더 좋은 건지도 모르겠다.

'내 것' 이라는 생각

21일째, 로스 아르코스

아무리 좋은 곳도 아무리 좋은 사람도 다음날이면 떠나야 한다. 이것이 까미노의 법이다. 몬하르딘을 떠나오는 언덕 내내 고작 하룻밤이었던 그곳의 모든 것이 그리워진다.

마음이 아직 몬하르딘을 떠나오지 못해 그런지 발걸음이 무겁고 배낭도 천 근 같다. 자꾸만 누가 뒤에서 날 부르는 것 같고, 누군가 달려와서 오늘은 걷지 말라고 말해 줄 것 같았다.

떨어지지 않는 발걸음을 옮겨 로스 아르코스가 5킬로미터 남았다고 알려주는 표지석 앞에서 쉬었다. 젖은 양말을 꺼내 배낭에 매달고 빵이랑 치즈를 먹어치웠더니 짐이 줄었다. 저만치 가부좌를 틀고 명상에 잠긴 독일 청년이 보기 좋았다. 나는 아직 저럴 여유까진 없나보다. 잠시 후에 어떤 남자애가 와서 아는 척을 했다.

"나 너 알아!"

"나를? 어떻게?"

"노르웨이 여자랑 다른 사람들한테 들었어."

"글쎄, 난 노르웨이 사람을 만난 기억이 없는데. 그리고 그게 난 줄 어떻게 알아?"

"너, 첫날 산에 혼자 고립돼서 우박 맞고 발톱 빠진 애 맞지? 파울로 코엘료 책 읽고 여길 알게 됐고?"

흠…… 내가 맞는 것 같다. 느리게 걷는다고 벌써 길 위에 소문이 났군. 그 애는 내 배낭 어깨끈을 꽉 조여주고 떠났다. 끈을 조절하니 어깨 결리는 게 한결 나아졌다.

지난번 우테르가 가는 길에 만났던 캠핑카 할아버지를 또 만났다. 할아버지는 영국 사람인데 까미노를 좋아해서 겨울만 빼고 1년 내내 까미노 위를 캠핑카로 돌아다니며 다친 순례자들 치료도 해주고 차도 대접하면서 지내신다. 문득 나도 언젠가 여기 어디쯤 작고 편안한 알베르게를 지어 순례자들을 돌보고 싶다는 생각이 들었다. 앗, 나 벌써 이 길에 중독된 것일까?

로스 아르코스 공립 알베르게에 도착하니 오후 4시. 침대를 배정받고 담요를 챙기고 부엌에 쓸 수 있는 재료가 있는지 보러 갔다. 이 놀라운 생존력! 역시 나는 한국인이야. 부엌이 있는 알베르게에선 가끔 순례자들이 요리할 수 있도록 간단한 재료를 그냥 주기도 하는데 순례자들은 자기가 사온 재료가 남으면 그걸 알베르게 부엌에 기증하곤 했다. 오늘은 부엌에 있는 채소와 파스타 면을 쓰기로 하고 내가 사온 올리브와 아스파라거스를 내놓았다.

요리를 하다가 어떤 아저씨에게 앞에 있는 양파를 좀 써도 되겠느냐고 물으니 그게 네 것이냐고 한다. 아니라고 대답하니 나를 남의 것에 손대는 파렴치한 취급하며 정색한다. 내가 잘못 알고 있나 싶어 호스피탈레로에게 확인하니 쓸 수 있는 것이 맞다. 아저씨에게 사실을

왼쪽은 와인, 오른쪽은 물이 나오는 환상의 수도 꼭지. 이라체 수도원 만세!

로스 아르코스 성당 천정. 참 곱다.

얘기하니 미안하다는 말도 없이 그냥 가버린다. 나는 남은 파스타를 그릇에 담아 "원하시면 누구나 드실 수 있어요. 맛있게 드세요!"라고 쪽지를 붙여놓았다. 프랑스 아주머니 한 분이 반색하며 들고 가셨다. 호스피탈레로 아저씨는 나에게 또르띠아를 만들어주셨고 사람들은 과일을 나눠주었다.

아까 그 미국 아저씨는 자꾸만 힐끔힐끔 나를 보았다. 아마도 네 것 내 것이 따로 없는 이런 문화가 낯선 모양이었다. 나는 혼자서 밥도 잘 차려먹고 다른 순례자들 밥 먹는 사진도 찍어주고 남들 요리하는 데 가서 이건 여기 있고 저건 저기 있다고 참견했다. 미국 아저씨는 계속해서 나를 유심히 관찰했다. 까미노에서 만난 사람들 중에는 유난히 자기 것에 대한 애착이 강한 사람들이 있었다. 그들은 남이 썼던

순례자의 저녁 식사.
산해진미도 부럽지 않은 진수성찬.

물건은 절대 쓰려 하지 않았고 자기 것도 선뜻 내어주지 않았다. 하지만 이곳에서 편안하게 지내려면 '내 것'이라는 생각을 먼저 내려놓아야 했다.

오늘 아침 몬하르딘에서 빨랫줄에 널어놓은 내 수건을 누군가 걷어가 버렸다. 어두운 새벽에 떠나면서 자기 수건하고 헷갈린 모양이다. 갑자기 수건이 없어져 당황한 내게 호스피탈레로는 다른 사람이 두고 간 수건을 건네주었다. 남이 쓰던 수건을 받아쓴다는 게 썩 유쾌한 일은 아니었지만 실수로 내 수건을 걷어간 사람도 마찬가지일 터였다. 감사하면서 호스피탈레로가 주는 수건을 받았다. 받고 보니 내 것보다 크기도 크고 색깔도 좋았다.

순례자들을 위한 미사에 참석했다. '까미노 데 산티아고'라는 말밖에는 알아들을 수 없었지만 그 분위기가 그저 좋았다. 미사 끝 무렵 신부님이 순례자들을 앞으로 불러내 성수를 뿌리며 축복해 주셨다. 혼자 다니는 동양 여자애를 신기해하고 기특해하는 마을 사람들이 나를 안아주며 복을 빌어주었다. "부엔 까미노!"

두려움이 낳는 것들

22일째, 또레스 델 리오

새벽녘에 추워서 잠이 깼다. 겨울옷을 하나도 싸 오지 않은 게 이리도 후회될 줄이야. 고양이 세수를 하고 일찌감치 길로 나선다.

〈매일의 기도〉와 〈평화의 기도〉를 읊으면서 느릿느릿 한 발짝씩 나아가다 보면 걸음걸이 활기찬 사람들이 하나 둘 나를 앞지르고, 한 시간쯤 지나면 같은 마을에서 출발한 모두가 나를 앞질러 간다. 아직 나보다 느린 사람은 보지 못했다. 모두가 떠나고 나면 들판과 길은 온통 내 차지가 된다. 까미노를 혼자 전세 내고 걷는 이 시간이 참 좋다.

산 솔을 지나 또레스 델 리오까지 8킬로미터를 왔는데 맘 같아선 12킬로미터 다음 마을 비아나까지 가고 싶다. 어떻게든 갈 수야 있겠지만 대체 왜 그리 무리하고 싶은 거냐 순진? 산티아고에 좀 더 일찍 가고 싶어서? 허락해 주시는 데까지만 가겠다고 하고선 만날 말뿐이다. 자, 순진, 네가 이 길을 걷는 이유가 뭐지? 산티아고에 도착하려고? 더 많이 걸으려고? 아니잖아. 넌 그냥 이 길 위에 있고 싶은 거잖아. 그럼 그냥 있어. 억지로 무리하지 마. 괜찮아.

그래서 나는 오늘도 알베르게에 첫 손님으로 들어왔다. 요 며칠 계속 추위에 시달려 감기 기운이 있었던지 가방만 내려놓은 채 바로 잠이 들었다. 무리한 내 몸에게 충분한 휴식을 주어야 했다.

한국에서 오신 아주머니 한 분을 만났다. 같은 여행사에서 산티아고 순례 상품을 신청한 사람들 여럿이 함께 출발했는데 혼자 뒤처졌다고 하셨다. 말도 안 통하고 음식도 낯설어 며칠을 빵과 물로 연명하며 하루 수십 킬로미터씩 걸어오셨단다. 나는 부엌에 남아 있는 재료들로 아주머니께 파스타를 만들어드렸다. 토마토랑 토마토 페이스트를 섞고 자판기에서 산 콩 요리와 양상추를 잘라 넣으니 그럴싸해졌다. 며칠 만에 음식과 야채를 실컷 드시게 되어 다행이었다.

아주머니는 당신을 뒤처지게 버려두고 간 사람들에게 무척 화가 나 있었다. 사실 같은 여행 상품을 구입했다 해도 저마다 보조가 다른데다, 모르는 사람들이 한 달 넘는 먼 길을 끝까지 함께 가기란 쉬운 일이 아니었다. 환갑이 훌쩍 지난 아주머니를 하루 40킬로미터씩 걷게 만드는 건 당신을 두고 떠난 '젊은 것들'을 향한 분노의 에너지였다. 그리고 그 분노는 혼자가 되었다는 두려움에서 비롯되는 것 같았다. 나는 아주머니가 이대로 무리하게 걷다가 탈이 나시는 건 아닐까 걱정되었다.

아주머니를 보면서 그간 내가 만나온 거칠고 무례한 사람들에 대한 오해가 좀 풀렸다. 그들은 두려운 것이었다. 그 두려움을 들키기 싫어서 다른 사람에게 화를 내고, 권위적인 말이나 행동을 하게 되는 것이었다. 두려움에 사로잡히면 부드럽고 따뜻한 것들이 밖으로 나올 수 없었다. 두려움은 오로지 차갑고 날카로운 것들만 만들어낼 뿐이었다. 그러자 그들이 좀 안쓰러워졌다. 우리 모두 안쓰럽고 안타까운 사람, 그냥 사람일 뿐이었다.

허락되지 않는 목표

23일째, 비아나

어제 한 방에 들었던 오스트리아 사람들은 밤 늦게 잔뜩 취해 들어와 목청껏 노래를 불러댔다. 혼자 들어온 노르웨이 아주머니도 괴로운 기색이었지만 감히 그들에게 조용히 해달라고 말하진 못했다. 한 시간을 망설인 끝에 계속 노래할 거면 나가달라고 했다. 세상에서 싸움이 제일 무서운 내가 이 말을 하기까지 얼마나 큰 용기가 필요했는지, 하늘은 아실 것이다. 최대한 당당하게 말하려고 노력했지만 소심한 가슴은 자꾸만 덜컹덜컹 뛰었다.

비아나로 오는 길 초반은 평탄하고 아주 아름다웠다. 느리게, 집중하며 걸으려고 노력했다. 처음 두어 시간은 좋았는데 돌이 많은 언덕길이 나오니 체력이 급격히 떨어지면서 발목까지 아파왔다. 심하게 절룩거리는 나를 보고 어떤 아주머니가 "나도 어제는 너처럼 걸었단다. 그런데 천천히 천천히 걸으니 오늘은 한결 나아졌어. 그러니 너도 천천히 천천히 걸으렴!" 했다. 그 말씀이 꼭 하느님 말씀 같아 고맙게 받아먹었다.

하지만 시간이 지날수록 발은 무거워져 자꾸 헛디디고 돌에 걸렸다. 어제 잠을 못 자서 그런가보다 싶었는데 가만 보니 내 안에 아직 '산티아고에 가고 말겠다'는 마음이 있었다. 노력해 보아도 그 마음은 버려지지 않았다. 무슨 일이 있어도 하루 10킬로미터는 걸어야 한다고 속으로 계산하고 있었다. 이 길을 걷는 모두가 그런 것처럼 나도 그저 목적지까지 가고 싶다는 바람을 품은 것뿐인데 내겐 그조차 허락되지 않았다. 비아나를 3킬로미터쯤 남겨둔 어느 바위에 앉아 나는 끄억끄억 소리 내며 울었다. 세상의 다른, 건강한 다리를 가진 모든

땡볕이 좋은 점은 빨래가 잘 마른다는 것! (위)
무리하지 마 순진, 그러다 영영 여기에 짐 푸는 수 있어. (아래)

이가 부러웠다. 내가 걸은 11킬로미터가 '고작' 이라고 느껴지면서 서럽고 억울해졌다. 하늘에 대고 아프다고 마구 소리쳤다. 감히 오늘 로그로뇨까지 가겠다고, 산티아고까지 걷겠노라고 다짐한 내가 우스웠다. 너무나 절망스럽게 몸과 마음이 다 아팠다. 이런 내 속을 아는지 모르는지 말간 하늘에는 구름이 동동 떠간다.

비아나에 도착했을 때는 얼굴이 온통 마른 눈물, 콧물로 범벅이었다. 이곳 알베르게는 난간 없는 3층 침대로 악명 높은 곳인데 사색이 다 돼 들어선 나를 보고 호스피탈레라가 1층에 자리를 내주었다. 배낭을 내려놓자마자 나는 거품을 토하며 기절했다.

오한이 들어 정신을 차렸다. 주섬주섬 배낭에서 빵이랑 치즈를 꺼내 먹고 나니 기운이 조금 났다. 치즈를 만든 사람을 사랑하기로 했다. 그게 코골이건 술주정꾼이건! 그러고 보니 아침에 빵 한 쪽 먹고 여태껏 버텼구나. 또다시 우간다 어린이 생각이 난다.

내일 걸으려면 든든히 먹어두어야겠단 생각에 동네 식당 문 열기를 목 빠지게 기다렸다. 날마다 밥 때만 기다리는 똥강아지 같다.

식당에서 일본인 세 명을 만났다. 아까 길에서 나를 앞질러 간 단발머리 소년 유스케도 있었다. 지구의 같은 쪽에서 왔다는 공통점 때문에 우리는 서로 동네 사람 만난 것처럼 반가웠다. 일본이 이렇게 가까운 나라였다니 놀라웠다. 한국 영화를 좋아하는 테라가와 아저씨와 스페인어를 잘하는 요시코 아줌마, 남산만한 배낭을 지고 다니는 유스케와 아는 일본어라곤 '아리가토' 가 전부인 나, 우리는 한자리에 모여 서로의 공통점과 다른 점을 발견하며 즐거워했다.

걷기 시작하고 매일 더 나아져서 점점 더 많이, 잘 걷게 될 거라 기대했다. 남들처럼 나도 목표에 닿을 수 있다고, 또 반드시 그래야 한다고 믿었다. 그러나 내가 확실하다고 믿는 것들이 하나씩 다 깨지고

난간 없는 3층은 젊은이들 차지.
아래층에서 돌아누우면 침대 전체가 흔들려 스릴 만점이다.

있는 것 같다. 내 목표가 산티아고에 도착하는 일이 아니라는 것을, 내 몸은 이런 식으로 알려주는 모양이다. 오늘은 아주 호되게 깨진 날이다.

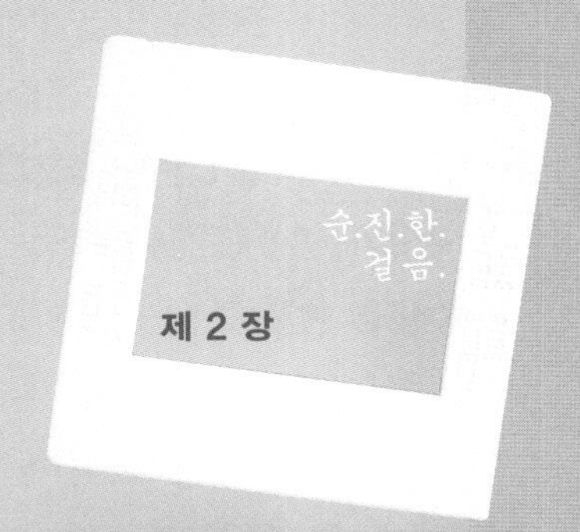

제 2 장

다 똑같이 아름답다

까미노는 정말 인생의 축소판 같다. 매일 만나고 헤어지는 일이 있고, 내 맘에 드는 사람과 그렇지 않은 사람, 기분 좋은 일과 기분 나쁜 일, 실수, 용서, 깨달음, 모든 게 있다. 그리고 결국엔 모두 자기가 왔던 곳으로 돌아간다.

괜찮아, 다 괜찮아

24일째, 나바레떼

어제의 절망은 어디 갔나 싶게 오늘은 발걸음이 가볍다. 테라가와 아저씨와 요시코 아줌마는 벌써 떠났고 늦잠을 잔 유스케랑 아침을 나눠 먹고 출발했다. 처음 한 시간은 걷기 시작한 이래 최고 속도였다. 시속 3킬로미터는 되는 것 같았다. 앞서간 유스케를 잡아보려고 부지런히 걸어보았지만 유스케는 이미 토성이나 천왕성까지 가버린 모양이다.

걷다 보니 저 앞에 평소의 나만큼이나 느리고 힘없게 걸어가는 뒷모습이 하나 보였다. 항상 다른 사람들이 나를 앞질러 갔는데 나도 처음으로 누군가를 앞질러 갈 수 있겠구나, 신이 나서 발걸음을 재촉했다. 하지만 그 뒷모습이 가까워지자 갑자기 그러고 싶지 않아졌다. 그 대신 나도 속도를 늦추고 평소처럼 천천히 걸었다. 우리는 일정한 거리를 두고 느릿느릿 걸어갔다. 뒤에서 내 발소리가 났을 텐데 그는 한 번도 뒤돌아보지 않았다. 나는 그 사람 옆으로 가서 나도 당신처럼 느리다고, 느려도 괜찮다고 말해 주고 싶었다. 하지만 대신에 나는 일정한 거리를 두고 규칙적인 트레킹 폴 소리를 내며 그를 뒤따라갔다. 그를 앞질러서 얻는 쾌감보다는 느리게 걷는 그의 길벗이 되는 게 더 좋았다. 만약 이다음에 내가 아주 빨리 걸을 수 있게 된다고 해도 느리게 걷는 사람을 만나면 나는 그와 보조를 맞추어 걷고 싶다. 생장에서 자고 할아버지가 내게 해준 것처럼.

문득 여기 와서도 항상 누군가와 경쟁하는 나를 발견한다. 아침에 꼴찌로 일어나지 않으려고 경쟁하고, 남보다 일찍 길에 나섰다고 느껴지면 만족한다. 숙소에 일찍 도착하려고 경쟁하고, 침대를 먼저 맡으려고 경쟁한다. 샤워실을 맡으려고 경쟁하고 부엌도 일찍 쓰려고 경쟁한다. 누구와? 왜? 나는 왜 항상 모자라지 않게 채워주는 우주와 그 힘을 믿지 못할까? 왜 끊임없이 '내' 가 할 수 있다고 생각할까? 왜 항상 사람에게 의존하고 싶어 할까? 다 믿고 그냥 놓아버리면, 물 위로 둥둥 떠오를 것 같은데.

물을 마시고 쉬면서 오늘은 어디까지 갈까 생각했다. 리오하 주의 수도인 로그로뇨는 꽤 큰 도시다. 그런데 이 길에 온 이후 나는 어쩐지 도시가 낯설고 어지럽다. 저 멀리 도시 외곽만 보아도 아파트며 고층 빌딩이 빼곡하다. 향기로운 유채밭과 밀밭을 큥큥대며 걷다가 로그로뇨에 도착했을 때, 나는 다음 마을 나바레떼까지 버스를 타고 가기로 결심했다. 이 길을 꼭 두 발로 완주하러 온 것도 아닌데다, 이렇게 해야 '두 발로 끝까지' 가겠다는 집착에서 놓여나 매일 몇 킬로미터를 걸었는지 계산하며 초조해하지 않을 것 같았다. 그렇게 생각하니 마음이 무척 여유로워지고 걷는 게 즐거워지기 시작했다. 버스를 타도 된다고 말해 준 건 내 중심이었는데, 어쩌면 내 속에 계신 그분이 바라시는 여행도 이런 것이란 생각이 들었다. 목숨 걸고 걷다가 장렬하게 기절하는 것이 아니고.

나바레떼까지 버스를 타고 알베르게로 가니 내가 열일곱 번째였다. 유스케가 벌써 와 체크인하고 있다. 여긴 호스피탈레로가 일일이 사람들에게 침대를 지정해 주었는데 나이가 많거나 아픈 사람에게 1층 침대를 내주는 배려가 섬세해서 좋았다. 하지만 오늘 버스 타고 온 나

리오하주의 까미노 표지석.

는 너무 쌩쌩해 보여 2층이다. 내 아래층엔 알바니아에서 오신 할아버지가 들었다. 내 몸에서 수백 년은 된 것 같은 순례자의 땀 냄새가 난다.

샤워하고 빨래를 해 너는데 테라가와 아저씨랑 요시코 아줌마가 오셨다. 당신들보다 걸음도 느리고 출발도 늦었던 내가 먼저 도착한 게 의아했던지 요시코 아줌마가 내게 몇 시에 왔느냐고 물었다. 순간 어쩐지 좀 위축되는 느낌이었다. 하지만 다시 생각해 보니 나는 스스로에게 떳떳했다. 앞으로도 이런 일이 있다면 얼마든지 버스를 탈 것이다. 남들이 다 한다고 미친 듯이 내 몸을 학대하며 걷지는 않을 것이다. 나는 최대한 당당하려고 노력하며 로그로뇨에서 버스를 탔다고 이야기했다. 잘했어 순진! 이젠 달아나지 않아도 돼.

나는 씩씩하게 요시코 아줌마와 유스케에게 장을 봐서 밥을 해먹자고 말했다. 스페인 요리는 할 줄 아는 게 없다고 난감해하는 두 사람에게 나만 믿으라고 큰소리 친 뒤, 파스타를 만들고 이탈리아 친구들에게 배운 대로 스테이크를 구웠다. 스테이크는 처음이라 좀 어설펐지만 파스타는 여전히 인기 만점. 한국에서 혼자 왔다는 혜원 언니도 함께 어울렸다.

저녁 식탁에서 요시코 아주머니는 대나무 피리를 불고 나는 오카리나를 불었다. 옆 자리에선 노르웨이 민요가 답가로 건너왔다. 노랫소리를 들은 호스피탈레로 아저씨가 달려와 덩실덩실 엉덩이춤을 추었다.

오늘, 다 잘했다. 버스 타고 온 것도, 요리한 것도, 오카리나 분 것도, 전부 다 잘했다 순진. 이게 까미노란다. 기절할 때까지 걸으려고 하지 마렴. 사랑해!

외계인

26일째, 그라뇽

아침에 일어나니 혜원 언니는 이미 떠날 준비를 마쳤다. 언니는 소아과 의사였고 한국에 돌아가면 장애우를 돕는 단체에서 일하게 될 것 같다고 했다. 언젠가 내가 이동식 극장차를 꾸려 전국을 돌게 되면 언니랑 같이 해보고 싶다는 생각이 들었다. 몸이 아픈 사람들과 마음이 아픈 사람들을 함께 돌볼 수 있을 것이다. 혜원 언니는 내게 그라뇽까지 같이 가자고 했지만 이 땡볕에서 내 속도에 맞춰 걷는 일은 언니에게 몹시 힘든 일이었다. 나 역시 언니를 덜 힘들게 하려고 아등바등 무리할 것이 뻔했다. 친구들을 먼저 보내려고 한참을 늑장 부린 뒤에야 길을 나섰다.

오늘도 그늘 한 점 없는 땡볕 자갈밭. 발이 아프고 다리가 무겁다. 머리도 어지럽고 눈알도 팽팽 돈다. 혜원 언니한테 배운 게 한 가지 있는데 그것은 언제나 '충분히' 쉬어야 한다는 것이었다. 언니는 쉬어야겠다 싶으면 그게 땡볕이건 길 한가운데건 가리지 않고 앉아 쉬었다. 쉬는 건 그렇게 하는 거였다. 나도 언니에게 배운 대로 땡볕 아래서도 퍼질러 쉬고, 그늘이 나타나면 아주 감사히 쉬면서 산토 도밍고 데 라 칼사다를 향해 갔다.

뒤에서 두런두런 말소리가 난다. 아무래도 내 얘길 하는 것 같다. 서양 남자애 셋이 뒤에서 내가 한국인인지 일본인인지 중국인인지 내기하고 있었다.

"한국인은 아니야, 한국 애들은 배낭에 양말짝 같은 거 매달진 않아. 되게 깔끔한 척하거든."

"영어를 시켜봐, 발음이 이상하면 일본인이야."

"혼자 온 걸 보면 쿵푸를 하는 중국인인지도 몰라. 아뵤~"

세 녀석은 나를 놓고 쑥덕쑥덕 갑론을박중이었다. 그러다 한 녀석이 와서 물었다. "어디서 왔니?" 하루에 스무 번은 더 똑같은 질문을 받아 가뜩이나 지겨운데 녀석들이 하는 이야기를 다 들어버린 터라 심술도 났다.

"다른 별에서 왔다."

"오오~ 거 아주 흥미로운데! 다른 별 어디?"

"말해 줘도 니들은 몰라. 지구인들에겐 알려지지 않은 곳이거든."

"여기는 왜 왔는데?"

"우리 별 임금님의 명령으로 지금 지구에서 특수 임무를 수행하는 중이야."

"특수 임무? 그게 뭔데?"

"말해 줄 수 없어. 기밀 사항이거든."

"왜 이렇게 느리게 걷니?"

"우리 별에선 이게 정상 속도야."

"야, 그래도 좀 서둘러. 이러다간 땡볕에 타 죽어!"

"미안, 난 이렇게 걷는 게 좋아."

녀석들은 혀를 내둘렀다.

"그럼 네 이름은 뭔데?"

"나에 관한 모든 것은 특급 비밀이야. 말해 줄 수 없어."

약이 바짝 오른 녀석들은 "오늘 밤 안에 너에 관해 모든 걸 캐내고 말겠다"고 벼르며 먼저 떠났다. 어느 나라에서 왔는지가 그렇게 중요할까? 다른 걸 물었더라면 실컷 대답해 줄 수 있었을 텐데. 이 밀밭을 보면 뭐가 떠오르니? 오늘 아침에 똥은 눴니? 물병에 물은 남아 있니? 등등.

식당 모서리에서 발견한 천사. 나를 보고 있다! (위) 땀에 절은 신발을 내다 말리는 것도 순례자들에겐 중요한 일과. (아래)

산토 도밍고 데 라 칼사다에 겨우, 정말, 죽을힘을 다해 왔다. 지은 지 천 년 되었다는 알베르게를 기대하고 왔는데 이미 만원이다. 남은 침대가 없다는 말을 듣는 순간 나도 모르게 눈물이 또르르 흘러내렸다. 이놈의 눈물, 주책도 없이! 호스피탈레로 아저씨가 다음 마을 그라뇽에 가면 잠자리가 있을 거라며 버스 정류장을 알려준다. 망할 놈의 수탉인지 닭 뼈다귀인지가 성당 안에 모셔져 있다고 관광객이 넘쳐나는 도시라 길도 복잡하고 차도 많았다. 두 시간이나 기다렸는데도 버스가 오지 않아 물어보니 그라뇽 가는 버스는 끊긴 지 오래란다. 하는 수 없이 택시를 잡아타고 5킬로미터 떨어진 다음 마을 그라뇽으로 향했다.

그라뇽 성당 알베르게에 들어서는 순간 다리에 맥이 풀려 '쿵!' 소리를 내며 바닥에 주저앉았다. 아까 길에서 만난 세 녀석이 어디선가 튀어나오더니 "한국에서 온 순진! 너에 대해 다 알고 있다!"며 반색한다. 패트리샤라는 호스피탈레라가 초죽음이 된 나를 맞아 가방을 받아주고 땀에 찌든 나를 꼭 안아주었다. 가뜩이나 울고 싶은데 가슴을 열어주니 서러움이 북받쳐 한참을 엉엉 울었다. 패트리샤는 나를 꼭 안고 도닥여주며 "괜찮아, 이제 괜찮아. 이젠 좋은 곳으로 왔단다. 걱정할 것 없어" 하고 말해 주었다. 땀과 먼지에 찌들어 쉰내가 폴폴 나는 머리에 입도 맞춰주었다.

사람들이 마실 물을 가져다주고 패트리샤는 물수건으로 내 얼굴과 손을 닦아주었다. 장난꾸러기 남자애들이 훌쩍이는 내 머리를 쓰다듬어주고 코를 만져주고 갔다. 나는 패트리샤에게 연신 고맙다고 했다. 그러자 패트리샤는 말했다. "나도 언젠가 순례자였을 때 누군가 내게 이렇게 해주었단다. 그때 내가 받은 걸 조금 되갚는 것뿐이야."

이곳 알베르게는 침대가 없고 바닥에 얇은 요 한 장을 깔고 잔다.

생전 처음 보는 사람과 살을 맞대고 자기도 한다. 아침에 헤어졌던 혜원 언니도 여기 와 있었다. 언니 옆자리에 요를 깔고 누워 숨을 내쉬었다. 위층에선 사람들이 음식을 만드느라 떠들썩하다.

저녁은 렌틸이라고 불리는 작은 콩과 감자로 만든 수프, 빵, 샐러드였다. 후식으로 나온 과일까지 아주 즐겁고 행복한 식탁. 그라뇽에는 순례자들을 먹이고 재우는 수백 년 전통이 내려온다고 패트리샤가 몇 개 나라 말로 이야기해 준다. 우린 함께 와인잔을 들어 서로의 순례길을 축복했다. 아까 그 남자애들 중 하나는 체코에서 온 레게머리 쟈콥이었는데 자기 이름이 이 길을 처음 걸어간 야고보 성인과 같다고 자랑했다. 그 애들은 한국에서 온 뺑쟁이라며 나를 막 구박했다. 누구한테 들었냐고 물어보니 쟈콥이 말했다. "네 외계인 친구를 만났다!"

그라뇽에는 저녁 식사 후에 성당에서 열리는 조촐한 기도 모임이 있었다. 깜깜한 성당에 촛불을 켜고 둘러앉아 각 나라말로 기도문을 읽고 촛불에 소원을 빌며 서로를 축복해 주었다. 나는 끝까지 건강하게 이 길을 가는 것, 그리고 내 안에서 들려오는 목소리를 더 잘 알아챌 수 있기를 빌었다. 또 나란히 앉은 혜원 언니가 늘 행복하고 평화롭기를 빌었다.

호스피탈레라의 호스피탈레라

27일째, 그라뇽

혜원 언니 말로는 어젯밤엔 내가 코를 골았다고 했다. 이럴 줄 알았다. 미워하면 닮는다더니!

아침에 몸이 영 찌뿌듯하고 오른쪽 골반 뼈가 아팠다. 5킬로미터라도 갈까 하루 더 쉴까 고민했는데 아무래도 무리하지 않는 게 낫겠다. 어제 그 장난꾸러기 중 하나인 존이 알베르게를 청소하고 있어서 도왔다. 존은 내게 물을 많이 마시고 낮 12시에서 2시 사이엔 그늘을 찾아 쉬라고 충고해 주었다.

빨래를 해 널고 동네 한 바퀴 도는데 어제 산토 도밍고 데 라 칼사다에서 묵은 요시코 아줌마와 테라가와 아저씨가 지나간다. 나보다 훨씬 빨랐던 그분들도 알베르게에 침대를 얻지 못해 호텔에서 잤다고 한다. 유스케는 이미 지나간 지 오래였다. 반가운 분들과 헤어지고 숙소로 돌아오니 배낭 속에 혜원 언니가 두고 간 쪽지가 하나 있다. 언니는 나를 혼자 두고 가서 미안하다며 어제 같은 일이 생기면 꼭 호텔에 가서 자라고 50유로를 넣어놓았다. 언니가 날 두고 가는 게 아닌데. 우린 그저 각자의 길에서 우연히 만난 것뿐인데. 하도 울고 다녀서 언니가 마음이 쓰였나보다. 내가 아프고 약한 것이 다른 사람에게 폐가 되는 건 아닌지, 고마운 마음보다 미안한 마음이 앞선다.

호스피탈레로 프랭크에게 도울 일이 없느냐고 물으니 성당 앞마당을 쓸어달라고 해서 빗자루를 들고 나섰다. 며칠 전 또레스 델 리오에서 만났던 독일인 마크도 오늘 걷지 않고 남아 있었다. 술 취해 밤새 노래 부르던 바로 그 녀석이다. 마크는 성실하지만 다른 사람 일에 참견하고 잔소리를 쉬지 않아서 아무리 애써도 좋아지기 힘든 인물이었다. 게다가 녀석은 내 이름을 멋대로 아무렇게나 불러댔다. 손쉰, 쉰쉰, 쏜, 씽― 잔소리를 하고 못살게 굴어도 그저 심드렁한 내가 자기랑 잘 맞는다고 생각했는지 마크는 내일부터 함께 걷자고 했다. 내일 딱 하루만 시속 10킬로미터가 될 순 없을까? 녀석을 피해서라도 멀리 멀리 도망가야겠다.

이탈리아 할아버지 한 분이 체크인했다. 할아버지는 어제 산토 도밍고 데 라 칼사다에서 만난 뚱뚱한 할아버지가 나를 걱정하더라고 했다. 아까 요시코 아줌마도 웬 영국인이 날 찾으며 걱정했다고 혹시라도 날 만나면 안부 좀 전해 달라 하시더란다. 내가 햇볕에 타 죽어 가지는 않는지, 또 어느 길가에서 울고 있지는 않은지 다들 마음이 쓰이는 모양이다. 모르는 사람들이 다들 나를 걱정하고 날 위해 기도해 주고 있다니, 기분이 이상했다. 누군가 끊임없이 내 발길을 지켜보고 계시는구나 하는 느낌이 들었다.

점심 무렵, 패트리샤가 깁스를 한 채 병원에서 돌아왔다. 어젯밤 욕실에서 미끄러져 팔이 부러진 거다. 너무 안쓰러웠다. 조용히 다가가 꼬옥 안아드렸더니 패트리샤는 흐느껴 울었다. 잠시 후 패트리샤가 물었다.

"오늘 내 호스피탈레라가 돼줄래?"

"그럼요, 기꺼이요."

나는 패트리샤가 옷을 갈아입는 것, 샤워하는 것, 그 밖에 오른손으로 해야 할 일들을 거들었다. 바로 어제, 탈진한 나를 안아 달래주던 그녀를 내가 돕고 있는 거였다. 패트리샤는 이런 일을 상상이나 할 수 있느냐고 기막혀했다. 이건 대체 무슨 메시지일까, 우린 둘 다 궁금했다.

패트리샤는 내게 부모님이 계시냐고 물었다. 고개를 끄덕이자 패트리샤는 내 손을 잡았다. "집에 가서 어머니께 전해 드리렴. 너를 정말 착하고 다정한 아이로 잘 기르셨다고." 그 말을 듣는 순간 왈칵 눈물이 났다. 부모님은 한 번도 내게 그런 말을 해주신 적이 없었다. 그분들께는 내가 잘하는 일보다 잘 못하는 일이 항상 더 컸다. 부드럽고 다정한 칭찬보다는 잘못을 꾸짖는 것이 그분들 방식이었다. "넌 정말 좋은 딸이란다 얘야. 너처럼 좋은 딸을 누리지 못하는 분들이 가엾은 거야." 순간 나는 그 말을 내게 해주는 사람이 패트리샤가 아니라고 느꼈다. 누군가 패트리샤를 통해 그 말씀을 내게 전달하고 계셨다. 내가 좋은 아이라고, 착한 아이라고 이야기해 주고 계셨다.

패트리샤는 내게 '예기치 못한 기적' 이라는 옥 장신구를 선물로 주었다. 왜 날 이 길로 오게 하시고 이런 일을 겪게 하시는 걸까 늘 궁금했는데 오늘은 내가 패트리샤의 호스피탈레라가 되기 위해 여기 있다는 것을 알게 되었다.

오늘은 토요일이라 알베르게가 더 일찍, 더 꽉 찼다. 패트리샤가 움직이지 못하는 동안 마크가 며칠 더 남아 알베르게 일을 돕기로 했다. 나한테는 고약했지만 심성이 나쁜 사람은 아닌가보다. 저녁 미사에서 신부님은 순례자들을 불러내 축복해 주셨다. 그리고 절대 포기하지 말라고, 산티아고에 가는 것보다 이 길에서 보고 듣고 느끼는 것에 깨어 있는 일이 훨씬 더 중요하다고 얘기해 주셨다.

오늘 갑자기 사람이 많이 들어온데다 일손이 모자라 저녁이 한 시간 가량 늦어졌다. 프랭크 혼자 이리 뛰고 저리 뛰는 게 안쓰러웠다. 배고파서 날카로워진 사람들 눈에서 냉기가 뿜어져 나왔다. 하루 종일 지켜보니 프랭크는 잠시도 쉬지 못하고 일했다. 밥 먹으면서도 끊임없이 다른 식탁에 빵이 있는지, 물병에 물이 있는지 확인했다. 그는 굳이 성직자가 되는 일이 아니고도 봉사가 무엇인지 삶으로 보여주는 사람이었다.

패트리샤에게 호스피탈레라 되는 법을 묻는 사람들이 있어서 나도 귀를 쫑긋 세웠다. 공립 알베르게 호스피탈레라는 로그로뇨에서 3일 정도 교육받은 뒤 전국에 있는 알베르게로 파견된다. 봉사자의 몸과 마음을 배려해 봉사 기간은 보통 2주다. 프랭크처럼 일하면 1주만 해도 엄청 힘들 것 같다. 사설 알베르게와 달리 공립 알베르게 호스피탈

한량 순례자 놀이. ♬♪ (위) 모두가 살 맞대고 자는 그라농 성당 알베르게. (아래)

레라는 산티아고 순례 경험이 있는 사람만 지원할 수 있다. 패트리샤는 호스피탈레라가 되는 것이 '배낭 없이 까미노를 여행하는 제일 좋은 방법'이라며 내게 윙크했다.

오늘도 기도 모임에서 촛불을 돌려 소원을 비는데 나는 속으로 말했다. '저를 알아서 요긴하게 쓰십시오!' 예수님 초상화랑 판박이처럼 닮은 그레고리오는 아무 말 없이 숨만 쉬었다. 그 기도가 제일 가슴에 와 닿았다.

고향

29일째, 토산토스

오늘은 여자들만 있으니 밤에 조용하겠다고 말하던 독일 아줌마는 밤새 전동 드릴로 벽 뚫는 소리를 냈다. 견디다 못해 손전등으로 바닥을 몇 번 두드렸다. 잠깐 조용한가 싶더니 이번엔 다른 패턴의 코골이. 코골이도 유형이 있다. 하나는 우렁차고 규칙적이어서 남은 못 자게 하지만 자기는 잘 자서 얄미운 경우, 다른 하나는 다양한 변주와 더불어 불규칙하게 숨넘어가는 소리를 내서 듣는 사람이 되레 걱정하게 되는 경우. 아줌마는 둘 다였다. 나 말고 나머지 사람들도 뜬눈으로 밤을 지새우는 게 분명했다.

오늘의 목적지는 토산토스. 가이드북을 보니 여기 알베르게는 정원이 열다섯 명이라고 해서 마음이 급해졌다. 앞서 가는 사람들이 전부 토산토스로 가는 것만 같아 걸음이 바빠진다. 오늘도 침대를 얻지 못하면, 아! 생각도 하기 싫다. 쉬지도 않고 물도 안 마시고 죽도록 걸으니 어지러워 휘청거린다. 어떤 아저씨가 뒤에서 오더니 다짜고짜 잠

바를 벗겨주고 물을 마시라고 하면서 소리친다. "미쳤군! 이러다간 죽어!" 기필코 열다섯 명 안에 들겠다는 각오로 죽을 둥 살 둥 토산토스 알베르게에 도착하니 내가 일곱 번째. 스스로 한심해진다.

내가 절룩대며 들어오는 걸 본 사람들이 자리를 내어주고 호스피탈레로 아저씨가 기 치료를 해주셨다. 신발을 벗어 보니 발목이 장난 아니게 부었다. 의사를 부르러 가는 사람들을 한사코 말리며 일단 자리에 누웠다. 다들 걱정하며 내 상태를 살피고 있다. 호스피탈레로 타키 아저씨는 걱정스러운 얼굴로 내일 걷지 말라고 하셨다. 아저씬 의사도 약도 싫다 하고 내일도 걷겠다는 나를 목 졸라 흔들어댔다.

저녁은 빠에야였다. 오랜만에 밥을 먹어서 행복하다. 이곳 호스피탈레로들은 노래를 무척 좋아한다. 밥 먹기 전에도 감사 노래, 밥 먹고 나서도 감사 노래, 포크로 유리컵을 두들기며 다 함께 온갖 노래를 불렀다. 진짜 스페인 사람들을 만난 것 같다. 다들 흥이 살아있다. 모두 함께 어깨를 걸고 발을 구르며 〈순례자의 노래〉를 불렀다.

밤에는 다락방 예배실에서 조촐한 기도회가 있었다. 이곳에는 재미난 전통이 하나 있었다. 순례자들이 자기 나라 말로 소원을 적어 남기면 나중에 오는 순례자들이 그 기도를 읽어주고, 그렇게 낭독된 기도는 스무 날 뒤에 불로 태워주는 것이다.(보통 토산토스에서 산티아고까지 스무 날 정도 걸리기 때문.) 암과 씨름하는 할아버지를 위해 걷고 있는 열 살짜리 여자아이의 기도가 낭독되었을 땐 여기저기서 "어흑!" 하고 울음 터지는 소리가 났다. 나도 이제는 고통 없이 행복하게 해달라는 기도를 써서 기도함에 넣었다.

자리에 누워 잠을 청하고 있으려니 문득 백석의 〈고향〉이라는 시가 떠올랐다. 호스피탈레로 타키 아저씨와 호세루이스 아저씨는 마치 타향에서 만난 아버지의 친구 같았다. 아저씨들은 나를 '미 니냐Mi niña(우리 아기)' 라고 불렀는데, 나이 서른에도 아기라고 불러주니 기분이 좋아진다. 어쩐지 가슴이 따뜻해지면서 힘이 난다.

> 나는 북관에 혼자 앓아 누워서
> 어느 아침 의원을 뵈이었다.
> 의원은 여래 같은 상을 하고 관공의 수염을 드리워서
> 먼 옛적 어느 나라 신선 같은데
> 새끼손톱 길게 돋은 손을 내어
> 묵묵하니 한참 맥을 짚더니
> 문득 물어 고향이 어데냐 한다.
> 평안도 정주라는 곳이라 한즉
> 그러면 아무개씨 고향이란다.
> 그러면 아무개씰 아느냐 한즉
> 의원은 빙긋이 웃음을 띠고
> 막역지간이라며 수염을 쓸는다.
> 나는 아버지로 섬기는 이라 한즉
> 의원은 또다시 넌즈시 웃고
> 말없이 팔을 잡아 맥을 보는데
> 손길은 따스하고 부드러워
> 고향도 아버지도 아버지의 친구도 다 있었다.

—백석, 〈고향〉

토산토스 다락방 기도실의 작고도 낮은 제단.

30일째, 토산토스

저를 이리로 불러주시고 날마다 깊은 가르침을 주시는 선생님! 제 안에 계시고, 제게 오는 모든 사람들의 모습을 하고 계신 선생님!

저는 오늘 토산토스라는 곳에 있습니다. 어제 왔는데 오늘 아침에 떠나지 못했어요. 사람들이 〈순례자의 노래〉로 호스피탈레로에게 배웅받으며 떠나는 동안 마음이 무거웠습니다. 마음 한편은 가야 한다는 생각 때문에 불안한데 누군가 제 안에서 '네 아버지 집이다. 편히 쉬어라' 그럽니다.

여기 사람들은 제 이름이 무언지, 나이는 몇이고 하는 일은 무엇인지, 가족과 친구는 있는지 아무것도 묻지 않습니다. 그저 제가 괜찮은지 물어봐 주고 살펴주고, 눈이 마주치면 다가와서 안아주고 볼과 이마에 입을 맞춰줍니다. 다시 아기가 된 듯한 기분이에요.

그렇지만 이 편한 곳에 온종일 누워 있으면서도 왜 저는 항상 편히 쉬지 못하는지 궁금했습니다. 그러자 문득 선생님도 '길 위의 사람'이었다는 생각이 났습니다. 당신도 머리 둘 곳이 없다고 하셨지요. 빈손으로, 가진 것 없이 길 따라 바람 따라 여기저기 흘러 다니셨지요. 아 선생님, 당신도 순례자셨군요! 당신도 저처럼 길 위에서 고단하기도 하고 외롭기도 하셨군요. 때로는 거지 취급을 당하기도, 때로는 천사를 만나기도 하셨군요. 저도 지금 당신이 가셨던 바로 그 길을 가고 있는 거군요!

사람들이 저녁을 준비하는 동안 저는 영어로 된 〈평화의 기도〉를 옮겨 쓰고 있었어요. 타키 아저씨가 이 기도를 한국어로 옮길 수 있느냐고 하셔서 그 자리에서 우리말로 〈평화의 기도〉를 읊었어요. 아저

토산토스 알베르게. 누군가 내 안에서 말했다.
"네 아버지 집이다. 편히 쉬어라."

씨는 저를 부엌에 데려가 사람들 앞에서 한 번 더 그 기도를 해보라고 하셨어요. 부엌에 모인 사람들에게 느릿느릿 〈평화의 기도〉를 읊어드리자 호세루이스 아저씨가 감동한 얼굴로 제게 입맞춰 주셨어요. 우리말로 읊는 그 기도를 아무도 알아들을 수는 없었지만 그 기도가 품고 있는 사랑과 평화만큼은 모두의 가슴속으로 물결처럼 번지는 것 같았어요.

저녁 식탁에선 사람들과 까미노를 걷는 이유, 까미노에서 기대하는 것들을 서로 나누었어요. 독일에서 온 해롤드 할아버지는 심한 수전증에, 아픈 데도 많았지만 까미노에만 오면 통증이 없어진대요. 신디릴라 아주머니는 시라우키 성당에서 미사를 드리고 나오는 순간 오랜 고질병이었던 무릎 통증이 싹 사라졌고요. 저 역시 그런 기적을 바란다고, 제게도 그런 기적이 일어나 부디 오랜 아픔으로부터 자유로워지면 좋겠다고 했어요. 호세루이스 아저씬 제 어깨를 쓰다듬으며 꼭 그렇게 될 거라고 말씀해 주셨지요.

하지만 감동적인 저녁 식사와 제 바람에도 불구하고 통증은 점점 심해졌습니다. 차마 땅에 발을 딛지 못하고 가만히 누워 있지도 못할 정도가 되었어요. 호세루이스 아저씨가 전기 매트를 갖다주시고 타키 아저씨가 진통제를 주셨지만 통증은 사그라지지 않았어요. 오 하느님, 어디 계세요? 저랑 같이 계세요. 제발 어디 가지 마세요!

> 주님, 저를 당신 평화의 도구로 써주소서.
> 미움이 있는 곳에 사랑을, 상처가 있는 곳에 용서를, 분열이 있는 곳에 화합을, 거짓이 있는 곳에 진실을, 의혹이 있는 곳에 믿음을, 절망이 있는 곳에 희망을, 어둠이 있는 곳에 빛을, 슬픔이 있는 곳에 기쁨을 주게 하소서.

오, 거룩하신 주인님, 저로 하여금 위로받기보다는 위로하게 하시고, 이해받기보다는 이해하게 하시며, 사랑받기보다는 사랑하게 하소서. 주어서 받고, 용서해서 용서받고, 스스로 죽어서 영원한 생명으로 태어나기 때문입니다.

—아시시의 성 프란체스코 , 〈평화의 기도〉

네가 먼저 도와야 한다

31일째, 토산토스

통증은 아침 7시가 다 되어서야 나를 놓아주었다. 사람들은 더러 코를 골고 더러 이를 갈기도 하며 쌔근쌔근 잠들어 있었다. 나는 이토록 평안하게 잠든 사람들 사이에 홀로 깨어 고통으로 몸부림쳐야 하는 게 서글프고 원망스러웠다. 제 기적은 어디 있나요, 하느님?

식당에서 아침을 먹던 사람들이 내 얼굴을 보더니 오늘도 걷지 말라고 한다. 갈 수 있다고 고집부리니 타키 아저씨가 병원부터 가보자고 한다. 병원에 가봐야 내가 알고 있는 뻔한 검사들이 차례를 기다릴 것이고, 결국 의사들은 말도 안 통하고 정확하게 알 수도 없는 내 통증에 진통제 몇 알을 처방해 줄 터였다. 그동안 누차 했던 말, 병원은 내게 도움이 안 된다, 어떤 의사도 나를 도울 수 없다고 말하며 짐을 쌌다. 짐을 싸고 있는데 자꾸만 눈물이 흘러내렸다. 절망하고 싶지 않은데 마음은 자꾸 아래로 아래로 곤두박질했다. 사람들이 주위를 에워싸고 걱정스런 눈빛으로 나를 바라보았다. 타키 아저씨가 말했다. "하느님이 너를 돕게 해드리고 싶거든 네가 먼저 그분을 도와야 한다." 그 말을 하고 있는 아저씨 눈을 보니 문득 아저씨가 옳다는 생각이 들었다. 그제야 나는 짐 싸는 것을 그만두었다.

타키 아저씨, 호세루이스 아저씨는 내가 심심해 할까봐 벨로라도 수녀원 미사에 데려가 주셨다. 수녀님들의 따뜻한 미사곡과 착하고 반듯해 뵈는 신부님의 강론은 알아들을 수 없어도 감동적이었다. 작고 아름다운 미사였다. 자꾸 눈물이 툭툭 떨어졌다. 나란히 앉은 아저씨들이 나를 위해 기도하고 계신다는 것을 느꼈다. 아침에 게리 아저씨가 내 다릴 위해 기도해 주겠다고 하셨던 것, 독일 소녀 슈뢰더가

단벌 신사의 커다란 기쁨, 빨래가 아주 잘 말라가고 있다.

내 쾌유를 빌어주었던 것, 독일에서 온 자매 아줌마들이 내 손을 꼭 잡아주셨던 것, 모든 기도들이 내 마음으로 전해 왔다. 모두의 기도대로 나는 정말 나을 수 있을까?

호세루이스 아저씨가 새 악보를 주셨다. 어설픈 오카리나로 기도 시간 전담 악사가 되었다. 호세루이스 아저씨는 조용하게 챙기는 아버지 같고, 타키 아저씬 다정하고 따뜻한 엄마 같다. 하느님이 왜 나를 여기에 사흘이나 머물게 하셨는지 조금은 알 것도 같다.

타키 아저씨가 마당에서 기 체조를 하고 계시기에 나도 배웠다. 태양을 향해 서서 발끝에서부터 머리 위까지 쓸어 넘겨 하늘로 두 팔 뻗기 세 번, 태양 에너지를 가슴으로 받아와 문지르기 세 번. 하고 나니 기분이 좋아진다. 아저씨는 이 체조가 내 통증에도 도움이 될 거라고 하셨다.

독일에서 온 볼프함과 스페인 친구 아똥이 내 오카리나 소리를 듣고 곁에 와서 노래했다. 외계에서 온 듯 범상치 않은 외모를 지닌 아똥은 만나는 여자애들한테마다 "오, 뽀뽀해 줘, 자기!" 하고 입술을 들이미는 통에 여자애들이 질겁했다. 길에서 주운 카메라 케이스를 들고 일주일째 주인을 찾아다니는 아똥. 그런 아똥을 한심해하는 사람들도 있었지만 나는 엉뚱하고 순진한 아똥이 재미있었다. 자기를 위해 연주해 달라는 아똥에게 〈오블라디 오블라다〉를 연주해 주니 눈을 감고 아주 행복해한다.

부엌에선 시끌벅적 저녁 요리가 한창이다. 요리사인 볼프함이 콩 수프를 끓이고 있는데 내가 한국 요리는 '손맛'이라고 하니 수프에다 손가락을 집어넣으며 자기 요리에도 손맛이 들어갔다고 한다. 넉 달은 요리사로 일하고 석 달은 여행을 다닌다는 볼프함. 볼프함처럼 살 수 있는 사람들이 많아지면 세상은 조금 더 느려질까? 한참 콩이 불

벨로라도 수녀원 마당의 십자가.

어가고 있는데 타키 아저씨가 '콩'은 불어로 '바보'라는 뜻이라며 프랑스에서 온 크리스티앙 할아버지에게 이따가 "콩 먹어라" 하자고 해서 실컷 웃었다.

오늘 저녁도 추웠지만 어제처럼 통증이 심하진 않았다. 내일은 걸을 수 있었으면 싶다가도, 한편 여기 '아버지의 집'에 정들어 떠나기 싫기도 했다. 오늘 기도회에선 어제 내가 쓴 기도를 직접 읽었는데 타키 아저씨가 알아보고 웃으셨다. 기도회가 끝나자 크리스티앙 할아버지가 내 다리는 꼭 나을 거라고, 이미 기도는 접수됐다고 하셨다. 이제 호세루이스, 타키 아저씨하고는 눈빛만 봐도 소금을 가지러 오셨는지 빗자루가 필요한지 알 정도가 됐다. 이분들과 내일 어떻게 헤어져야 할지 모르겠다.

느리지만 넌 항상 목적지에 닿지 않니

32일째, 비야프랑카 몬테스 데 오카

짐작했던 대로 두 아저씨하고 헤어지는 건 힘들었다. 서로들 끌어안고 한참을 울었다. 무뚝뚝한 호세루이스 아저씨가 눈이 벌게지도록 우시는 걸 보니 가슴이 아팠다. 두 분은 내게 걷다가 힘들면 돌아와 쉬라고, 전화만 하면 언제든 차로 데리러 오시겠다며 내 손에 전화번호를 쥐어주셨다. 마치 고향에 든든한 부모님이 계신 것처럼 힘이 났다. 포옹과 뽀뽀를 수십 번은 하고 두 분이 불러주시는 〈울트레이아〉라는 노래를 뒤로한 채 길을 나섰다. 타키 아저씨 말씀대로 나를 그리로 데려가신 건 하느님이셨나 보다. 아저씨는 내게 도움이 필요하면 누군가 꼭 나타날 거라고 하셨다. 하느님이 분명 좋은 사람들을 보내

주실 거라고.

어느 마을 식당 앞을 지나는데 나보다 조금 먼저 떠났던 볼프함이 나를 부른다. 물집이 심해 오늘은 쉬엄쉬엄 가고 있나 보다. 독일에서 온 산드라도 만났는데 둘 다 내가 만나온 독일 사람들과 달리 다정하고 섬세하다. 볼프함과 나는 독일 사람들 화난 표정, 한국 사람들 시큰둥한 표정, 서로 자기 나라 사람 흉내를 내며 웃었다. 우리는 이 길에서 제일 여유 없는 사람들이 독일 사람과 한국 사람이라는 데 동의했다. 유독 이 두 나라 사람들은 경쟁하듯 하루에 몇 킬로미터를 걸었는지 자랑하고, 잘 웃지도 않고, 다른 순례자들과 인사를 나누는 데도 서툴렀다. 독일 사람과 한국 사람이 이 길에 유난히 많이 와 있는 이유가 있을 거라는 생각이 들었다. 볼프함과 산드라는 하루 40킬로미터씩 걷는 사람들은 정말 많은 것을 놓치고 있다며, 그건 바보들이나 하는 짓이라고 이야기했다. 그때 머리끝부터 발끝까지 첨단 장비로 무장한 아저씨 두 명이 다가와 유창한 영어로 말했다. "안녕! 우린 한국에서 왔어. 우린 새벽 4시에 일어나서 하루 40킬로미터씩 걷는단다! 너희는 하루 몇 킬로미터씩 걷니?" 우리 셋은 잠시 할 말을 잃고 멀뚱거렸다.

다음 마을에 먼저 도착한 친구들은 마을 입구에 쪼그리고 앉아 나를 기다려주었다. 친구들과 함께 마을로 들어서자 우리 앞으로 나비 한 마리가 날아갔다. 내가 동양에서 나비는 영원한 삶이나 환생을 뜻한다고 하니까 볼프함이 물었다.

"사람이 죽어 식물이나 동물로 다시 태어난다는 걸 믿니?"

"물론이지. 5년 전에 내가 정말 아끼던 친구가 죽었어. 나는 그 애와 헤어지는 게 죽도록 가슴 아팠어. 우린 그 애를 화장해서 산에다 뿌렸는데 그 애는 빗물에 섞여 나무랑 흙 속으로 스며들었지. 그러곤

앞서가는 산드라와 볼프함.
볼프함은 말했다.
"하루 40킬로미터씩 걷는 사람들이
못 보는 것을 너는 볼 수 있을 거야.
느리지만 넌 항상 목적지에 도착하지 않니?"

그 모든 것이 되었어. 그 후로 나는 가끔 햇살이나 구름, 빗방울 같은 데서도 그 애를 느껴. 그렇게 우리는 언제나 함께 있는 거고. 우리는 결국 커다란 전체의 한 부분인 것 같아."

볼프함은 그제야 동양에서 믿는 환생을 수긍할 수 있겠다며 고개를 끄덕였지만 그래도 공중부양이나 UFO, 외계 생명체 같은 것까지 다 믿는 나를 이해하긴 힘든 모양이었다.

볼프함과 산드라와 나는 느릿느릿 마을에서 알베르게를 찾아내 씻고 빨래를 해 널고 햇볕을 쬐었다. 팜플로냐에서 출발해 오늘이 닷새째인 산드라는 어깨 때문에 고생하고 있었다. 다들 내 배낭이 가볍다고 놀란다. 볼프함은 내 배낭이 절대 5킬로그램을 넘지 않는다고 장담했지만 모든 짐은 제 주인에겐 무거운 법이다. 뭔가를 좀 내다버리고 싶은데 계속 사 모으고 있다. 부르고스에 가면 아마 겨울옷도 하나 사야 할 것 같다.

까미노는 왜 항상 배고프고 추운 걸까, 또 왜 항상 코골이는 내 옆이나 위나 아래에 드는 걸까 궁금해하니 볼프함이 그럴 리 없다고 정색한다. 코골이는 항상 자기 옆이나 위나 아래에 들기 때문이라나. 셋이서 같이 장을 봐다 저녁을 해 먹었다. 진짜 요리사가 해준 파스타는 정말 맛있었다. 면도 적당히 익었고 호박, 피망, 양파, 토마토, 올리브와 참치를 넣어 끓인 소스도 일품이었다. 볼프함은 순례자들을 위해 요리하는 일이 신난다면서 이다음에 나이가 들면 호스피탈레로가 될 거라고 했다. "그럼 나는 네 옆에서 오카리나를 불게" 하니 환하게 웃는다.

산드라도 볼프함도 내 느린 걸음이 좋다고 했다. 볼프함은 말했다. "하루 40킬로미터씩 걷는 사람들이 못 보는 것을 너는 볼 수 있을 거야. 느리지만 그래도 넌 항상 목적지에 도착하지 않니? 아까 마을 입구에서 너를 기다리는 동안 순례자들에게 혼자 걷는 동양 여자애 못 보았느냐고 물었어. 사람들이 '아, 그 애 지금 이리로 오고 있어!' 하고 대답하더라. 그 애 아직 걷고 있다고, 포기하지 않았다고, 머잖아 길 위의 사람들이 모두 네 얘기를 하게 될 거야."

아침에 길에서 만난 크리스티앙 할아버지도 말씀하셨다. "천천히 천천히, 한 걸음 한 걸음씩 가서 꼭 네가 원하는 곳에 닿으렴." 때로 길에서 만난 사람들 이야기가 하느님의 메시지 같다고 하니 볼프함이 가지고 있던 성경 한 구절을 읽어주었다.

"그분은 너의 그늘, 너를 지키신다. 낮의 해가 너를 해치지 않고 밤의 달이 너를 해치지 못하리라. 떠날 때에도 돌아올 때에도 너를 항상 지켜주시리라. 지금으로부터 영원히."

무릎에 뜸을 놔달라던 볼프함은 내 뜸쑥을 마리화나라고 속여 팔면 떼돈을 벌 수 있고, 그러면 산티아고까지 갈 필요도 없다고 했다. "어서 집에다 쑥 더 부쳐달라고 전화해!" 녀석은 밤새 나를 졸라댔다.

받아들이는 연습

33일째, 아게스

나는, 오늘, 오카 산을 넘었다! 아침까지만 해도 짐작조차 할 수 없는 일이었다.

어스름한 새벽, 자리에 일어나 앉아 곰곰 생각해 보았다. 몸이 무겁고 다리에 통증도 느껴진다. 하지만 느리게 가면 갈 수도 있지 않을까? 그래! 오늘 내가 걸어서 오카 산을 넘는다면 그건 내 힘이 아니라 내 안에 계신 그분의 힘이야. 나는 사뭇 비장하게 볼프함, 산드라와

숲길에 배어 있는 향기,
지저귀는 새들,
귓불을 간질이는 바람.
이 숲의 아름다움을
백만 분의 일이라도
표현할 수 있을까?

함께 오카 산을 향해 길을 떠났다.

어제도 내 옆엔 변함없이 코골이가 들었다.(이것 봐 볼프함, 네 옆이 아니라 내 옆이라고!) 옆 침대 아저씨는 지금껏 만나본 코골이 중 신공이 가장 뛰어났다. 입을 벌린 채 숨을 내쉴 때마다 목젖이 울려 아르르르~ 하고 혀 구르는 소리가 바람과 함께 나왔다. 사람 입에서 나오는 바람이 그렇게 추울 수도 있다는 걸 처음 알았다. 볼프함은 아저씨가 우리처럼 rr 발음이 서툴러 자면서도 열심히 연습하는 거라고 했다.

오카 산은 생각보다 완만했다. 얼마간의 오르막과 중간에 커다란 계곡이 하나 있었지만 대부분 수풀이 우거진 오솔길이었다. 친구들을 앞서 보내고 나는 오카 산의 신령님께 인사를 드린 뒤 조심조심 나아갔다. 자갈이 많아 발목을 조심하라고 가이드북이 경고했지만 평소보다 조금 더 느리기만 하면 되었다. 그래도 17킬로미터는 내게 먼 거리여서 산 후안 데 오르테가에 닿았을 땐 거의 탈진 상태였다. 오르테가 수돗가에 앉아 있으니 마른 풀이랑 장작 타는 냄새가 났다. 이런 냄새 하나만으로도 행복해지는구나. "바람이 머물다 간 들판에 모락모락 피어나는 저녁 연기~" 콧노래를 부르며 한참 동안 저녁 향기에 취해 있었다.

아게스로 가는 오솔길로 접어들며 나는 환호를 질렀다. 소나무가 빼곡한 숲 사이로 난 오솔길은 정말 예뻤다. 사진이나 글은 얼마나 볼품없는 수단인지! 바람 소리, 풀 내음, 이 숲의 아름다움을 백만 분의 일이라도 말이나 글로 표현할 수 있을까? "아!" 하는 감탄사 이외엔 그 어떤 것도 불완전하다.

걷다 보니 아까부터 엄지발가락이 연결된 부위의 발등에서 통증이 느껴진다. 오늘 너무 많이 걸었나 보다. 체 게바라처럼 생긴 녀석이 뒤에서 오더니만 힘들면 오르테가로 돌아가라고 한다. 10분 거리밖에 안 된다나. 젠장! 난 오르테가에서 여기까지 한 시간 걸려서 왔단 말이다. 녀석은 실컷 뽐내듯이 말하더니만 "행운을 빌게!" 하며 갔다. 아게스까지 3킬로미터나 남았다는 녀석의 말이 사실이 아니기를 빌며 계속 절룩절룩 걸었다. 아게스로 오는 길은 지금껏 보아온 어떤 길보다 예뻤지만 사진도 제대로 찍지 못하고 조금만 더, 조금만 더, 스스로를 달래가며 겨우 마을에 도착했다.

알베르게에 들어 2층에 침대를 배정받았다. 침대에 올라가지도 못하고 바닥에 앉아 넋을 놓고 있으니 산드라가 반색하며 다가왔다. 산드라는 오늘 내가 얼마나 힘들었을지 안다며 나를 꼭 안아주었다. 이제는 씻고 빨래하고 침대에 올라와 발마사지를 하는 중. 방 안에 멘소래담 냄새가 진동한다. 오늘 이 산은 정말 내가 넘은 산이 아니다. 내 힘이 아니다. 아름다운 오카 산을 내게 보여주고 싶으셨던 누군가의 힘이다. 아침에 산에서 만난 일본인 할아버지가 다 저물어 도착한 나를 보고 엄지를 치켜세우셨다. "강하군!" 멋진 말이지만 갸웃했다. 내가?…… 그래, 나는 강하다! 어쩌면 나는 내가 생각했던 것보다 강할지도 모른다.

독일에서 온 힐요 아줌마, 산드라와 저녁을 먹는 동안 우리는 두 나라의 여성들에 관해 이야기했다. 일뿐만 아니라 결혼과 육아를 다 잘 해내는 '슈퍼우먼'이 되는 것은 과연 여성에게 행복한 일일까? 모르는 사이에 주입된 생각이 여성들을 억압하고 있는 건 아닐까? 진정한 여성성이란 무엇이고, 여성의 아름다움이란 무엇일까? 신문에서 보니 우리나라 20~40대 여성 절반 이상이 성형 수술을 한다는 조사 결과가 나왔다. 쌍꺼풀 없는 두툼한 눈꺼풀, 동글납작한 코가 사랑스럽고 예쁜데 왜 굳이 눈을 키우고 코를 세우려 하느냐고 힐요 아줌마가 물었을 때, 딱히 대답할 말이 없었다. 아마도 내가 나를 예쁘지 않다고 생각하는 것과 같은 이유일 거라 짐작할 뿐이었다. 내가 나를 판단하는 모든 기준이, 내 바깥 어딘가에 있었다. 그건 실로 불행한 일이었다.

볼프함이 어제 식탁에서 그랬다. "너는 어쩜 너 자신을 받아들이는 연습을 하고 있는지도 몰라." 문득 그 말이 맞다고 느껴졌다. 느린 나 자신, 아프기도 한 나 자신, 그닥 예쁘지 않은 나 자신을 있는 그대로 받아들이고, 나아가 사랑하는 연습.

언제나 너 자신에게 친절해야 해

34일째, 부르고스

어제 오카 산을 넘으면서 느낀 문제는, 내가 '쉴 줄 모른다'는 것이었다. 당혹스러웠지만 사실이었다. 항상 병원에만 가면 쉬라는 처방이 나왔다. 출퇴근도 안 하는 내가, 만날 쉬는데 뭘 또 어떻게 쉬라는 말인지 의아했는데, 그렇다. 나는 언제 어떻게 얼마나 쉬어야 하는지 전혀 몰랐다. 남들이 누워 쉬면 나는 앉아 쉬고, 남들이 쉬는 걸 봐야 쉬고, 남들이 일어나면 나도 일어났다. 체력이 부치는 내가 남들과 비슷하게라도 따라가려면 남보다 덜 쉬는 수밖에 없다고 생각했던 것 같다. 이건 생각보다 심각했다. 어제같이 피곤한 날에도 편히 쉬지 못하고 긴장감에 뜬눈으로 밤을 새웠다.

오늘도 발등의 통증이 여전해 버스를 타기로 했다. 부르고스 가는 버스를 타려면 화살표 길을 벗어나 2킬로미터 남짓한 다른 마을로 가야 했다. 부르고스 행 버스 여기저기서 순례자들이 눈에 띄었다.

부르고스에 내리니 아직 오전. 알베르게 문 열기까지는 시간이 남

부르고스 성당. 아, 인간은 이런 아름다움도 만들어낼 수 있는 존재구나!

아 부르고스 성당을 구경했다. 부르고스 성당은 파리에 있는 노트르담 대성당처럼 고딕 양식 건물이다. 파리의 노트르담에선 하늘에 닿고자 하는 인간의 욕망이 진하고 강렬하게 느껴졌다면, 부르고스 성당에서는 훨씬 조화롭고 균형 잡힌 아름다움이 느껴졌다. 유네스코에서 지정한 세계문화유산이라는 점을 제쳐놓고도 이 성당에는 고요한 영감이 넘쳐흘렀다. 건물이 간직한 기운이 이렇게도 맑고 평화로울 수 있다는 게 놀라웠다.

부르고스 성당 안에서 뜻밖에 볼프함을 다시 만났다. 볼프함은 어제 아게스 이후로 모든 마을에 방이 없어 부르고스까지 50킬로미터를 걸었다고 했다.(너는 진정한 독일인이야 볼프함!) 볼프함은 나를 보자마자 안아주고 내 발을 보더니 잘 듣는 진통제라며 자기 먹던 것을 절반이나 뚝 떼어주었다. 하루 세 알 이상 먹으면 천국을 보게 된다는 주의사항까지 곁들여서! 우린 몇 번이나 서로 안아주며 "부엔 까미노!" 했다.

몸이 아픈 순례자들을 우선 받아준다는 알베르게로 가니 침대가 거의 찬 상태. 아직 침대를 받지 못한 사람들이 굳은 얼굴로 호스피탈레로에게 사정하고 있었다. 줄 서 있는 순례자에게 어찌된 일이냐고 물으니 쌀쌀한 말투로 "나도 모른다"는 대답이 건너온다. 나는 언제나 그런 얼굴을 한 순례자들이 낯설다. 길에서 만나면 한없이 다정하기만 한 사람들인데 막상 먹을 것이나 잠잘 곳 앞에선 눈빛이 달라진다. 그때만큼은 다른 순례자들이 길동무가 아니라 경쟁자가 된다. 나는 거기 적응할 수 없었다. 그 틈에 끼어 있고 싶지도 않았다.

아무 대책도 없이 망연자실 길가에 나와 있으니 할머니 한 분이 무슨 일이냐고 물으신다. 침대를 얻지 못할 것 같아 이제 어떻게 해야 할지를 생각중이라고 했다. 할머니는 내게 어디 좀 앉아 있으면 당신이 근처 호스텔에 빈방이 있는지를 알아봐 주겠다고 하셨다. 주말인데다 관광객도 많아 빈방 찾기가 쉽지 않을 것 같았지만 다른 방법이 없었다. 한 시간쯤 지나서 할머니가 돌아오셨다. 역시 빈방이 없었던 모양. 그렇지만 할머니는 관광안내소에 가서 더 알아보고 올 터이니 꼼짝 말고 앉아 있으라 하셨다. 다시 한 시간쯤 더 지난 뒤에 할머니는 환한 얼굴로 돌아오셨다. 멀지 않은 호스텔에 빈방이 하나 있어 예약해 놓고 오셨다며 거기까지 데려다주겠다고 하셨다.

어둡고 갈라진 건물에 삐걱대는 마루, 쥐 오줌 냄새가 진동하는 호스텔에 오늘 내 몸을 누일 방이 있었다. 창문도 없고 볕 한 줌 들지 않았지만 오늘만큼은 나에게 어떤 호텔보다도 근사한 방이었다. 체크인하려고 크레덴시알을 꺼내자 할머니는 내 크레덴시알에 찍힌 도장을 보고 눈이 휘둥그레지셨다. "여기까지 오는 데 한 달이나 걸렸단 말이니?" 남들은 열흘이나 보름이면 넉넉한 거리를 이렇게 걸어왔다고 하니까 할머니는 갑자기 닭똥 같은 눈물을 툭툭 떨어뜨리셨다. 이 다리로 여기까지 걸어왔느냐고, 이렇게 산티아고까지 걸어갈 거냐며 우셨다. 누군가 내 아픔을 이렇게까지 공감해 주고 이해해 주다니, 그것도 생전 처음 보는 사람이 이토록 절절하게. 얼떨떨하면서도 진심으로 위로가 되는 눈물이었다.

방까지 나를 데려다주신 할머니는 이렇게 힘든 날 위해 해줄 수 있는 게 아무것도 없어 미안하다시며 달팽이가 그려진 작은 핀을 하나 주셨다. "아가, 너는 이 달팽이처럼 느리지만, 이렇게 느려도 끝까지 해낼 거야." 할머니는 나를 안아주고 입맞춰 주셨다. 난 그저 고맙다는 말씀밖에는 드릴 것이 없었다. "아니다, 얘야. 언젠가 나도 이 길에서 받은 것을 갚는 것뿐이야. 우린 다들 순례자니까 서로 돕는 게 당연해. 우리는 서로 잘 알지 않니?" 할머니는 내 국적도 나이도 이름도 묻지 않으셨다. 하지만 그런 것 없이도 할머니는 이미 세상에서 나를 제일 잘 아는 사람 중 하나였다.

그때 누군가 방문을 두드렸다. 계단을 오르기 힘든 내게 아래층 방을 양보하고 위층으로 올라간 사람이 있다고 들었는데…… 문 앞에서 있는 사람은 바로 산드라였다! 이 넓은 부르고스, 하고 많은 호스텔 중에, 그것도 이 방에 산드라가 와 있었다니! 오늘 내게 일어난 모든 일이 기적이라고 느껴졌다. 방은 춥고 습하고 창문도 없었지만 오늘만큼은 내게 궁궐 같았다. 이건 기적이다. 내 기적이 서서히 자기 정체를 드러내고 있다.

할머니가 떠나신 뒤에야 그분 이름조차 모른다는 것을 알았다. 이렇게 또 한 명의 천사가 내게 다녀가셨구나. 언젠가 나도 나 같은 아이를 만난다면 할머니처럼 얘기해 줄 수 있을까? "언제나 너 자신에게 친절해야 해."

하느님, 저는 저한테 친절하지도 않고 어떻게 해야 쉴 수 있는지도 모릅니다. 그러니 이제 알려주세요. 어떻게 해야 저를 쉬게 할 수 있나요?

휴일

35일째, 부르고스

오늘은 종일 산드라와 노천 카페에 앉아 있다. 생각이 많아 항상 결단이 어려웠던 산드라는 까미노 생활이 참 좋은 훈련이 된다고 한다. 한 동네에서 다음 동네로 가는 것, 이 직장에서 저 직장으로 옮겨가는 것, 독일에서 아일랜드로 이사하는 것. 이 모든 게 한 과정에서 다음

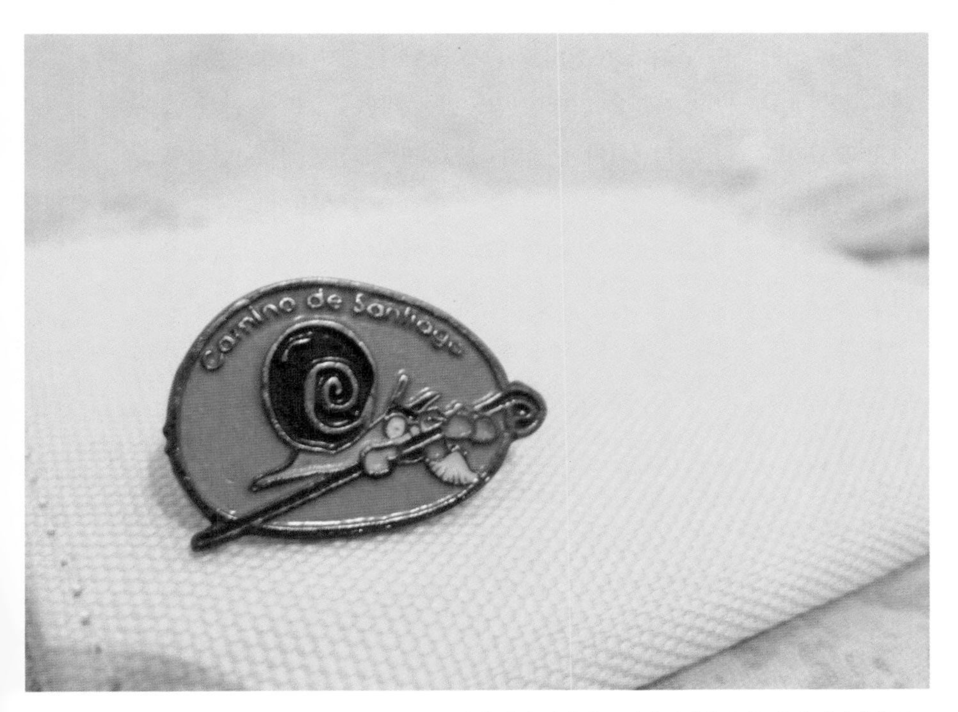

이름도 모르는 할머니는 눈물을 흘리며 내게 입맞춰 주셨다. "너에게 줄 것이 이것밖에 없어서 미안하구나. 하지만 아가, 넌 이 달팽이처럼 느려도 끝까지 해낼 거야."

과정으로 차근차근 넘어가는 까미노와 꼭 닮았다는 거다. 그래, 어쩌면 우리는 너무 많은 과정을 건너뛴 앞날만을 바라보느라 불안한 건지도 모르겠다. 바로 지금, 이 순간만 생각하면 걱정할 것도 염려할 것도 없을 텐데.

어제 성당에서 볼프함을 만났다고 하니까 산드라는 하루 50킬로미터를 걷는 볼프함이랑 하루 10킬로미터 겨우 걷는 내가 지금 같은 도시에 와 있는 게 신기하지 않느냐고 물었다. 누가 조금 더 빠른가 느린가에 상관없이 우린 결국 제때에 목적지에 닿게 된다고 산드라는 말했다. 나는 내 힘으로 할 수 있는 일이 아무것도 없다고 느꼈을 때, 내가 제일 무력하게 느껴지는 바로 그 순간, 내 힘이 아닌 다른 힘을 내 안에서 느꼈다고 산드라에게 고백했다. 어쩌면 나는 그 다른 힘으로 내가 아는 것보다 훨씬 많은 걸 해낼 수 있는 사람인지도 몰랐다. 산드라는 내 눈을 보며 말했다. "순진, 너는 네가 알고 있는 것보다 훨씬 더 큰 사람이야."

우리는 카페에 앉아 피곤에 지친 다리를 끌며 도시로 들어서는 순례자들을 지켜보았다. 내가 저렇게 보이는구나. 참 많이 안쓰럽고 참 많이 자랑스럽구나. 오늘 밤 저들에게 포근한 잠자리가 있기를, 따뜻한 먹을거리가 있기를. 골목을 탕탕 울리는 아이들 발소리와 노랫소리, 사람들 말소리와 새들 지저귀는 소리. 행복해지는 데는 생각보다 많은 게 필요하지 않았다.

식당에서 나오는데 별안간 비가 쏟아져 일요일 밤거리를 흠뻑 젖은 채로 걸었다. "로맨틱한 밤이야!" 두 팔을 벌린 채 방에 들어서니 수건을 건네주던 산드라가 웃었다. "넌 정말 재밌는 애야!"

숲에서 받은 위로

36일째, 부르고스

늦은 아침, 성당 앞에서 산드라와 헤어졌다. "부엔 까미노!" 하고 헤어지는 인사를 했는데도 발걸음이 떨어지지 않아 한참이나 느릿느릿 함께 걸었다. 산드라는 다음 마을까지 가고 나는 부르고스에서 하루 더 쉬기로 했다. 부르고스 대학 근처 숲 속에 알베르게가 있었다.

체크인하고 있는데 내 뒤에 바로 한국 청년 한 명이 들어왔다. 청년은 일행 세 명이 뒤따라오고 있다며 침대 세 개를 맡아놓고 친구들을 마중 나갔다. 그런데 그게 문제였다. 알베르게에선, 특히 공립 알베르게에선 무조건 선착순으로 침대를 배정해 주기 때문에 다른 사람 침대를 맡아놓는 게 불가능했다. 청년이 친구들을 마중 간 사이 내가 든 방에선 침대 세 개가 모자라 한바탕 소동이 났다. 누군가 호스피탈레로에게 '꼬레아노' 한 명이 침대 맡는 걸 보았다고 말해서 사람들이 같은 한국인인 나에게 따지러 왔다. 억울하고 화가 났지만 일단 사람들에게 사과하고 청년이 맡아놓고 간 침대를 치웠다.

잠시 후 청년과 친구들이 알베르게에 도착했다. 나는 그들에게 자초지종을 설명하고 호스피탈레로에게 사과하는 것이 좋겠다고 말했다. 그러자 그들 중 하나가 "에잇, 쪽팔려서 여기 못 자겠다. 까짓 것 내가 돈 낼게, 호텔 가서 자자!" 하는 거다. 그들은 어리둥절해 있는 나를 두고 시내로 갔다. 그들이 떠나자 호스피탈레로는 나를 불러 다른 순례자의 다리를 마사지하라고 시켰다. "너 마사지하는 나라에서 온 애잖아, 아니야?" 하고 묻는 말투와 시선이 내게 모욕을 주려는 의도가 분명했다. 너무 황당하니까 화도 나지 않았다. 나는 최대한 정중하게 "미안하지만 마사지할 줄 모른다, 도와드리지 못해 미안하다"

하고 그 자리를 떠났다.

나는 오카리나를 들고 숲 속으로 갔다. 이렇게 거칠고 무례한 사람들을 만나는 것도 코골이가 항상 옆에 드는 것처럼 내 무의식이 부른 일일까? '싫다' 고 하는 내 마음이 오히려 자석처럼 그런 상황을 내게로 끌어들이는 것은 아닐까? 울창한 나무와 들풀이 가득한 숲 속에서 답답한 가슴이 뻥 뚫릴 때까지 실컷 오카리나를 불었다. 민들레 꽃씨들이 바람을 타고 날아다닌다. 5월에 내리는 눈 같다. 지는 해가 마지막 온기로 내 뒷덜미를 어루만져주었다.

까미노는 정말 인생의 축소판 같다. 매일 만나고 헤어지는 일이 있고, 내 맘에 드는 사람과 그렇지 않은 사람, 기분 좋은 일과 기분 나쁜 일, 실수, 용서, 깨달음, 모든 게 있다. 그리고 결국엔 모두 자기가 왔던 곳으로 돌아간다. 걷고 있으면서도 떠나온 곳을 그리워하고 걷다 보면 그리워했다는 사실조차 까맣게 잊어버린다. 이 길을 끝내고 돌아갈 때 어떤 기분이 들지 지금은 모르겠지만, 아마도 그건 내 인생의 종착지에서 본래 내가 떠나온 곳으로 돌아갈 때와 비슷하지 않을까? 돌아갈 곳이 있다는 사실을 기억하는 것만으로도 길 위에서 일어나는 일들에 조금은 더 관대해지는 것 같다.

옳다고 믿는 대로

37일째, 라베 데 라스 칼사다스

어제 그 호스피탈레로는 아침 6시에 불을 켜고 왁자지껄 떠들면서 사람들을 거의 내몰다시피 했다. 느릿느릿 짐을 싸고 있는 내게 오더니 내 코앞에서 담요를 탈탈탈 털어댔다. 차라도 한 잔 마시고 떠나려

황새들이 모여 사는 종탑 아파트.

했는데 자판기 차에서 지네가 나왔다. 지네는 왠지 몸에 좋을 것도 같았지만 홍차 속에 든 것은 아니었다. 꿈틀대는 지네를 잘 건져 얄미운 호스피탈레로 책상 위에 떡하니 올려놓고 나왔다. 허둥허둥 쫓겨나오느라 물병에 물을 못 채웠다. 조금 걷다 보니 불안하다. 이건 빵이 없는 것보다 더하다.

물 한 모금, 빵 한 쪽 못 먹고 땡볕 아래 10킬로미터를 걸어 따르다호스에 닿았다. 목이 마르니 길가 웅덩이에 고인 빗물도 마실 수 있을 것 같았다. 실제로 그런 물을 마시고 사는 아프리카 사람들이 떠올랐다. 생전 경험해 보지 못했던 배고픔과 목마름을 여기 와서 아주 절절하게 느낀다. 여기서 내가 이런 경험을 해야 하는 이유가 분명히 있을 것이다. 지금은 알 수 없다 해도.

동네 식당에서 음료수 한 잔 마시고 정신을 차려보니 다들 해가 뜨거워 걷지 못하고 그늘에 앉아 있다. 알베르게를 찾아가니 문 열기까지 시간이 좀 남았다. 물병에 물을 채우고 그제야 빵을 뜯어 끼니를 때웠다. 독일 여자아이 하나가 들어와선 배낭을 내려놓고 조용하기에 보았더니 울고 있다. 아픈 무릎으로 땡볕 아래 걸어오느라 힘들었던 모양이다. 그 마음을 정말 잘 이해할 수 있어서 잠시 못 본 체해 주기로 했다.

조금 있으니 호스피탈레로가 나와서 문 열기를 기다리는 순례자들에게 오늘 어디서부터 걸어왔는지를 묻는다. 공교롭게 처음 물어본 세 명이 모두 부르고스에서 출발해 10킬로미터 걸어온 사람들이었다. 같이 걷다 기절한 친구를 부르고스 병원에 입원시키고 온 영국 할아버지와, 무릎이 아픈 독일 여자아이와 나. 호스피탈레로는 딱딱한 표정으로 이 알베르게는 더 멀리서, 더 많이 걸어온 사람을 우선으로 받을 거라고, 그러니 10킬로미터만 걸은 사람들은 다음 마을까지 가는 게 좋을 거라고 했다. 독일 여자아이가 무릎이 아프다고 하소연했지만 그는 딱 잘라 말했다. "너는 젊으니 그 정도 아픈 걸로는 다음 마을까지 가는 데 문제없어!" 누구에게나 사정이 있는 법인데 이토록 냉정한 호스피탈레로라니!

너무 뜨거워 개들도 나다니지 않는 땡볕 아래로, 우리는 이렇게 쫓겨났다. 우리를 쫓아내는 것을 보고 30킬로미터 넘게 걸어온 사람들도 함께 알베르게를 떠났다. 예수, 석가, 간디 같은 선생님들도 이렇게 쫓겨난 적이 있었을까? 자꾸 그라뇽, 토산토스 알베르게와 비교하게 된다. 그분들은 정원의 두 배, 세 배가 와도 성당 바닥에 이불을 깔아줄지언정 사람들을 내쫓진 않았다. 더 많이 걸은 사람과 덜 걸은 사람을 차별하지 않았다. 저마다 그날의 최선을 다했기 때문이다. 내가 옳다고 믿는 것으로 다른 사람을 판단하는 일이 어떤 것인지 뼈저리게 느꼈다. 부르고스 호스피탈레로는 "순례자는 아침 일찍 길 떠나야 한다"고 믿었고, 따르다호스 호스피탈레로는 "순례자는 많이 걸어야 한다"고 믿었다. 그리고 그들은 자기가 옳다고 믿는 대로 행동한 것뿐이었다.

3킬로미터쯤 더 가니 라베 데 라스 칼사다스라는 작은 마을이 나왔다. 미셸이란 호스피탈레라는 자존심이 강하고 엄격한 사람이었다. 침대가 여덟 개뿐인 사설 알베르게여서 체크인이 아주 까다로웠다. 종교, 국적, 가리는 음식 유무까지 꼬치꼬치 캐묻더니 배낭은 비닐봉지에 싸서 침대 위에 걸어라, 침대 위에 물건을 늘어놓지 마라, 창가에 비누를 놓지 마라, 차양을 올리지 마라…… 온통 하지 말라는 것투성이다. 미셸은 퉁퉁 부은 내 발목에 진흙을 붙여주겠다고 했다. 뜸을 떠야 한다 해도 막무가내 자기가 이렇게 치료해 준 순례자가 한 트럭은 된다고 발을 내놓으라고 명령했다. 결국 미셸이 뭉개준 진흙을 발에 붙이고 시키는 대로 고분고분하게 굴었다. 발에 볕을 좀 쬐어주고 싶었는데 당장 양말을 신으라고 하기에 양말도 신었다. 미셸이 시킨 대로 하고 얌전히 앉아 있는데 지나던 새가 내 머리에다 똥을 뿌직 갈긴다. 저 녀석이! 마주 앉은 마거릿은 새똥을 맞으면 행운이 온다고 했지만 오늘 내겐 전혀 위로가 되지 않았다. 온종일 쌓인 분노가 단전에서 올라왔다. "으아악~ 미워!"

별명이 '까미노의 천사'라는 미셸은 이 길을 스물다섯 번이나 걸은 유명 인사였다. 방 하나가 까미노 수집품으로 가득 차 있을 정도로 까미노 사랑이 대단한데다 순례에 관해서라면 최고로 잘 안다는 자부심으로 살아가는 사람 같았다. 저녁 식탁에서 미셸은 나를 툭툭 치면서 "이 문제 많은 순례자를 위해" 건배하자고 했다. 핀란드에서 온 마르다 할머니가 낮은 목소리로 속삭이셨다. "넌 혼자서 산티아고에 갈 만큼 충분히 강하단다 얘야." 나도 내가 그렇길 바란다.

순례자가 된다는 건

38일째, 오르니요 델 까미노

스무 번도 넘게 순례자 생활을 해본 미셸이 자신만의 친절로 순례자들을 힘들게 하고 있다는 사실을 모른다는 건 아이러니였다. 사람들은 군인 같은 그녀의 말투를 흉내 내고 비싼 방세에 비해 터무니없이 초라한 식사를 두고 투덜거렸다. 내가 식탁에 잼을 흘리는 순간 동시에 "어머나!" 하고 놀랄 정도로 다들 미셸 눈치를 보고 있었다. 발목에 통증이 있었지만 미셸 앞에선 맘 놓고 절룩거릴 수도 없었다. 내가 제일 잘 안다는 자부심, 그 확신이 다른 사람을 고통스럽게 한다.

결국 미셸은 감기가 덧난 마르다 할머니와 절룩대는 나를 완전 군장으로 세워놓고 자기 카메라로 기념 사진까지 여러 장 박은 뒤에야 우리를 보내주었다. 평생 잘난 체, 아는 체 해온 벌을 받는 기분이다.

순례자가 된다는 건 뭐든 다 받아들이는 연습인 것 같다. 안아주면 안기고, 쫓아내면 쫓겨나고, 시키면 따른다. 돈도 집도 직업도, 살던 곳에서처럼 '나'를 방어해 줄 아무것도 없이 다들 타인의 선의에 아이처럼 자신을 내맡기고 있다. 우린 모두 그걸 연습하러 온 것 같다. 남에게 보이기 위한 친절뿐만 아니라 내가 좋은 사람이기 위해서 베푸는 친절도 상대에게 폭력이 될 수 있었다. 어젯밤 여기 묵은 모두가 잘 기억했기를, 그래서 자기 자리로 돌아간 뒤 같은 실수를 피할 수 있기를.

오늘은 유난히 밟혀 죽은 달팽이가 많았다. 나도 모르게 지렁이 한 마리, 달팽이 한 마리를 밟아 다치거나 죽게 했다.(삼가 고 달팽이 님의 명복을 빕니다.) 다들 일부러 그런 건 아닐 테지만 그 수가 너무 많아 미안하고 맘이 아팠다. 까미노는 사람들만의 것이 아니라서 달팽이, 지렁이, 개미, 무당벌레, 굼벵이, 실뱀, 풍뎅이 모두가 함께 산티아고로 가고 있다. 나는 날마다 이 모두가 더 가깝게 느껴지고 우리가 하나라는 생각이 든다. 아주 작은 달팽이나 개미까지 구할 순 없지만 그래도 보이는 족족 길 위에 나와 있는 달팽이와 지렁이를 '강제 귀가' 시키곤 했다.

오르니요 델 까미노에 도착하니 오후 1시. 알베르게는 이미 만원이다. 5월과 6월이 걷기에 좋다고 소문나면서 까미노에 사람들이 모여들기 시작했다. 바야흐로 본격적인 숙소 경쟁이 시작된 것이다. 침대가 있는지 확인하기 위해 줄을 서 있는 동안 온갖 생각이 머릿속을 휩쓸고 갔다. 경쟁도 싫고 경쟁에서 이길 자신도 없는데, 이쯤에서 그만

두고 돌아가야 하는 것 아닌가? 나는 이 빠르고 건강한 사람들 사이에서 침대를 차지할 자신이 없었다. 겁이 났다. 고된 여정을 이쯤에서 끝내고 집에 갔으면 싶기도 했다. 그때 내 안에서 '두려워하지 말아라' 하는 목소리가 들려왔다. '아직은 집에 갈 때가 아니다' 라는 목소리도 들려왔다. 바로 그때, 호스피탈레로가 동네 체육관에 간이 침대를 놓아줄 테니 거기서 자는 게 어떻겠느냐고 물었다. 동네 체육관 핸드볼 골대 옆에 자리를 잡았다. 3년 묵은 먼지가 내 옆을 휩쓸고 다녔지만 어쩐지 여기가 마음에 들었다.

아까 길에서 만난 한국인 아저씨가 내 발등 통증이 신발 끈 때문이라고 하셨다. 라라소아냐에서 만난 부산 아저씨 충고대로 발등에 피가 안 통하도록 꽉 조여 매고 걸은 지 한 달 가깝다. 아저씨는 내 신발을 보더니 기막혀 하셨다. 이렇게 꽉 조여 매고 무거운 배낭 메고 하루 수 킬로씩 걸으니 발등에 탈이 안 나고 배기겠냐는 것이다. 아저씨 말씀대로 신발 끈을 좀 풀어주니 발등이 한결 편안해진다. 하루 50킬로미터를 걷는다는 아저씨는 길에서 만난 사람 중에 제일로 쾌활한 한국인이었다. 내 발등에 해결책을 던져주신 아저씨는 축지법이라도 하는 듯 휘적휘적 바람처럼 사라졌다.

볼프함이 주고 간 라이터는 불꽃이 정말 셌다. 뜸뜨는 덴 불꽃이 작고 가는 라이터가 더 좋은데 '오 대리 운전' 이라고 쓰인 내 라이터를 보더니 이게 한글이냐고 반색하며 가져갔다. 사실 그 라이터 고장 나서 오늘내일하던 건데 녀석이 자기 것을 주면서 "이거 스위스제, 좋은 거야!" 하는 바람에 잠자코 있었다. 녀석, 지금쯤 한국 라이터는 왜 이 모양이냐면서 투덜대고 있을지도 모르겠다.

어제부터 곰곰 생각중인데 내 여행의 목적은 걷는 게 아니라 쉬는 게 되어야겠다. 까미노에서 어떻게, 걸으면서 쉴 수 있을지 계속 생각

너도 여기까지 오느라 참 애썼구나. (위) 미사를 알리는 저녁 종소리에 일상이 잠시 고요해진다. (아래)

해 봐야겠다. 보는 사람마다 나한테 1.쉬어라 2.조금만 걸어라 3.병원에 가라 한다. 1, 2번은 잘하고 있는 것 같다.

누군가 그러는데 힘든 시간을 겪고 있는 사람에게 가장 필요한 것은 용기도 인내도 아니고 '유머'란다. 그래, 나는 다시 웃긴 사람이 되기로 했다.

통증의 메시지

39일째, 온타나스

통증 때문에 밤새 잠들지 못하고 몽롱한 상태로 깨어 있었다. 새벽 3시쯤 되니까 미친 듯이 비가 왔다. 누군가의 통곡 같은 빗소리를 들으며 누워 있자니 어쩌면 내 통증이 '울음'인지도 모른다는 느낌이 들었다. 아주 어린, 갓난아기 순진이의 울음. 아기 순진이는 엄마와 헤어지는 것이 죽을 만큼 힘들어 고래고래 소리 지르며 울고 있었다. 나는 아기를 달래주고 싶었지만 그 울음이 너무도 절절해서 그만 울라고, 뚝 그치라고 할 수 없었다. 그저 가만가만 손으로 아픈 발목을 쓰다듬었다. 그래, 많이 아팠구나. 힘들었구나. 그래그래, 실컷 울어도 돼. 여태껏 그걸 모르고 자꾸 네게서 등 돌리고 달아나고 싶어 했구나. 내가 무심했구나.

처음 내 손이 닿자 발목은 더욱 자지러지도록 아파왔다. 우는 아기를 달랠 때 처음엔 더 크게 우는 것과 비슷했다. 그런데 차츰 시간이 지날수록 거짓말처럼 통증이 잦아들었다. 통증이 아기 순진이의 울음이라고 생각하니 통증 자체를 안쓰럽고 안타까운 마음으로 바라보게 되었다. 그저 아기가 울고 싶은 만큼 실컷 울어 제 설움이 풀릴 때까

Amor y Paz, 사랑과 평화. 표현은 달라도 모두가 원하는 그것.

이제는 오래 사귄 친구처럼 느껴지는
까미노 표지판.
걸어가며 만나는 모든 것이
내게 말을 걸고 있는 것 같다.

지 기다리는 수밖에 없었다. 나는 마음으로 아기를 꼭 안아주고 도닥거리면서 울고 싶을 때까지 울어도 된다고 말해 주었다. 이제야 나는 기자영 씨가 얘기한 '통증의 메시지'를 이해한 것 같았다.

통증이 사라진 건 해가 뜰 무렵이었다. 잠은 자지 못했지만 체육관이 생각보다 따뜻하고 침대도 편해 쉬기 좋았다. 여전히 이 넓은 데서도 코골이는 내 옆에 있었다. 아침에 일어나니 코골이 아저씨가 약을 먹고 있다. 그러고 보니 지난번 토산토스에서 코를 골던 아주머니도 아침에 일어나 몸이 힘들다고 했다. 코골이들도 마냥 잘 자고 있는 것만은 아닌 모양이다.

오늘은 전기도 수도도 없는 산볼이란 마을을 지난다. 알베르게 주인들이 히피라고 해서 꼭 들러보고 싶었는데 문이 닫혔다. 어제 내린 비로 진창길이 된 고원을 넘어 온타나스에 도착했다. 알베르게에 도착하자마자 천둥이랑 비가 억수같이 몰려온다.

알베르게 식당에서 저녁을 먹으려면 예약을 해야 했는데 미처 몰랐다. 마침 캐나다에서 오신 노부부와 이탈리아에서 오신 아저씨 사이에 한 자리가 비어 있었다. 캐나다에서 오신 마샬 할아버지와 디앤 할머니는 초등학교 선생님이셨는데 지금은 은퇴하고 여행을 자주 하신단다. 초등학교 짝꿍처럼 오순도순한 두 분이 보기 좋았다. 어린아이처럼 눈이 반짝이는 분들과 손짓 발짓 넣어가며 신나게 대화했다. 동심을 간직한 사람들과 이야기하는 것은 언제라도 즐겁다.

마샬 할아버지는 "기독교인들이 메카로 성지 순례를 떠나고 무슬림들이 까미노를 걷는다면 얼마나 좋을까?" 하셨다. 정말 그렇게 된다면 세상에 전쟁 같은 건 없어질 텐데. 부모를 잃고 배가 고파 우는 아기들이나 하늘에서 날아온 포탄 조각에 살이 찢기는 아이들도 없어질 텐데. 그러자 잠자코 있던 이탈리아 아저씨가 말했다. "지금 당신

닳도록 들여다봐도 산이 낮아질 리 없고 길이 줄어들 리 없건만……(위)
인정사정없는 길 같으니!(아래)

들이 메카로 가는 길 위에 있다면 무슬림들이 순식간에 당신들을 잡아 죽일 겁니다. 그런 생각은 공상에 지나지 않아요."

정말 그럴까? 나와 마샬 할아버지는 아저씨 말에 동의할 수 없었다. 무슬림들은 잔혹한 살인마라고 확신하는 아저씨 얘기가 내 귀에는 '그들이 나와 다른 게 두려워요'로 들렸다. 까미노를 걷고 있는 사람들이 영적인 목마름 때문에 여기 온 것 같다는 디앤 할머니 얘기에도 아저씨는 반박했다. "그저 스포츠로 즐기기 위해 온 사람이 더 많아요." 하지만 나 역시 이 길을 걷는 모든 이들이 자기만의 신神을 만나러 왔다는 생각이 든다. 아저씨가 두려워하는 건 과연 무얼까? 아저씨의 두려움이 아프간에 포탄을 떨어뜨리던 사람들의 두려움과 닮아 있다는 느낌이 든다.

마샬 할아버지는 나에게 참 용감한 소녀라며, 가는 길 내내 매일 점점 더 강해질 거라고 하셨다. 오늘 마샬 할아버지, 디앤 할머니와 나눈 대화는 하느님과 나눈 대화 같았다. 두 분처럼 순하고 착하게 늙고 싶다 생각하면서 소로록 잠이 들었다.

새똥이 벌어준 행운

40일째, 카스트로헤리스

1층 카페에서 간단히 요기를 하고 비가 흩뿌리는 거리로 나섰다. 역시, 아침을 먹고 나선 날에는 가방이 한결 가벼워 어깨를 펴고 걸을 수 있다.

온타나스에서 묵은 순례자들이 전부 나를 앞질러갈 무렵, 저만치 앞서 가던 마샬 할아버지가 갑자기 뒤돌아 두 팔을 번쩍 들며 소리치셨다. "순진, 너는 여왕이야! 그리고 오늘의 햇살이야!" 지나가는 순례자들이 내게 "포르짜!" "울트레이아!" "브라보!"를 외쳐준다. 마샬 할아버지의 응원을 들으니 콧등이 시큰한다. 그래, 나는 내 왕국의 여왕이야. 그리고 흐린 날의 햇살이야!

빗속에서 진흙탕에 미끄러지지 않으려 안간힘을 쓰며 걷는데 뒤에서 한국인 세 명이 걸어온다. 어제 무리한 덕분에 오늘은 조금만 걷기로 했다는 미연, 스란, 은미 씨랑 카스트로헤리스까지 같이 가기로 했다. 산 안톤이라는 성지에 주말을 맞은 단체 관광객들이 모여 있었다. 관광객들이 우리를 세워놓고 사진을 찍어댄다. 우리도 우리를 신기해하는 관광객들 사진을 찍었다. 역시 길동무가 있으면 힘이 나는 법이라 10킬로미터 거리를 네 시간도 채 안 되어 걸어왔다. 오랜만에 한국인 길동무들을 만나 로또 맞은 것처럼 좋았다. 지난번 새똥 맞아 벌어둔 행운을 오늘 썼다.

동네 식당에서 그동안 내가 만난 천사들 이야기를 들려주니 미연 언니와 스란 씨가 눈물을 흘린다. 두 사람에게도 나와 같은 경험이 있었기 때문이리라. 까미노는 우리 모두를 위해 이런 선물을 준비해 놓았다. 무사히 산티아고에 도착해 내가 받은 선물을 확인할 그때까지, 기대감에 설레는 맘으로 우리는 한 발 한 발 산티아고를 향해 간다.

시에스타siesta(스페인, 남미 등지에서 이른 오후에 자는 낮잠)가 끝날 때가 되어서 슈퍼에 장을 보러 나섰다. 여기 사람들 시에스타 하나는 칼같이 잘 지킨다. 해가 훤한 오후 2시부터 6시까지를 낮잠으로 보내는데도 이 사람들, 우리보다 좋은 집에서 잘 먹고 잘 산다. 처음엔 좀 억울한 생각이 들었다. 우린 정말 열심히, 부지런히 일한단 말이야! 그런데 문득 먹고살기 위해 죽도록 일하는 것도 결국은 우리가 선택한 삶이란 생각이 들었다. 풍요란, 뭔가를 갖기 위해 달려가는 것이 아니라

카스트로헤리스.
온 세상을 두들기는 천둥을 데리고
무시무시한 먹구름이 몰려온다.

지금 여기서 만족하는 마음이 만들어내는 마법은 아닐까? 흠, 그렇다면 나는 즐겁게 조금만 일하고도 풍요롭게 사는 걸 선택하겠다.

낮잠이 깊이 드신 주인아저씨가 가게 문을 열 때까지 가게 앞에 쪼그리고 앉아 오카리나를 불었다. 배가 고파 가게 앞을 어슬렁거리던 순례자들이 하나 둘 모여든다. 독일에서 오신 아저씨 한 분이 내 음악이 마음에 드신다며 와인을 한 잔 사주마고 하셨다. 까미노에서 제일 맛있다고 소문난 식당으로 우리를 초대한 하이클 아저씨는 이번이 네 번째 까미노라고 하셨다. 로제와인과 올리브, 땅콩, 야채 수프와 치즈, 파스타를 덕분에 배불리 먹었다. 이쪽에서 피리를 불면 저쪽에서 답가가 건너오고 다 같이 아는 노래가 나오면 너나 할 것 없이 어울려 목소리를 보탰다.

뜻하지 않은 인연과 즐거움을 잔뜩 선물받은 하루였다. 가끔 새똥도 맞고 볼 일이다.

평범하지 못한 사람들의 길

41일째, 이테로 델 라 베가

한 달 남짓 배낭을 차지하곤 별 쓸모가 없어 눈총만 받던 판초 우의가 오늘은 제 몫을 톡톡히 한다. 마을 밖으로 나서니 비를 보고 신난 지렁이들이 길가에 지천이라 일일이 강제 귀가를 시키느라 시간이 더 걸렸다. 뒤에서 오던 미연, 스란, 은미 씨가 혼자 가면서 중얼중얼 누구랑 이야기하느냔다. 차마 지렁이한테 집으로 돌려보내는 이유를 설명하고 있다고 말할 순 없어서 그냥 웃었다. 친구들을 먼저 보내고 다시 지렁이를 풀숲으로 던지다 문득 이런 생각이 들었다. 내가 여기까지 오는 동안 살아있는 지렁이는 먼저 지나간 사람들이 밟지 않았단 뜻이다. 이 길을 걷는 누구도 일부러 지렁이를 밟고 지나가진 않을 거였다. 그러니까, 나는 사람들을 좀 더 믿어도 되었다. 사람들의 선의를 믿기로 하니 내 마음도 훨씬 가볍고 편안해졌다. 이미 한 번 밟혀 부상당한 지렁이만 강제 귀가시키기로 했다.

오늘은 가파른 고갯길을 넘어야 한다. 비가 좀 그쳐주길 기대했지만 비는 내 바람 따위 아랑곳하지 않았다. 겨우겨우 고갯길을 넘으니 하얀 진흙탕이 나왔고 그 다음엔 빨간 자갈길이 나왔다. 어디라도 잠시 엉덩이를 붙이고 싶었지만 빗속이라 앉을 데가 없었다. 춥고 다리가 아팠다. 지나는 사람들이 인사해도 대꾸할 수가 없고 휘청거리는 발은 자꾸만 돌을 찼다. 대체 이 힘든 순간 하느님은 어디 계시느냐고, 살려달라고 애원했다.

그러다 길가에서 작은 건물을 하나 보았다. 산 니꼴라스 데 푸엔티피테로 알베르게였다. 아직 문 여는 시간이 아니었지만 잠시 쉬게 해줄 수 있느냐고 물으니 호스피탈레라들이 자리를 내주고 물이랑 비스킷도 갖다준다. 덜덜 떠는 나에게 호스피탈레라는 1킬로미터만 더 가면 이테로 델 라 베가라고 했다. 책엔 2킬로미터로 나와 있었는데 갑자기 1킬로미터가 줄어드니 반가움과 안도감에 닭똥 같은 눈물이 후두둑 떨어진다. 호스피탈레라들은 내가 힘들어서 우는 줄 알고 차로 태워다주겠다고 했다. 조금만 더 쉬면 걸어갈 수 있다는데도 두 사람은 기어코 나를 차에 태워 이테로 델 라 베가 알베르게 앞에 내려다주었다.

알베르게에서 뜨거운 물로 씻고 나와 잠시 울었다. 사람들은 내가 '진짜 순례자'이고 '정말 강한' 사람이라는데 내가 그렇단 말인가? 이렇게 매일 울고 힘들어하는 내가? 정말 모르겠다. 파울로 코엘료는 까미노가 '평범한 사람들의 길' 이라고 썼던데 나는 평범하지도 못한 체력과 참을성으로 이 길을 걷고 있다.

숙소에서 만난 분들에게서 피터와 모렉이라는 오스트리아 커플 이야기를 들었다. 피터는 시각장애우인데, 여자 친구인 모렉이 길 안내를 하고 있단다. 한 손으론 모렉의 팔을 잡고 다른 한 손엔 지팡이를 쥐고, 커다란 배낭을 메고 하루 30킬로미터씩 걷는다는 피터. 자갈길이나 진창길은 그렇다 쳐도 좁고 가파른 산길은 어떻게 걸어왔을까? 다리가 불편한 것도 힘이 들지만 눈이 보이지 않는다는 건 어떤 것일까? 그래! 까미노는 평범한 사람들의 길이기도 하지만 평범하지 못한 사람들의 길이기도 하다. 평범한 사람들에겐 그들의 길이, 그렇지 않은 사람들에겐 또 다른 길이 있다. 피터와 모렉에게 그런 것처럼, 또 나에게 그런 것처럼.

오늘의 천사

42일째, 보아디야 델 까미노

오늘은 9킬로미터 거리여서 마음도 가볍다. 걷다보니 저만치 파란 하늘이 조금씩 드러난다. 사흘 만에 처음 보는 파란 하늘이다. 이왕이면 해도 좀 나주면 좋으련만. 오늘은 보리밭 샛길을 걷는다. 바람에 한들거리는 보리밭이 정말 아름다워 저 위로 손을 뻗으면 부드러운 아기 고양이를 쓰다듬는 느낌일 것 같다. 한쪽으론 빨간 개양귀비 꽃밭이 펼쳐졌다. 활짝 피려면 조금 더 기다려야겠지만 절로 기분 좋아지는 풍경이었다.

오늘은 웬 달팽이들이 그리도 많이 밟혀 죽었는지, 어쩌다 살아있

사방에 널린 빨래와 지친
순례자상이 어쩐지 자연스러운 오후.

는 녀석들을 그냥 지나칠 수가 없었다. 이제는 달팽이를 다치지 않게 풀숲으로 차내는 요령도 생겼지만 그래도 그 수가 너무 많았다. 가뜩이나 느린데 이 많은 달팽이를 어쩌란 말이냐며 나는 투덜거렸다. 안 보이면 그냥 지나갈 수 있을 텐데 왜 내 눈에는 이런 게 보이는 건지 속상했다.

또 약이나 물 필요하냐고 친절하게 묻는 사람들에겐 왜 그리도 짜증이 나는지 모를 일이었다. "괜찮아요!" 하고 웃었지만 속으로는 '제발 좀 귀찮게 하지 말라구!' 하며 소리 질렀다. 그때 어떤 아저씨가 우리말로 말을 거셨다. 아저씨는 이 걸음으로 생장에서부터 왔느냐고 놀라시더니 나와 보조를 맞춰 걸어주셨다. 나는 묻지도 않은 아저씨에게 밟혀 죽은 달팽이 이야기, 괜히 사람들에게 짜증난 이야기, 내가 산티아고에 가는 이유 따위를 술술 털어놓았다. 아저씨는 사람들이 나에게 보여주는 관심과 걱정이 내가 이 길을 걷는 목적하고도 맞는 것 같다며 이 모두에 감사해야 한다고 하셨다. 이분이 바로 오늘의 천사구나, 나는 직감했다. 이 기쁜 길을 고맙게 걷지는 못할망정 힘들다고 투덜대고만 있었구나. 순간 부끄러워졌다.

아저씨와 함께 오늘 내 목적지인 보야디야 델 까미노에 닿았다. 마을 입구에서 나는 두 팔을 들고 만세를 불렀다. 아저씨는 비상 식량으로 싸온 라면 세 개를 건네주셨다. 음식 고생은 당신이 훨씬 심하실 텐데도 "네가 먹으면 내가 훨씬 행복할 것 같아" 하셨다. 아저씨는 가게에서 과자와 과일을 잔뜩 사다 내게 안겨주시고 저녁 밥값까지 미리 내주셨다. 우리는 똑같은 순례자라며 대신 내주신 밥값을 거절하니 다음 마을로 떠나던 아저씨가 말씀하셨다. "너도 나중에 누군가 밥을 사주고 싶은 사람을 만나게 될 거야. 그때 그 사람에게 사주면 나한테 사주는 거야." 나는 작아지는 아저씨 뒷모습에 오래오래 손을 흔들었다.

한국에서 오신 아주머니 두 분이 드셨다. 호칭을 무어라 할지 몰라 '아주머니' 라고 불렀더니 '교수님' 으로 부르라며 고쳐주신다. 이 길에서 만나는 사람 중에 한국 사람 대하기가 제일 어렵다. 외국 사람들은 자기 나라에서 박사였건 교수였건 여기서는 크리스티앙, 마샬인데 한국 사람들은 여기서도 '의사 선생님', '교수님' 이다. 한국에서 장로님과 권사님은 여기서도 '장로님' 과 '권사님' 이다. 그런 이름표, 한 번쯤 뚝 떼어내고 아무 이름도 뭣도 없이 '그냥 사람' 으로 걸어보면 어떨까? 아마도 훨씬 자유롭고 행복하지 않을까!

두 가지 조언

43일째, 프로미스타

6킬로미터 남짓한 프로미스타에 도착해 신발을 벗어보니 발등이 땅벌에 쏘인 듯 부풀었다. 아무래도 3킬로미터 떨어진 다음 마을까지 걸을 엄두가 안 난다. 그래, 오늘은 여기서 멈추자.

알베르게에 들어서자마자 입은 채로 침대에 드러누웠다. 부은 발을 높이 올려놓고 있자니 앓는 소리가 절로 난다. 이건 분명히 쉬라는 신호인데 나는 그 신호가 듣기 싫다. 하루 10킬로미터씩 걸어야 석 달 안에 산티아고에 닿는다는 계산이 또 나를 어지럽힌다.

이 여정이 뼈빠지게 걸으라는 게 아니라 이 길에서 쉬라는 것임을 알아차리긴 했는데 정작 어떻게 해야 쉴 수 있는지를 모르겠다. 나는 아직도 하고 싶은 것보다 해야 하는 것에 집착한다. 하도 걸어야 한다고 고집을 부리니 내 몸이 아예 쉴 수밖에 없는 상황을 만들어준다는 걸 알겠다. 내 고집 때문에 잠시 우울하고 기운이 빠졌다가 몸이 하는 말을 따르기로 하니 마음이 좀 편해진다.

지금은 마을 광장에서 내일 버스로 어디까지 갈까를 고민하는 중이다. 다들 어디까지 걸을까 고민하는데 어디까지 버스를 탈까라니 실로 행복한 고민이다. 아무 때고 돌아갈 때가 되었다 느끼면 집에 갈 거라고, 산티아고까지 못 가도 괜찮다는 내 말에 어제 그 천사 아저씨는 말씀하셨다. "네 고통을 알지 못하면서 이런 말 하는 게 미안하지만, 그래도 나는 네가 꼭 산티아고까지 갔으면 좋겠어." 나는 과연 산티아고에 닿게 될까? 무사히, 건강한 다리로, 하느님도 만나고?

여행 안내소에 물으니 여기서 다음 마을까지 가는 버스는 없단다. 대신 팔렌시아라는 곳에 가면 그 다음 큰 마을로 가는 버스나 기차를 탈 수 있다고 해서 거기서 기차를 갈아타고 사아군까지 가기로 했다. 여기선 54킬로미터쯤 되니까 닷새 거리를 버는 셈이다. 아, 또 계산하고 있다! 순진, 너를 힘들게 하지 마. 중요한 건 산티아고에 도착하는 게 아니야. 네 몸의 소리에 귀 기울여서 '해야 하는' 것 말고 '하고 싶은' 걸 하는 거야. 너는 뭐가 하고 싶니? 뭘 원하니? 이제부터 천천히 생각해 보자. 넌 충분히 할 수 있어.

프로미스타에는 스페인 로마네스크 양식으로 지어진 산 마르틴 성당이 있다. 이곳엔 지금껏 보아온 스페인 성당과는 다른 소박한 아름다움이 있었다. 천 년 전에 지어져 화재로 훼손되었다가 지금은 부분 복구된 상태. 성당이 입장료를 받는 데는 여전히 거부감이 든다. 내부를 받친 기둥에는 원숭이, 야자수, 이집트 양식의 인물들이 새겨져 있는데 그것들은 지금껏 내가 알아온 그리스도교의 상징과는 사뭇 달라 보여 신기했다.

성당 근처 공원에서 뜸을 뜨고 있는데 한국 아주머니 한 분이 내 부은 발을 보고 놀라신다. "대체 이런 발로 왜 걷는 거니? 부모님 걱정 그만 끼치고 이제 그만 집에 가거라!" 내가 걷는 걸 의아해하는 사람들이 가끔 있다. 자신을 학대하지 말라고, 이만하면 남들 산티아고 두 번 다녀온 거나 마찬가지니까 어서 집에 가라고 하는 사람들도 있다.

무슨 일이 있어도 끝까지 포기하지 말라는 말이나 이제 그만 집에 가라는 말, 두 가지 모두 지금 내게 적절한 조언은 아닌 것 같다. 성지순례에 목숨 걸 만큼 대단한 신앙심이 있는 것도 아니고, 산티아고에 가면 누가 내 인생을 고쳐주겠다 장담한 것도 아닌데 나도 내가 왜 여기서 이러고 있는지 모르겠다. 하지만 지금은 그냥 여기 와 있으니까 지금 여기서 할 수 있는 일을 하는 것뿐이다.

언젠가 길에서 절룩대는 나를 보고 누군가 물었다.

"아프니?"

"응."

"그래, 그게 정상이야."

그래, 고통이 있다는 건 정상이다. 그건 살아있다는 거니까.

메세타를 지나는 방법

44일째, 팔렌시아 - 레온

이른 아침, 버스 정류장으로 나오니 독일 아줌마 두 분이 나처럼 버스를 기다리고 있다. 어쩐지 동병상련하는 마음이 들어 서로 어디가 어떻게 아픈지 들어주고 팔렌시아에서 어디까지 갈 건지 의논했다. 팔렌시아로 가는 버스 안에서, 이 역시 참 잘된 일이라는 생각이 들었다. 까미노만 무사히 걷고 이 여행이 끝났으면 나는 스페인에 그림 같은 자연과 잘 가꾼 도시들만 있다고 잘못 알았을 것이다. 하지만 여기도 사람 사는 세상이어서 가난한 농촌도 많았고, 상상할 수 없을 만큼 허름한 집에 사는 사람들도 있었다. 까미노 주변의 다른 길과 마을을 보게 된 덕분에 까미노 위의 예쁜 마을과 길들은 여러 사람이 애써 가꾸고 지켜온 것이라는 사실도 알게 되었다.

팔렌시아 역에 도착하고 보니 순례자 차림을 한 사람들이 많아서 깜짝 놀랐다. 절룩거리는 사람, 배낭을 못 메는 사람, 다들 어딘가 탈이 나서 제대로 쉬어 갈 데가 없는 메세타 구간을 건너뛰려는 사람들이었다. 아픈 순례자들을 보고 있자니 나만이 아니구나, 남들 다 잘 걷는데 나만 못 걷고 있는 게 아니구나, 위안이 되면서 동시에 모두가 안쓰러웠다.

사아군까지 가는 표를 사려고 하는데 사람들이 레온까지 함께 가자고 한다. 사아군 이후로도 메세타가 계속 이어지는데 지금 상태가 어느 정도 회복된다 해도 물 한 방울, 그늘 한 점 없는 메세타를 걷기엔 무리일 거라는 이야기였다. 메세타엔 10킬로미터마다 알베르게가 있지도 않았다. 메세타를 지나는 방법은 하루 20~30킬로미터씩을 걷든가, 차를 타고 건너뛰든가 두 가지였다. 결국 나는 사람들 조언을 따라 사아군으로 가려던 계획을 취소하고 레온까지 더 멀리 건너뛰기로 했다.

덴마크에서 온 마이클 아저씨랑 나란히 기차를 탔다. 독실한 가톨릭 신자인 아저씨는 이번이 두 번째 까미노 여행인데 며칠 전부터 무릎이 삐걱거려 오늘은 기차를 타기로 했다. 기적을 바라고 이 길을 걷는다는 내게 아저씨는 정말 중요한 건 기적을 기대하고 바라는 마음 그 자체라고 하셨다. 일상에서 기도하는 삶이 멀어져 늘 아쉬웠던 아저씨는 여기서 만난 사람들하고 그런 이야기를 자주 나눌 수 있어서 좋다고 하셨다.

차창 밖으로 펼쳐진 메세타의 들판과 숲은 정말 예뻤다. 이 길을 전부 건너뛴다고 생각하니 안타깝고 속상했다. 기차가 사아군 역에 멈춰 섰다가 다시 떠나는 순간, 사아군에서 내릴 걸 하고 후회했다. 계산해 보니 내가 기차를 타고 건너뛰는 거리는 거의 140킬로미터였다. 까미노 전체 여정에서 제일 힘든 메세타 구간을 절반 넘게 건너뛰는 셈이다. 걷고 싶지 않아서가 아니라 걸을 수가 없어서라고 생각하니 화가 나고 몹시 우울해졌다. 차창에 머리를 기대고 그림 같은 메세타를 하염없이 바라보았다. 조용해서 돌아보니 마이클 아저씨도 창밖을 내다보며 눈물을 흘리고 계셨다. 기차가 레온에 닿을 때까지 우리는 아무 말도 없이 그렇게 창밖만 내다보았다.

레온 역에 내린 순례자들이랑 같이 택시를 타고 베네딕토 수도원에서 운영하는 알베르게로 왔다. 호세루이스라는 호스피탈레로가 절룩거리는 나를 보더니 내 배낭을 들어주고 조용한 구석 침대로 데려다준다. 퉁퉁 부은 내 발목을 보고 기겁한 아저씨가 얼음주머니를 갖다주며 당장 누우라고 한다. 토산토스에서 만난 호세루이스 아저씨가 떠오른다. 호세루이스들은 다 이렇게 착한가 보다.

침대에 누우니 메세타의 숲들이 자꾸만 눈앞에 아른거린다. 이것 때문에 까미노에 다시 와야 하는 건 아닐까? 그런데 가이드북을 펴고 찬찬히 보니, 이게 맞다. 이래야 남은 거리를 무리하지 않고 행복하게 걸을 수 있다. 잘했다 순진, 오늘 아주 잘했어.

베네딕토 수도원에서 하는 저녁 기도회에 참석했다. 기도회는 모두 스페인어로 진행되어 하나도 알아들을 수 없었지만 얼굴에 주름이 가득한 노 수녀님들이 불러주시는 성가는 무척 아름다웠다. 기도회를 마치고 방으로 돌아오니 사람들은 이미 꿈나라로 가 있다. 한 침대 건

너에 막강한 코골이 아줌마가 있어 사람들이 부스럭거린다. 참다못한 어느 아주머니가 매트리스를 번쩍 들고 복도로 나갔다. 코골이에 관해서라면 나는 이제 달관의 경지에 이른 것 같다. 하하하!

전 아직 준비가 안 된 것 같아요

45일째, 레온

지금 내 오른쪽에서 아침 햇살이 눈부시게 쏟아지고 있다. 옷이 얇아서 조금 춥다. 마이클 아저씨랑 나는 레온에 며칠 더 있기로 했는데 알베르게 청소 시간에는 침대를 비켜주어야 해서 어슬렁어슬렁 성당 앞 광장으로 나왔다.

어제 프로미스타에서 함께 온 독일 아주머니들은 버스를 타고 다음 도시로 이동했다. 아주머니들은 눈물을 글썽이며 나를 안아주셨다. 아픈 사람은 아픈 사람을 느낄 수 있었다. 여기까지 걸어와서 얻었을 성취와는 또 다르게, 아픈 사람들 사이에서 느낀 연민의 정도 이 길에서 얻은 소중한 경험이다.

오들오들 떨다가 성당 문이 열리자마자 안으로 들어갔다. 입구에서부터 눈에 들어오는 커다란 스테인드글라스가 아름다워 잠시 소름이 돋았다. 레온 대성당은 부르고스 대성당만큼 크지는 않았지만 짜임새 있고 우아했다. 화려한 실내 장식이 없어도 기품이 느껴지는 곳이었다. 햇살이 들어오고 있는 동쪽 창가의 스테인드글라스가 예뻐 한참을 그 앞에 서 있었다. 어쩐지 또르르 눈물이 났다. 갑자기 내가 너무 많은 잘못을 했다는 생각이 들었다. 그런데 동시에, 그 모든 잘못을 다 용서받은 것 같다는 기분도 들었다. 참 이상한 평화였다.

레온 성당의 아름다움에 감탄하고 있는 아버지와 딴청 부리는 아들. 재치 있는 표현에 웃음이 난다. (위) 아이들은 이렇게 자기 고장의 역사를 배우고 있다. (아래)

마이클 아저씨랑 같이 미사를 드리고 나서 함께 겨울옷을 사러 갔다. 5월 중순에 겨울옷을 사다니, 머리는 말도 안 된다고 소리치고 있었지만 몸은 겨울옷을 입혀달라고 시위하고 있었다. 마침 겨울옷이 이월되는 시기여서 헐값에 등산복 티셔츠를 한 벌 구할 수 있었다. 돌아오는 길에는 체리도 한 줌 샀다.

알베르게로 돌아오니 일찍 도착한 사람들이 벌써부터 줄을 서 있다. 여러 날 전 다른 마을에서 만났던 사람들이 나보다 늦게 도착해 침대를 얻으려고 줄 서 있는 것을 보면 어쩐지 미안한 마음에 울적해진다. 아게스에서 만났던 힐요 아줌마도 와 계셨다. 아줌마는 내일 기차로 산티아고에 간다고 하셨다. 내년에 여기서부터 다시 시작할 예정이라고. 일본에서 오신 노부요 아줌마도 만났다. 환갑이 훌쩍 넘은 반백의 아줌마가 4개 국어를 하셔서 놀라웠다. 아줌마도 나만큼이나 느려 여기까지 오는 데 한 달 가까이 걸렸다고 하셨다.

너무 고생스러워 두 번 다시 오기 싫은데 어쩐지 자꾸 '다음에 오면' 이란 말을 하게 된다. 다음엔 자전거 순례를 해봐야지! 다음엔 꼭 스페인어를 공부해 와야지! 다음엔 누구랑 같이 와야지!

시에스타 시간에는 침대에 누워 주변에서 들리는 말들을 가만히 들어보았다. 프랑스어, 스페인어, 독일어…… 저 말들을 다 알아듣지 못하는 게 다행이란 생각이 든다. 그렇지 않았다면 지금처럼 이 모든 말이 음악으로 들리지는 않았을 것 같다. 내용을 판단하지 않으니 사람들이 모여서 내는 소리가 새들 지저귀는 소리처럼 들린다. 아름답다.

만일 오늘까지만 살고 내일 죽는다면 나는 지금 무엇을 할까? 음…… 우선 배낭 속에 든 것들을 필요한 분들께 나누어드려야겠다. 먹을 것, 옷, 비상약, 가진 게 별로 없다고 생각했는데 이걸 나눠드린다고 생각하니 뭐가 많다. 그 다음엔 기차로 산티아고에 가서 광장에

레온 대성당의 스테인드글라스. 때로는 아름다움이 우리를 구원하는 것 같다.

앉아 엽서를 쓸 것이다. 마지막으로 순례자 메뉴와 타파스를 먹고 그동안 못 마신 와인과 카페 콘 레체도 실컷 마시고, 오카리나도 불어야겠다. 〈장밋빛 인생〉 쯤 불다가 죽으면 멋진 영화의 엔딩 같을 텐데. 하지만 나는 내일도 살아있을 것 같고 발목은 아직 부어 있으며 반대쪽 무릎도 쑤신다. 무거운 배낭, 아픈 몸, 풀죽은 마음, 이 모든 걸 훌훌 털어낼 수 있다면 굳이 산티아고까지 갈 필요도 없을 텐데. 에라, 어차피 지고 가야 할 것이라면 기꺼이, 즐겁게 감수해 보리라.

마이클 아저씨는 내일 기차로 폰페라다에 가서 남은 200킬로미터를 마저 걷겠다고 하셨다. 아저씨는 전 구간을 완주하지 못하게 된 것을 못내 슬퍼하셨다.

저녁을 먹는 내내 마이클 아저씨가 우울해 보여 맘이 아팠다. 건강하게 완주했던 5년 전과 달리 체력이 부치고 몸이 아파 메세타를 건너뛰었다는 게 아저씨에겐 큰 충격이었다. "나는 이제 늙어가고 있어." 아저씨는 당신이 늙어가고 있다는 말씀을 되풀이하셨다. 올해 쉰다섯이 된 아저씨에겐 이제 다섯 살, 여덟 살 된 딸들이 있었다. 늙어간다는 사실 자체도 받아들이기 힘든데 이렇게 빨리 늙어버려 사랑하는 딸들에게 더 이상 아무것도 해줄 수 없는 아빠가 되는 건 아닐까, 상심하고 걱정하셨다.

딸들 이야기에 눈시울이 붉어지는 아저씨를 보며 나도 이런 사랑을 참 많이 그리워했다는 기억이 떠올랐다. 이제 다 커서 남들 눈에 어른이 되었는데도 나는 아직 부모의 사랑을 원하고 동시에 나를 사랑해주지 않은 그분들을 원망하고 있었다. 아저씨가 말했다. "사랑이란, 내가 너에게 속해 있고 너를 떠나지 않을 거라는 믿음을 주는 것, 너를 해롭게 하지 않겠다는 확신을 주는 것 같아." 그 말을 듣는 순간 나는 지금껏 내 가족이 나를 사랑해 주지 않은 대가로 나 또한 그들을 사랑하지 않았다는 것을 깨달았다. 나는 항상 가족들에게 언제라도 내가 그들을 떠날 수 있다는 듯이 행동해 왔기 때문이다. 아저씨가 하는 말에 뼛속까지 아파왔다. 더 이상 듣는 게 힘들 정도였다. 나는 정직하게 말했다.

"저는 아직 제 가족을 사랑할 준비가 안 된 것 같아요."

그러자 아저씨가 말씀하셨다.

"그건 가슴이 하는 일이야. 때가 되면 네 가슴이 말해 줄 거야."

그때는 언제일까? 그때가 오기는 오는 걸까?

다 똑같이 아름답다

46일째, 레온

아침 일찍 역으로 가는 마이클 아저씨를 배웅해 드렸다. "아저씨, 너무 속상해 마세요. 머잖아 아저씨 딸들이 자라면 여기 함께 오시게 될 거예요. 그땐 지금보다 훨씬 좋을 거고요." 아저씨는 나를 끌어안고 한참이나 눈물을 흘리셨다. 멀어지는 아저씨의 뒷모습을 보면서 남은 길을 무사히 걸으시기를, 그 길에서 또 다른 기쁨을 발견하시기를 빌었다.

어제 오신 노부요 아줌마도 레온에 하루 더 머물기로 하셔서 우리는 함께 빗길을 걸어 성당으로 갔다. 때마침 미사 시간이었다. 성당에는 어제하곤 다른 아름다움이 있었다. 친근한 평화로움이랄까? 등산복 차림의 순례자들이 기도실의 피에타 상 앞에 무릎을 꿇고 있었다. 지금 저 사람들은 무엇을 기도하고 있을까?

미사가 끝나고 노부요 아줌마와 카페에서 차를 마셨다. 반백의 아주머니가 여러 나라 말을 하는 것이 참 멋있어 보였다. 아주머니는 멋쩍게 웃으시며 "나는 오래 살았잖아" 하신다. 독일 문학을 전공한 아줌마는 스위스에서 유학을 하셨고 까미노에 오려고 스페인어도 따로 공부하셨다. 하고 싶은 건 많았지만 늘 머뭇대다 지레 포기하던 나는 환갑이 훌쩍 지나고서도 원하는 것을 향해 주저 없이 떠나는 아줌마가 대단하게만 보였다. 아줌마는 빙그레 웃으셨다. "달라이 라마가 그러셨지. 어떤 종교를 믿든지에 상관없이, 모두에겐 신께 다가가는 자기만의 방식이 있다고. 단지 저마다 다른 길을 가고 있는 것뿐이지 늦고 이른 것은 없단다."

아줌마의 삶은 참 극적이었다. 세 살 때 성당에서 운영하던 유치원에 들어간 것을 시작으로 우연히 가톨릭 중고등학교와 가톨릭 재단의 대학을 다니게 되었다. 가톨릭이 극소수인 나라에서 공교롭게도 계속 가톨릭과 인연이 닿은 것은 신의 계획이었던 것 같다고 아줌마는 생각하셨다. 또 아줌마는 세 번의 결혼으로 네 아이를 얻었는데, 두 번의 사별과 한 번의 이혼 끝에 지금은 세 아들과 함께 살며 작은 카페를 운영하고 있었다. 10여 년 전 딸의 자살을 계기로 심리적인 문제가 있는 아이를 둔 부모들과 상담이나 스터디를 하고 계시기도 했다. 아줌마는 쉽지 않은 인생 이야기를 낮고 차분한 목소리로 들려주셨다. 워낙 강인한 성품을 지니신데다 세월이 모든 것에 초연하도록 단련시켜 주었지만 딸의 죽음만큼은 여전히 아주머니에게 깊은 상처였다. 아주머니는 당신이 딸을 죽인 것 같다며, 당신 사랑이 모자라 딸을 죽게 했다며 흐느끼셨다.

나도 아주머니에게 조심조심 내 이야기를 들려드렸다. 얼굴 한 번 보지 못한 친어머니에 대한 그리움과 원망, 자라는 동안 계속되어 온 부모님과의 갈등. 나 역시 이 모든 것이 어쩌면 신이 계획하신 일 같

성당 안 기도실엔 아름다운 피에타가 있다.

은 생각이 든다고 말했다. 지금은 알 수 없어도 언젠간 그 이유를 알게 되는 단련의 과정. 아줌마는 내가 안쓰러워서 울고 나는 아줌마가 마음 아파 울었다. 이른 아침 카페에서 동양인 여자 둘은 그렇게 한참을 울고 있었다.

이 길은 참 희한했다. 처음 보는 사람한테도 자꾸만 자기 상처를 토해내게 만들었다. 아줌마는 우리가 여기서 만난 이유가 있을 거라고, 죽은 딸이 나를 보내준 게 틀림없다며 내 손을 꼭 잡아주셨다. 아줌마의 따뜻한 손길이 한 번도 잡아본 적 없는 내 어머니의 손길과 닮은 것 같았다.

우리는 자연이 다 알아서 하도록 내버려두는 퍼머컬처permaculture 방식으로 가꾸는 아주머니 텃밭 이야기에서부터 미야자와 겐지 그룹의 자연 음악 이야기, 새로운 삶의 방식을 택해 시골로 돌아가는 젊은이들 이야기를 나누면서 세상이 점점 자연의 소중함을 깨달아가고 있다는 데 동의했다. 행복하고 즐겁고, 희망이 가득한 대화였다.

오늘도 알베르게에서 하루 더 신세를 지기로 했다. 다행히 여긴 침대가 많기는 하지만 부디 나 하나 때문에 침대를 얻지 못하는 순례자가 없기를. 여러 날 전에 만났다가 헤어진 한국인 순례자들이 한꺼번에 알베르게에 들었다. 반가운 마음도 컸지만 한편 내가 얼마나 먼 거리를 건너뛰었는지 실감하니 다시 마음이 좀 어두워진다. 노부요 아줌마 말씀대로 제일 중요한 건 나 자신을 사랑하는 일이고 나를 믿어주는 일이다. 제발 이 길의 끝에 섰을 때엔 조금 더 가볍고 행복한 내가 되기를.

발등의 통증은 좀 덜하지만 발목은 여전히 부어 있다. 내일 하루 더 쉬어야 하는 건지 걸어도 되는 건지 가늠이 안 된다. 사람들이 하나 둘 방으로 들어와 침대를 맡는데 미안한 마음에 자꾸 움츠러든다. 나는 미안한 일 한 게 아닌데, 그저 아픈 것뿐인데. 아픈 건 자랑도 아니지만 미안해서 쩔쩔맬 일도 아니다. 느린 게 자랑도 부끄러움도 아닌 것처럼. 그건 그냥 다른 것, 차이일 뿐이다.

모두들 어디론가 달리고 있는데 나만 함께 달리지 못하는 것 같아 때로는 그 다름이 두렵다고, 그래서 내가 외계인처럼 느껴진다고 하니 노부요 아줌마는 말했다. "좋아! 너는 계속 외계인으로 살아나가는 거야! 두려워할 것 없어!" 그래. 나는 외계인이다. 그러니 생긴 대로 살자. 외계인은 외계인 방식대로 살면 되는 거다.

오늘 내 옆에는 다른 마을에서도 몇 번 만난 적 있는 트랜스젠더 할머니가 드셨다. 누가 보아도 한눈에 남자로 보이는 그녀에겐 여자 같은 가슴과 풍만한 엉덩이가 있었다. 뽀얀 살결에 분홍 립스틱, 앙증맞게 달랑이는 귀걸이, 유난히 작은 배낭을 메고 사뿐사뿐 걷는 그녀가 처음에는 무척 어색했다. 그녀의 '차이'는 너무도 눈에 잘 띄었기에 속옷 위로 젖가슴과 페니스가 동시에 드러난 그녀가 여자 숙소를 드나들 때면 불쾌한 기색을 보이는 사람들도 있었다. 그런데 어찌 된 일인지 내 눈에는 그 사람이 예뻐 보인다. 예쁜 정도가 아니라 빛이 난다! 남자이면서 동시에 여자인, 아주 매력적인 사람으로 보인다. 아침마다 맨 먼저 일어나 곱게 화장하는 모습도, 무엇 하나 다칠 새라 조심스러운 손짓과 말투도, 보면 볼수록 사랑스러운 사람이었다. 나는 그분에게 가서 "당신 참 아름다워요!" 하고 말해 주고 싶었다. 하지만 어쩐지 조심스러웠다.

그래, 그녀도 나도 그저 다를 뿐이다. 우린 다 같은 우주의 작품이다. 우린 다 똑같이 아름답다.

47일째, 오스피딸 데 오르비고

레온을 벗어나는 순례길은 고속도로를 따라가는 길이라 몹시 위험했다. 고속도로를 벗어나는 마을까지 노부요 아줌마랑 버스를 타기로 했다. 내리기로 한 마을이 가까워 오자 버스에 탄 마을 사람들이 여긴 공장 지대라 큰 차가 많이 다니니 다음 마을에 가서 내리라고 말해 준다. 해서 노부요 아줌마와 나, 몇몇 순례자들은 함께 오스피딸 데 오르비고에 내렸다. 걷는 폼들이 하나같이 절룩거린다. 아침 10시도 되기 전에 환자들만 잔뜩 알베르게에 도착했다. 배낭을 맡겨두고 알베르게 문 여는 시각까지 동네를 어슬렁거린다.

엊저녁 레온에서 만난 한국인들과 저녁을 먹을 때 한 아저씨가 내게 말했다. "그런 식으로 건너뛰면 까미노에 대해 아는 게 뭐 있겠어?" 힘든 메세타를 절반도 넘게 건너뛰고 온 나를 격려하는 분위기가 못마땅하다는 듯, 아저씨는 어떻게든 내게 상처를 주려고 하셨다. 나는 아저씨가 던지는 가시 달린 말에 순순히 수긍했다. 핀잔을 줘도 별로 기죽는 기색이 없고 상처받는 기색도 없으니 아저씨는 더 약올라 했다. 문득 상처를 받는다는 건 주는 사람에게 달린 일이 아니라 받는 사람에게 달린 일이라는 것을 알았다. 그가 아무리 내게 상처를 주려고 애를 써도 내가 나를 상처 입도록 허락하지 않으니 상처받지 않았다. 아, 이런 거였구나. 지금까지 내가 받은 상처들은 남이 내게 주기 전에 내가 먼저 내게 입힌 것이었구나.

언젠가 다른 마을에서 만났던 한국인 권사님은 스페인의 성당들이 교회보단 절이랑 더 비슷하다고, 이곳 성당엔 하느님도 예수님도 없다고 화를 냈다. 특히 레온 성당 기도실 안에 있는 피에타를 보고는 어떻게 예수님이 아니라 성모 마리아 머리에 저렇게 커다란 왕관을 씌워놓을 수 있느냐며 기막혀 하셨다. 흥분한 권사님은 내게도 그 피에타를 본 소감을 말해 보라고 다그쳤다.

"저는…… 그 왕관은 그저 성스러운 어머니와 아들에게 성령이나 은총이 내려와 있다는 것을 보여주는 스페인식 표현인 것 같아요. 하느님은 공기나 물처럼 없는 곳 없이 어디든 계시니까 저런 조상彫像으로 표현할 필요가 없었을 거 같아요."

"그렇게 생각한다면야 어쩔 수 없지만……"

권사님은 여전히 수긍하기 어려운 표정이었다.

동네를 산책하는 동안 노부요 아줌마는 내게 종교가 있느냐고 물으셨다. 나는 신은 믿지만 종교는 없다고 말씀드렸다. 어릴 때 할아버지 할머니가 들에 나가시면 나는 가끔 동네 예배당에서 놀았다. 기억할 수 없는 꼬마 때부터 찬송가를 부르고 주기도문을 외며 자라온 셈이다. 부모님과 함께 도시에 살게 되었을 때도 교회는 내게 익숙한 공간이었다. 그러다 사춘기가 되고 머리가 굵어질 무렵 하나 둘 궁금한 점이 생겨났다. 처음엔 누구든 예수를 믿기만 하면 천국에 간다던 목사님은 점점 2차 헌금을 안 내거나, 친구 전도 주간에 친구를 데려오지 않거나, 주일 예배를 빠지면 천국에 못 간다고 말씀하셨다. 교회에 나가면 나갈수록 천국에 못 가는 조건도 하나 둘 늘어갔다. 어느 날 "예수를 통하지 않고는 누구도 구원받을 수 없다"는 설교가 끝나자 나는 목사님께 찾아가서 물었다.

"목사님, 우리 할머니는 불교를 믿는데 그럼 천국에 못 가시나요?"

목사님은 조금도 머뭇하지 않고 단호하셨다.

"당연하지! 너희 할머니는 천국에 못 간다."

"우리 할머니는 평생 열심히 일하고 어려운 이웃을 도우면서 착하게 살아오셨는데요?"

"그래도 너희 할머니는 천국에 못 가. 할머니가 지옥 가는 게 싫으면 어서 교회로 모시고 나오너라."

나는 그 말에 충격받았다. 예수를 믿으면 천국 간다는 말은 들었지만 안 믿으면 전부 지옥에 가는 건 너무하다고 생각했다. 그러면 아프리카나 북극에 살던 사람들은? 예수보다 먼저 태어났던 사람들은? 나는 하느님께 실망했다. 하느님이 그렇게 매정하고 잔인한 분이라면 나 혼자 천국 가보겠다고 그런 분께 잘 보이고 싶지 않았다. 혹시 목사님이 틀렸는지도 몰라, 이후로도 여러 번 교회를 찾아다니며 비슷한 질문을 해보았지만 역시 비슷한 대답을 들었다. 게다가 어린 나이에 감당하기 힘든 몸과 마음의 고통까지 더해져 '하느님이 계신다면 나를 이렇게까지 버려두실 리가 없다, 그러니 하느님 같은 건 없는 게 틀림없다' 고 생각하게 되었다.

하지만 내 깊은 곳에 있는 나는 눈에 보이는 세상의 이면에 어떤 힘이 있다는 걸 끊임없이 느끼고 있었다. 그 실체가 궁금했다. 성당에 나가 가톨릭 교리를 공부하기도 하고, 요가를 하면서 힌두교와 명상에도 관심이 생겼다. 친한 친구의 죽음을 계기로 불교와 위파사나를 접하기도 했다. 오랜 시간 헤맨 끝에 내가 얻은 결론은 '신' (하느님, 부처님, 알라, 우주의 원리, 브라만, 진리 등 숱한 이름으로 불리는 근원적인 무언가)이 있다는 것, 종교나 철학은 그 신께로 다가가는 도구일 뿐이라는 것이었다. 예수나 석가, 무함마드, 간디는 모두 이 길을 먼저 걸어간 스승이셨다. 나는 다만 내 신을 편한 대로 '하느님' 이라고 부르는 것뿐이다. 나는 어떤 종교에도 속해 있지 않다. 다만 길을 찾고 있는 사람일 뿐이다.

내 이야기를 들은 노부요 아줌마는 말했다. "우리는 누구에게나 자

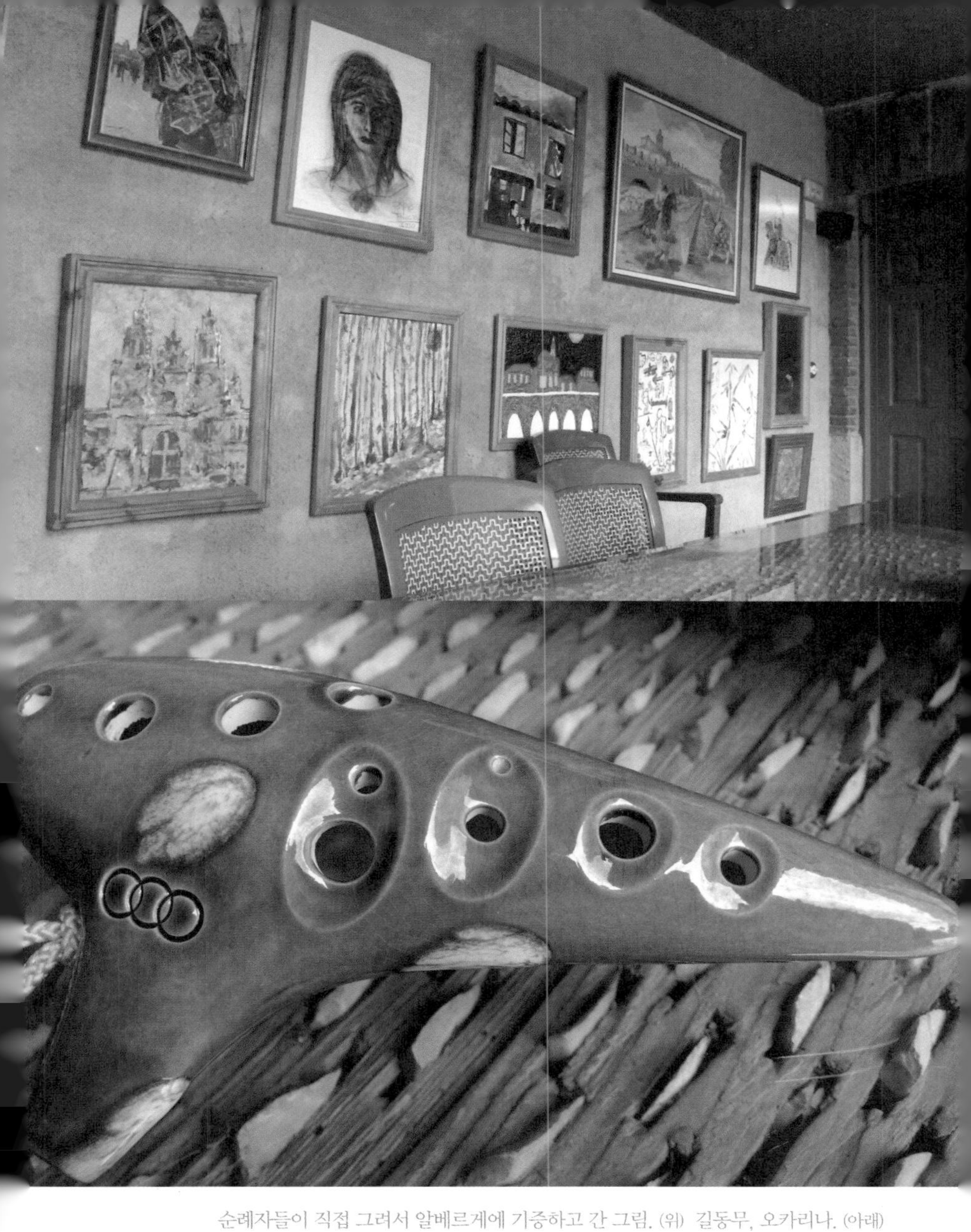

순례자들이 직접 그려서 알베르게에 기증하고 간 그림. (위) 길동무, 오카리나. (아래)

기만의 방식이 있어. 하지만 그건 '내' 방식일 뿐, 다른 사람에게는 아니지. 어제 그 아저씨와 권사님은 옛날 그 목사가 네게 했던 것과 같은 실수를 하고 있는 거야. 한 가지 방식만이 옳다는 생각, 그런 말을 귀담아들을 필요는 없어. 너는 지금 네 방식으로 최선을 다하고 있어. 네 방식이 너에게는 최선이야. 항상 너 자신을 믿어야 해." 나는 아줌마의 말에 용기가 나는 것을 느꼈다. 아줌마는 내 눈을 들여다보며 말씀하셨다. "그리고, 하느님은 항상 제일로 작은 것을 사랑하신단다."

한숨 자고 일어나니 노부요 아줌마가 밥을 해놓으셨다. 오랜만에 쌀밥을 먹으니 행복하다. 밥을 먹으면서 우리는 재능과 은사에 대해 이야기했다. 헨리 나우웬 신부의 글에 따르면 '재능'은 잘하는 것을 이르는 말이고 '은사'는 사람됨을 드러내는 것이란다. 항상 나에게 재능이 없음을 안타까워했는데, 까미노에 와서 보니 내가 받은 은사가 아주 많다는 걸 알았다. 잘은 아니지만 오카리나도 불고 요리도 하고 사람들 물집도 따주고, 나는 내가 알고 있던 것보다 훨씬 쓸모 있었다. 나는 내가 알고 있던 것보다 훨씬 괜찮은 사람이었다! 나에 대한 새삼스러운 발견에 놀라워하자 아줌마는 웃으면서 말씀하셨다. "넌 재능도 있어."

나와 침대를 기역자로 붙이고 있는 윌리엄은 프랑스에서 온 리눅스 엔지니어였는데 반년 동안 온 유럽을 걸어서 여행하고 있다고 했다. 윌리엄은 MP3로 나에게 까미노에 관한 노래를 몇 개 들려주었다. 노래가 끝나서 자려고 하는데 갑자기 윌리엄이 내 볼에다 뽀뽀를 했다. 볼에다 하는 뽀뽀는 으레 하는 인사려니 해서 가만히 있었는데 갑자기 녀석이 "미안, 내가 프랑스인이거든!" 하면서 덥석 내 입술에 입술을 갖다 댔다. 아무리 떼밀어도 녀석은 내 머리통을 붙들고 놔주지 않았다. 나는 녀석을 한 대 후려치고 힘껏 밀쳐냈다. "됐어! 나는 한국인이거든!"

꽃미남 친구들

48일째, 아스토르가

노부요 아줌마는 아침 일찍 길을 떠났고 나는 오늘 5킬로미터 거리에 있는 사니티바녜스 데 발데이글레시아스까지 걷기로 했다. 정말 오랜만에 걷는다. 2킬로미터쯤 걷다가 잠시 쉬는데 발바닥에서 통증이 온다. 아무래도 발바닥 인대가 늘어난 것 같다. 이제는 디딜 때마다 숫제 발바닥이 찢어지는 것 같다. 마침 크리스티앙 할아버지가 오신다. 할아버진 내 배낭이 너무 무겁다며 1~2킬로그램은 더 줄여야 한다고 하셨다. 사실이다. 남들한텐 턱없이 작은 배낭이지만 내겐 무겁다. 하지만 무엇을 버려야 할까? 이 작은 배낭 속에도 사치품이 있다. 여벌의 공책, 물집 방지용 파우더, 라면 스프, 선글라스와 콘택트렌즈…… 매일 쓰지도 않는 것들이라 짐이 될 뿐이지만 차마 버릴 용기가 나지 않는다. 물건을 버리는 일이 꼭 내 한 부분을 버리는 것처럼 느껴져서 불안하고 두렵다.

오늘의 목적지, 사니티바녜스 데 발데이글레시아스에 도착하니 온 동네가 축제 준비로 떠들썩하다. 길바닥이랑 대문 앞엔 향이 좋은 나뭇가지가 깔려 있다. 알베르게에 있던 사람들이 오늘은 시끄러워 쉬기 힘들 거라며 다음 마을로 가는 게 좋겠다고 충고한다. 축제에 끼고 싶은데 그러기엔 발이 너무 아프다.

버스를 타려고 찻길로 가는데 축제 준비를 하던 마을 아주머니들이 이 길은 까미노가 아니라고 알려준다. 트레킹 폴로 발을 가리키며 "많이 아파요!" 하니 다들 모여들어 걱정해 준다. 때마침 동네 아주머니 한 분이 자동차를 몰고 왔다. 두 마을 건너 아스토르가에 장 보러 가는 길이라고 했다. "아스토르가?" 사람들이 순간 멈추었다가 동시에 나를 바라보았다. 갑자기 아주머니들이 내게 달려들어 배낭을 벗기더니 나를 자동차 안에 밀어 넣었다. "아, 저는 아스토르가까지 가고 싶은 게 아니에요!" 소리를 쳤지만 사람들은 그저 웃는 얼굴로 "부엔 까미노!" 하며 힘차게 손을 흔들어주었다.

운전사 아주머니는 결국 나를 아스토르가에 내려주시곤 어리둥절한 나에게 뽀뽀를 몇 번이나 해주고 가셨다. 오늘은 히치하이킹을 '당해' 생각지도 못한 아스토르가까지 오게 됐다.

언덕 위에 있는 공립 알베르게에 가니 알프레도라는 호스피탈레로가 얼음 주머니를 갖다주며 "내일, 걷지 마!" 한다. 스페인 말인데도 "걸으면 다리몽둥이를 뎅강 부러뜨릴 거야!"라는 말을 너무 잘 알아듣겠다.

오늘 내가 든 방에는 젊은 남자아이들이 가득하다. 흠, 오늘 양기 충전 좀 되겠군. 이탈리아에서 온 레오나르도와 스위스에서 온 마이클, 스페인 친구 후안과 까롤루스. 다들 내가 안 좋은 걸 보고 걱정해 준다. 알프레도 아저씨는 남자애들에게 부탁했다. "얘는 멀리서 왔고 여자애고 혼자야. 거기다 아프기까지 해. 그러니까 너희들이 얘를 좀 돌봐줘." 남자애들은 내게 먹을 것도 사다주고 약도 사다주고 내가 최대한 덜 움직이도록 보살펴주었다. 오래 살기 잘했구나. 내 평생 이런 날이 올 줄이야! 이탈리아에서 온 레오나르도는 마사지 치료사였는데 내 우악스러운 마사지를 보더니 무조건 주무르는 게 마사지가 아니라 가슴에서 나오는 에너지로 천천히 부드럽게 만져주는 게 마사

까롤루스와 후안과 레오나르도. 꽃미남들 사이에 앉아 있으니 입이 저절로 귀에 가서 걸린다. (위) 누워서 빈둥빈둥. (아래)

지라고 했다. 새겨들을 말씀이다.

후안과 까롤루스는 나와 또래였다. 친구들은 서로의 연애 이야기도 들어주고 결혼하기 전엔 꼭 동거를 해봐야 한다는 조언도 해주었다. "우리 나라에서 내가 그러면 식구들이 날 죽이려 들걸?" 내 말에 둘은 깔깔대고 웃었다. 스페인에서 나고 자라 남미를 여행해 본 친구들과 내가 좋아하는 마술적 사실주의(1960년대 이후 남미를 중심으로 부흥한 문예 사조) 작가들 얘기를 실컷 나눌 수 있었다. 보르헤스, 바스콘셀로스, 마르케스와 에밀 쿠스트리차, 최근에 내가 좋아하는 길예르모 델 토로까지! 신비와 환상과 꿈과 표지! 마법과 저주와 괴물! 이런 신나는 대화가 얼마 만인지 모르겠다. 이야기에 빠져 나도 모르게 길예르모 델 토로 영화에 나오는 괴물 흉내를 내었더니 친구들이 말했다. "넌 세상에서 젤로 웃긴 동양 여자애야!"

언젠가 내 통증의 원인을 알아보기 위해 최면 세션을 받은 적이 있다. 그때 내 전생 중 하나가 고대 남미에 살던 제사장이었다. '바르타이' 라는 이름을 지닌 스물여섯 살짜리 청년은 제물로 쓰인 '몽구스' 라는 가면 두 개를 찾으러 이생에 환생했다고 했다. 후안과 까롤루스는 이런 얘기를 눈 하나 깜빡 않고 들었다.

까롤루스는 우리가 죽으면 우리 몸을 구성하던 모든 것들이 자연으로 돌아가 꽃도 되고 나무도 되고 바람도 되고 때로는 웃기는 한국 소녀도 되는 거라고 했다. "어, 그건 불교의 가르침인데?" 내가 놀라니 까롤루스는 으쓱했다. "불교랑 기독교가 뭐가 다른데?"

까롤루스는 나에게 남미 영화를 좋아한다면 쿠바에 진짜 좋은 영화학교가 있다고 했다. 문득 내 꿈이 영화 만드는 일이었다는 게 떠올랐다. 오랫동안 잊고 지냈던 꿈. 나는 다시 영화를 만들 수 있을까?

49일째, 아스토르가

지난밤 누군가 악몽을 꾸었는지 비명을 질렀다. 나도 여러 번 깼지만 다들 편히 잔 것 같지만은 않다. 밤에도 거센 빗소리를 들었는데 오전 내내 비가 내린다. 교정기를 씨익 드러낸 후안이 "다음 생에 또 만나자!" 하면서 꼭 안아준다. 아버지한테서 훔친 쪼리를 신고, 공항에서 일할 때 슬쩍한 우비를 입고 커다란 배낭을 멘 후안은 휘적휘적 떠나갔다. 레오나르도도 내 발목을 체크하더니 내일까지 절대 걸어선 안 된다며 진통 소염제를 시간 맞춰 먹어라 당부하고 갔다. 발목을 삐끗한 까롤루스는 하루 더 쉬기로 해서 나와 같은 방으로 옮겼다. 친구들이 떠나고 나니 어쩐지 좀 적적해졌다.

한숨 자고 일어난 까롤루스가 어제 해놓은 파스타에 쌀 샐러드랑 뽈뽀(문어)를 넣어 점심 먹잔다. 까롤루스는 점심 무렵부터 아침을 먹기 시작해 하루 다섯 끼는 족히 먹는데 알프레도 아저씨 부탁 때문인지 자꾸만 나를 챙긴다. 녀석이랑 오래 있으면 너무 잘 먹어서 배가 뽈록 나올 것 같다. 까롤루스에게 계속 신세지는 것이 미안해 저녁은 내가 사기로 했다.

지난번 레온이랑 다른 마을에서 만났던 한국인들이 체크인했다. 처음 만났을 땐 힘든 몸으로 여기까지 왔냐며 격려해 주시더니 두 번째 만났을 땐 "이젠 차 그만 타고 좀 걸어야지!" 하시다가 오늘은 "또 만났네!" 하곤 나랑 눈도 안 마주치신다. 당신들이 몇날 며칠 땀 흘려 걸어온 길을 차 타고 편히 와서 당신들보다 먼저 침대를 맡아놓은 내가 곱게 보이지는 않으시리라. 한국 사람들을 만날 때마다 자꾸 스스로를 변명하게 된다고, 그래서 좀 우울하다고 하니 까롤루스가 뽈뽀

아스토르가의 시에스타.
온 세상이 평화롭게 잠들어 있다.

큰 조각을 나 먹으라고 한다. 좋은 놈!

오전에도 세 시간은 너끈히 자던 까롤루스, 점심 먹고 또 누웠다. 침대에 누운 까롤루스가 자기 MP3에 들어 있는 음악을 내 귀에 꽂아 준다. 귀청이 떨어져나갈 것 같은 디스코다. 나는 이런 음악 안 듣는다고 하니 내 MP3엔 뭐가 들어 있는지 궁금해한다.

"코골이 때문에 밤에 잠이 안 올 때, 살인을 막고 마음의 평정을 유지하기 위해 티베트 만트라를 듣는데 지금 건전지가 떨어졌어. 근데 너 오전에 잘 때 코 골더라? 오늘밤 죽고 싶지 않으면 건전지 내놔!" 녀석, 이따 저녁 먹으러 나가서 사주기로 했다.

까미노에 온 지 40일이 벌써 훌쩍 넘었다. 남들은 이미 여정을 끝내고 집에 갔을 무렵, 나는 아직 절반이다. 수비리에서 만났던 빌랴르, 장과 뚜뻬, 리엔, 그리핀, 모두들 집으로 돌아갔겠지?

시청 앞 광장에 소문난 피자 가게가 있다고 해서 오늘의 넷째 끼니, 저녁을 거기서 먹기로 했다. 까롤루스를 만난 이후론 뱃속이 항상 가득 차 있다. 나를 챙겨주는 마음이 고맙지만 더 이상 못 먹겠다고 아무리 손을 내저어도 "넌 너무 말랐어, 순진! 남자들은 마른 여자 안 좋아해!" 하며 먹이고 또 먹인다. 내가 어디 한 군데라도 말랐단 말이냐! 서양 사람들은 한번 거절하면 다시 묻는 법이 없다던데, 여기서 만난 사람들은 거절이 잘 안 먹힌다. 이 위대胃大한 녀석은 나를 사육하고 있다.

온종일 꽉 차 있는 뱃속에 꾸역꾸역 피자를 집어넣고 숙소로 돌아오니 독일 언니 하나가 지쳐서 넋 나간 얼굴로 침대에 앉아 있다. 나더러 혼자 왔느냐고 묻기에 그렇다고 하니 까롤루스가 대뜸 "얘는 혼자가 아니야! 피리가 있어!" 한다. 까롤루스는 부르고스 숲에서 오카리나 부는 나를 본 적이 있다고 했다. 지친 독일 언니와 까롤루스, 열다섯 번째 까미노를 걷고 있다는 알랭 할아버지를 위한 즉석 위로 공연을 펼쳤다.

위층 침대에 올라가기 힘들었던 까롤루스가 별 생각 없이 아래층 내 침대에 드러누웠다. 서로 죽어가는 발톱도 들여다봐 주고 약 바르는 것도 구경하는데 알랭 할아버지가 우리를 가리키며 '얼레리 꼴레리!' 한다. 순간 나는 소리쳤다. "야, 까롤루스! 내 침대에서 나가!" 까롤루스는 무척 섭섭한 얼굴로 일어났다. "난 너한테 아무 짓도 안 했어. 그럴 생각도 없었구." 그제서야 내가 남의 눈 때문에 친구의 마음에 상처를 입혔다는 것을 알았다. 나는 이런 일이 우리 문화에선 낯선데다 알랭 할아버지가 놀려서 당황했다고 사과했다. 그리고 어제 오늘 까롤루스 덕분에 얼마나 힘이 나고 고마웠는지를 얘기해 주었다. 까롤루스는 나를 이해해 주었다. 그러곤 말했다. "이건 네 까미노야. 누구 말도 들을 필요가 없고 변명할 필요도 없어." 그래, 그 말이 맞다. 그런데 30년을 이렇게 살아온 나는 거기서 자유로워지는 일이 생각만큼 쉽지 않다. 내가 참 더디다. 걸음만 더딘 게 아니라 자라기도 참 더디 자란다.

전조

50일째, 아스토르가

엊저녁에 먹은 음식이 좋지 않았는지 까롤루스는 밤새 토하고 설사를 했다. 온종일 침대에 누워 약만 마시고 있는 까롤루스에게 스페인어, 영어, 우리말로 〈평화의 기도〉를 읽어주었다. 우린 꼭 초등학교 짝꿍 같았다. 사실 까롤루스는 나보다 다섯 살이나 오빠인데 내가 이

놈 저놈 하면서 맞먹고 있다.

나는 축 늘어져 있는 까롤루스를 즐겁게 해주고 싶었다. 배낭을 뒤집어 무얼 버리면 좋을지 골라달라고 떼를 쓰고, 대한민국에선 나처럼 생긴 애들이 미스코리아 대회에 나간다고 우겼다. 지금 거울을 보면 나는 영락없이 미친 과학자지만 까롤루스는 웃으면서 대꾸해 주었다. "그래 그래, 너 예뻐!" 밥을 못 먹는 까롤루스를 위해 저녁엔 수프를 좀 끓여야겠다. 내일은 까롤루스도 나도 많이 좋아지면 좋겠다.

그런데 오늘, 마사지를 하면서 계속 발에게 짜증내고 있는 내 모습을 봤다. 내일은 걸어야 한단 말이다! 그러니까 어서 나으란 말야! 아픈 발을 사랑해 주기는커녕 원망하고 짜증내는 마음으로 발을 마구 주무르고 있었다. 그저께 레오나르도를 통해 '천천히 부드럽게 가슴으로' 하는 게 마사지라고 분명히 일러주셨는데도 그새 까먹고 발을 마구 학대하고 있었다.

그래, 발아 미안하다. 다리야 미안하고 고맙다. 내가 항상 너희를 무시하고 돌보지 않아도 너희는 나를 위해 묵묵히 맡은 일을 해주고 있구나. 내가 어떡하면 되겠니? 오른 발등아, 어떻게 하면 네가 부드럽게 풀릴까? 어떡하면 발목아, 네가 편안해질까? 왼 무릎, 왼 발등아! 어떡하면 너희들이 편안하고 튼튼해질까? 만날 일은 저질러놓고 수습만 부탁해 미안하지만, 너희들이 어떻게 좀 해주면 안 될까? 나는 정말 정말 걷고 싶어. 너희가 허락만 해준다면 말이야. 오늘 밤에 편히 쉬면서, 부디 신호를 주길 바래. 어떡하면 너희가 나을 수 있는지, 꿈으로든 다른 사람을 통해서든 알려주면 좋겠다. 나도 어떡하면 너희를 더 사랑할 수 있는지 곰곰이 생각해 볼게.

요즘 하루 한 장씩 몬하르딘에서 받은 〈요한복음〉을 읽고 있다. 계속 예수님이 아픈 사람들 고쳐주시는 이야기가 나온다. 하필 지금 이

책을 만난 게 우연이라고는 생각되지 않았다. 나는 기도드렸다.

"당신이 계획하신 일이 더 잘 일어날 수 있도록, 더 잘 알아차릴 수 있도록 저를 깨어 있게 해주십시오. 죽은 나사로를 살리셨듯이, 저도 살려주십시오."

나락, 그리고 빛

51일째, 아스토르가

밤새 토하고 설사를 했다. 까롤루스와 같은 증세다. 목이 말라 물을 조금 마셨는데 그마저 죄 토했다. 발등은 여전히 통증으로 욱신거리고 왼쪽 무릎과 발목도 힘이 든다. 이제 내 순례 여정을 맺을 때인가? 너무나 아프고 힘이 들어서 어쩔 줄을 모르겠다. 누구든지 붙잡고 묻고 싶다. 내 기적은 어디에 있는 거냐고. 내 몫으로 남은 기적이 있기는 있는 거냐고. 나를 이제 어쩔 셈이시냐고. 눈물 흘릴 기력조차 없다. 오늘은 좀 나아진 까롤루스가 내일은 마사지하는 사람에게 가보자고 한다. 더는 괜찮다고 우길 자신이 없어 그러마고 했다. 그분은 대체 무얼 계획하고 계시기에 날 이리도 끝까지 몰아가시는 걸까?

한국인 모녀가 체크인했다. 혹시 나를 도울 수 있을지도 모른다고 생각한 알프레도 아저씨가 두 분을 내 방에 들여보내 주셨다. 내가 식중독에 걸렸다는 말을 듣고 그분들은 쌀을 사다 미음을 끓여주셨다. 하지만 삼킬 수가 없었다. 두 분은 어떻게든 미음 한 순갈이라도 먹이려고 애쓰셨다. 마시고 토하고 마시고 토하기를 반복하다 어느 순간 조금씩 삼킬 수 있게 되고, 그러자 기력도 좀 살아났다.

정신을 차리자마자 나는 하느님을 원망했다. 왜 날 이리로 불러서 이런 상황에 몰아넣고, 내 힘으로 할 수 있는 것은 아무것도 없게 하시느냐고 화를 냈다. 그러자 미음을 끓여주신 아주머니는 말씀하셨다. "이렇게 아프고 무력한 상황에서도 순진 씨는 할 수 있는 일이 있잖아요." 그랬다. 나는 화낼 수도 있었고 기도할 수도 있었고 사람들에게 고맙다고 말할 수도 있었다. 그보다 나쁜 일도 얼마든지 일어날 수 있었다. 이렇게 어이없는 상황 속에도 감사할 것들이 가득했다.

아주머니와의 대화 속에서 나는 지금 나 자신에게 친절해지는 법을 배우고 있다는 걸 알게 되었다. 그리고 내가 지금껏 스스로에게 가혹하게 굴어왔다는 사실도 알았다. 나는 평생 나 자신에게 소리치고 화내고 짜증내 왔던 거다. 소스라치게 놀랐다. 나를 이렇게 만든 것은 다른 누구도 아닌 바로 나 자신이었다! 그 사실을 깨닫자 나는 목을 놓아 통곡했다. 참회의 눈물이었다. 나는 아픈 오른발과 내 몸과 나 자신에게 용서를 구했다. 내게 모질었던 사람들이 나를 대한 방식 그대로 나 자신에게 혹독하게 굴었던 것을 깊이 사과했다. 용서의 고개에서 내가 했던 질문의 답을 오늘에서야 알게 되었다. 내가 제일 먼저 용서해야 할 사람도, 제일 먼저 용서를 구해야 할 사람도 바로 나 자신이었다. 이 답을 얻기 위해 나는 여기까지 와야 했던 것이다. 그랬던 거였다.

어느 순간 갑자기 발등이 좀 편안해지는 것을 느꼈다. 디딜 때마다 발바닥이 찢어지는 것 같은 통증도 사라졌고 발목도 한결 가벼워졌다. 신기한 일이다. 모르던 뭔가를 알게 된 것만으로도 몸이 달라지다니! 이런 게 바로 기적이구나. 나는 지금 기적을 경험하고 있구나.

하지만 기적을 경험한 이후에도 나는 다시 심한 구토와 고열에 시달렸다. 아무것도 보이지도 들리지도 않고 온몸이 사시나무처럼 떨려왔다. 아, 이것이 죽음이구나, 나는 지금 죽어가고 있구나 하고 느꼈다. 잠이 든 것도 깨어 있는 것도 아닌 상태로 몇 시간을 앓았다. 몸은 너무나 고통스러웠지만 어느 순간 모든 게 다 포기되면서 편안해졌다. 걷고 싶다는 욕심도, 기적을 바라는 마음도, 아무것도 내겐 남아 있지 않았다. 그동안 내가 진실이라 믿고 꽉 쥐었던 모든 것이 멀리 멀리 나를 떠나가고 있었다. 나는 환하고 텅 빈 시간과 공간 사이를 둥둥 떠다녔다. 까롤루스도 한국에서 오신 두 분도 알프레도 아저씨도 모두 걱정스레 나를 지켜보고 있었다. 알프레도 아저씨는 내 머리를 가슴에 꼭 끌어안아 주셨다. 아저씨 가슴에서 기도 소리가 나는 것을 느꼈다.

천사가 남긴 선물

52일째, 아스토르가

계속 누워 있기 힘들어 새벽에 잠시 일어나 앉으니 토하려는 줄 알았는지 까롤루스가 얼른 쓰레기통을 갖다준다. 나 때문에 밤잠도 설친 까롤루스는 걸을 수 있을 만큼 회복되었지만 내 상태를 보더니 하루 더 남겠다고 했다. 괜찮다고 해도 "아냐 아냐, 괜찮아." 내 말투를 흉내 내며 괜찮긴 뭐가 괜찮냐 한다. 자기가 떠나고 나면 혹 배라도 곯을까봐 녀석은 냉장고 안에 내가 먹을 만한 것들을 잔뜩 사서 넣어 두었다.

한국에서 온 모녀는 쪽지 한 장을 남긴 채 이미 떠나고 없다. "순진 씨, 당신은 좋은 재능과 착한 마음을 가졌습니다. 힘내시고 이 길을 통해서 우리 모두 감사합시다." 아주머니는 루게릭을 앓는 동생에게 주려고 루르드에서 떠온 성수 한 통을 생면부지 나에게 주고 가셨다.

감히 내가 받아도 되는 물건인가 생각하다 문득, 지금 내게 이걸 주는 분이 누구신가를 떠올렸다. 이 사람들은 그분이 보내주신 천사였다. 이름도 성도 모르는 천사가 끓여놓고 간 미음을 마시며 눈물을 뚝뚝 흘렸다. 이 길에서 수도 없이 울었지만 아프고 힘들어서 운 것보다 감동과 감사의 눈물이 훨씬 많았다. 여기서 흘린 이 눈물을 나는 평생 기억할 것이다.

나를 병원에 데려가려고 온 알프레도 아저씨께 자초지종을 설명해야 했다. 마침 파트리샤라는 순례자가 영어를 할 수 있어 내 말을 스페인어로 통역해 주었다. 나는 어제 몹시 중요한 깨달음을 얻었고 그 후로 몸이 많이 좋아지고 있어서 하루 이틀 더 기다리면 병원에 갈 필요가 없을 것 같다고 했다. 그러자 아저씨는 말씀하셨다. "까미노에서 단지 다리가 낫는 기적만을 바라지 마렴. 이 길 위의 모든 것에 마음을 열면 그 모든 것이 너를 도와줄 거야. 이 길과 길 위의 성물, 성인, 모두가 수백 수천 년 동안 아주 강한 도움의 에너지를 지니고 있으니 최대한 모든 것을 향해 너 자신을 열어야 해."

파트리샤도 빙그레 웃으면서 까미노에는 굴곡이 있어서 좋은 날은 그냥 즐기면 되고 힘든 날은 배우면 된다고 했다. 그래, 어젠 내 까미노 여정 중 제일 힘든 날이었지만 제일 중요한 것을 배운 날이기도 했다. 이제는 정말 어떻게 하면 나 자신에게 친절할 수 있는지 알고 싶다. 지금껏 내게 가혹했던 사람들이 나를 대했던 방식이 아닌, 하느님의 방식. 그분이 나를 사랑하시는 방식, 그것을 배우고 싶다.

한결 나아진 나를 보더니 까롤루스가 떠나기로 했다. 서로 주먹질을 하고 발로 밟고, 짓궂은 장난을 치기도 했지만, 아플 때 곁에서 머리를 쓸어주고 볼에 입맞춰 주던 까롤루스. 까롤루스를 배웅하러 성당 앞에까지 나갔다. 몇백 미터 안 되지만 이렇게 멀리 알베르게를 벗

어느 천사가 내게 남긴 선물. 한국에서 온 아주머니는 루게릭에 걸린 동생을 위해 루르드에서 떠온 성수를 생면부지 내게 주고 가셨다.

어나는 건 닷새 만에 처음이다. 까롤루스는 나에게 휴대폰 번호를 주었다. "우린 형제야. 그리고 난 언제 어디서든 네 안부가 궁금할 거야. 언제라도 어려운 일이 생기면 내게 전화해."

서른여섯에 벌써 복부 비만이고 먹을 것을 굉장히 밝히며 감히 아가씨 엉덩이를 발로 차고 내 침대에 벌러덩 드러눕는, 정말 내 취향과는 거리가 먼 놈이었지만 까롤루스는 내게 천사였다. 나는 까롤루스에게 처음으로 "오빠!" 하고 불러주었다. 오빠가 무슨 뜻인지 듣고 난 까롤루스는 정말 좋아라 했다. 역시 '오빠'는 만국 공통인가 보다. 나는 까롤루스가 떠나는 뒷모습을 아주 오래오래 바라보았다.

방으로 돌아오니 귀여운 프랑스 할머니 세 분이 들어오셨다. 할머니들 향수 냄새가 참 좋다. 일흔이 넘은 할머니가 2층을 오르내리기 힘드실 것 같아 내가 2층 침대로 올라갔다. 베개에서 까롤루스 냄새가 난다. 먹보, 코골이, 배불뚝이, 스페인 말을 할 때면 거세고 우악스러워지는 말투까지, 보고 싶다. 까롤루스는 '남자다운' 참을성이라곤 없어서 아프면 아프다고 힘들면 힘들다고 다 말했다. 처음엔 엄살쟁이라고 생각했다. 그런데 녀석은 나보다 나이가 많고 돈이 많아도, 아는 게 많고 여러 나라 말을 할 줄 알아도, 한 번도 내게 잰 체하지 않았다. 내 서툰 영어를 다 받아주었다. 나랑은 만날 먹는 얘기나 하고 장난만 치던 까롤루스가 어제 만난 순례자에게 헤밍웨이의 작품을 전부 읽었다고 했을 땐 놀라웠다. 저런 진지한 구석도 있다니! 까롤루스 오빠, 내 취향은 아니지만 친구 연미한테 꼭 소개시켜 주고 싶은 사람이다.

알프레도 아저씨가 방으로 오더니 내 발목을 감싸 쥐고 기도를 하신다. 그리고 내일 라바날 델 까미노까지 택시를 타고 가라신다. 거기 가면 수도원에서 운영하는 '휴식의 집'이 있다고 했다. 아픈 순례자들이 며칠씩 쉬어 갈 수 있는 곳이라고. 이 길에서 쉬기로 마음먹었더니 정말로 매번 거저 가게 된다. 이 길에 온 뒤로 내 계획대로 된 일이 하나도 없다. 그런데 매번 계획대로 안 된 그 일이 결국 나를 위해 더 나은 경우가 많았다. 희한한 일이다.

그나저나 방구쟁이, 눌린 머리, 똥배 나온 까롤루스가 오늘은 어디까지 갔을까? 떠나자마자 비가 엄청 내렸는데 다시 아픈 건 아닌지. 닷새 동안 병상에서 든 우정이 여간 깊은 게 아닌가 보다.

순.진.한.
걸.음.

제 3 장

지도에도 없는 마을

사실 우리가 가진 것이라곤 배낭 하나가 전부다. 다들 똑같이 가난하다. 뭔가를 좀 더 가져봤자 누가 일회용 밴드 몇 개 더 가졌느냐 정도? 그나마도 더 필요한 사람이 나타나면 다 주어버린다. 도대체 무엇 때문에 이 고생들을 사서 하는 걸까 싶다가도, 어쩌면 이것이야말로 모두들 한 번쯤 살아보고 싶어 하는 삶이라는 생각이 든다.

#03

그분의 방식

53일째, 라바날 델 까미노

수도원에 있는 '휴식의 집'에 가려고 순례자들 배낭을 운반해 주는 택시에 배낭 두 개 값을 내고 탔다. 배낭 틈에 끼어 오늘은 나도 배낭이 되어 실려 간다. 알프레도 아저씨는 나를 꼭 안아주며 무사히 산티아고에 도착하면 꼭 연락해 달라고 하셨다.

오늘은 날씨가 정말 좋다. 라바날로 가는 길은 햇볕도 적당하고 들꽃도 한창이다. 이제 메세타는 끝이 났고 산길이 시작되었다. 오늘 아침 누군가가 이곳이 갈리시아의 비가 시작되는 지점이라고 했다. 우리의 목적지 산티아고를 품고 있는 갈리시아 주는 365일 중에 300일 비가 내린다는 곳이다. 이 길을 두 발로 걸었으면 얼마나 좋을까! 나도 저들과 함께 온몸으로 바람을 맞으며 이 아름다운 풍경을 두 발로 뚜벅뚜벅 다져보았으면! 하지만 몇십 킬로미터나마 메세타도 걸어봤고, 이제부터 잘 쉬고 잘 걸으면 돼! 괜찮아 순진, 아자아자!

식당을 겸한 사설 알베르게에 짐을 풀고 우유를 한 잔 마셨다. 오늘은 마을 축제가 있는 날이라 온 동네 사람들이 악기를 들고 다니며 집집마다 복을 빌어준다. 갑자기 북소리와 피리 소리, 흥겹게 춤추는 사람들이 두 겹, 세 겹으로 보이면서 현기증이 몰려온다. 손이 떨린다. 나는 더 나아갈 수 있을까? 피레네 이후 처음으로 집에 돌아가고 싶다는 생각이 든다. 전화로 친구들 목소리가 듣고 싶었지만 아무래도

울게 될 것 같아 그만두었다. 오 제발, 독일에서 오신 여러분, 너무 큰 소리로 얘기하지 말아 주실래요? 치즈도 조심해 주세요. 저 지금 토하고 싶거든요.

휘청대는 걸음으로 알베르게를 빠져나왔다. 여기서 자다간 아무래도 오늘밤에 하늘 나라 구경을 하게 될 것 같다. 수도원에 있는 휴식의 집은 일손이 부족해 문을 닫았다고 했다. 수도원 옆에 작은 알베르게가 있어서 가보니 역시나 침대가 없다. 어깨를 늘어뜨리고 대문을 나서는데 호스피탈레로 부부가 잠깐만 기다려보라고 한다. 나를 도울 방법을 찾아보겠다는 거다. 그러더니 도서실 옆에 있는 창고에 매트리스를 깔아주겠다고 하셨다. 아스토르가에서 만났던 리노 할아버지가 선뜻 당신 침대를 내주겠다고 하셨지만 창고가 더 조용하고 쉬기 좋을 거라고 하셔서 그러기로 했다.

미국에 살면서 1년에 몇 주씩 자원 봉사를 하러 오는 톰과 다이앤 부부는 며느리가 한국인이고 세 살짜리 손녀딸이 있다고 했다. 다이앤 아줌마는 내가 자기 손녀랑 똑같이 생겼다며 신기해했다. 아주머닌 내게 수프를 끓여주고 구토 멈추는 약을 계속 먹여주었다. 톰 아저씨는 전기 히터를 틀어주고 핫팩을 가져다주었다.

모두들 걱정하며 내 상태를 살피고 있었다. 다이앤 아주머니는 속이 안 좋을 땐, 특히나 동양인에게는 우유가 좋지 않다고 했다. 구토랑 설사는 계속 뱃속을 오르락내리락했지만 쉴 곳을 찾았다는 안도감에 마음은 편안해졌다.

다이앤 아주머닌 혹시라도 밤에 아프면 깨우라고 당신 방문을 열어놓겠다고 했다. 희한한 곳이다. 어디서 이렇게 천사 같은 사람들이 툭 튀어나왔을까? 세상엔 원래 이렇게 천사가 많았던 걸까? 게다가 까미노에선 돈과 비례하는 것이 별로 없다. 지금껏 내가 힘들고 아팠을

집집마다 복을 빌어주는 마을 축제에서
북 치고 피리 부는, 멀티태스커 할아버지.

때 도움을 청할 수 있었던 곳들은 대부분 자원 봉사와 기부제로 운영되는 곳이었다. 돈 내라고 하지 않는 곳이 더 편안하고, 돈 내라고 하지 않는 곳에선 밥도 주고, 돈 내라고 하지 않는 곳의 호스피탈레로들이 항상 더 친절하고 따뜻했다.

내가 살던 곳에서는 돈을 많이 낼수록 모든 게 더 좋았는데 여기선 내가 살던 세상에서만큼 돈이 힘을 못 쓴다. 어떤 호텔, 어떤 병원이 이보다 더 따뜻하고 든든할까? 이 길에서 나는 확신하게 되었다. 하느님의 사랑은 공짜인 게 틀림없다고.

잠들기 직전, 나는 문득 우주가 온 힘을 다해 나를 사랑하고 있다는 것을 느꼈다. 다이앤 아줌마, 톰 아저씨, 리노 할아버지, 이 모두를 통해 어렴풋이 '그분이 나를 사랑하시는 방식' 을 알게 된 것이다. 내 가슴은 고요한 기쁨으로 가득 차올랐다. 창고방은 어둡고 춥고 나는 아직 아팠지만 아주 크고 부드럽고 평화로운 누군가의 품속에서 잠들 수 있었다.

모든 것이, 하나

54일째, 라바날 델 까미노

귀마개 없이 잔 게 얼마 만인지 모르겠다. 따뜻하고 편안하게, 뭔가 기분 좋고 설레는 꿈까지 꾸어가며 잘 잤다. 다이앤 아줌마는 새벽에도 내려와 내 상태를 확인했다. 이제 구토는 멎은 것 같다. 리노 할아버지도 새벽에 떠나면서 나를 들여다보시곤 호스피탈레로 부부에게 잘 부탁한다고 몇 번이나 말씀하셨다. 처진 눈이 선해 보였던 라파엘 아저씨도 어서 회복하고 앞으로 인생에 좋은 일만 있으라며 축복해

창고방에 누워서.

주었다. 다이앤 아줌마 말로는 혹시라도 나를 깨울까봐 모두들 발소리를 죽여서 나갔다고 했다.

나는 아줌마가 주시는 약을 넙죽넙죽 받아먹었다. 아줌마는 흰쌀로 죽을 쑤어주셨는데 내게 필요한 게 무엇인지 말하지 않아도 기막히게 잘 아셨다. 내가 죽 먹는 것을 끝까지 지켜보신 아줌마는 한숨 더 자고 일어나서 빨래도 하고 샤워도 하자고 하셨다. 며칠 동안 구토랑 설사에 찌든 몸도 씻고 옷도 좀 빨아야겠다. 아, 감사하다. 나는 정말 행운아야.

새벽에 꾼 꿈이 떠올랐다. 난생 처음으로 엄마를 만났다. 엄마는 그동안 나를 사랑해 주지 못해서, 함께 해주지 못해서 미안하다고 했다. 엄마는 아주 젊고 힘 있고 부드럽고 강했다. 친절하고 따뜻했다. 엄마는 '우주인'으로 선발되어서 곧 우주로 나가게 되었는데 나는 엄마랑 헤어지는 것이 서운하지 않았다. 엄마가 무척 자랑스러웠고 엄마가 우주로 떠난 뒤에도 우리가 깊이 연결되어 있다는 사실을 분명히 알았다. 우린 함께 기념 사진을 찍었고 나는 더 이상 엄마가 없음을 서운해하거나 엄마를 그리워하지 않을 거라는 사실을 알았다. 우리는 이미 하나였다.

다이앤 아줌마랑 꿈 이야기를 했다. 아줌마는 꿈속의 엄마가 이다음에 내가 엄마가 되었을 때의 모습일 거라고 했다. 그 말을 듣고 보니 꿈속의 엄마는 '진짜 나'였다! 나는 드디어 진짜 나를 만났던 거다. 자유롭고 강하고 부드럽고 따뜻한 '참 나'를 말이다! 내가 평생 그리워하고 찾아 헤맨 엄마는, 바로 내 안에 있었다. 내 안에 있는 엄마가 나를 맘껏 사랑하실 수 있도록 난 그저 나를 열어놓기만 하면 되는 거였다. 그리고 그건 하느님이 나를 사랑하시는 방식과도 같았다.

오후가 되자 비에 젖은 순례자들이 하나 둘 알베르게로 들어왔다.

나는 톰 아저씨가 일하는 책상 옆에 앉아 순례자들을 구경했다. 오늘도 독일 사람이 제일 많다. 비에 젖어 먼 길을 걸어온 순례자들의 얼굴에 피로와 뿌듯함이 함께 담겨 있다. 나도 다시 순례자가 되어 길 위에 서고 싶다. 하지만 발아, 내 몸아, 나는 무조건 네 뜻에 따를 거야. 그러니 신호를 줘.

저녁엔 콩이 들어간 수프를 조금 먹을 수 있었다. 건더기를 먹을 수 있다는 건 아주 좋은 신호다. 저녁을 먹고 성당에 가서 그레고리안 성가로 이루어진 미사, '베스파'에 참례했다. 여기 라바날 성당은 순교자들의 무덤 위에 지어졌는데 교회 안엔 흙 속에 파묻힌 뼈들이 그대로 드러나 있었다. 죽은 사람과 산 사람이 함께 기도드리는 곳. 나는 이 작은 교회의 진지한 분위기가 마음에 들었다. 눈을 감고 노랫소리에 귀를 기울이니 산 사람들이 가득한 작은 교회 안에 죽은 사람들도 무덤에서 일어나 두 손을 모으고 안토니오 신부님의 아름다운 노래를 듣고 있는 것만 같다. 눈 감고 떠올리니 정말 황홀한 그림이었다. 산 사람도 죽은 사람도, 삶도 죽음도 사이좋게 공존하고 있었다. 모든 게 하나였다.

밤에는 폭풍우가 몰아쳤다. 5월의 폭풍우 치는 밤이라니, 내 봄은 오데 갔을꼬. 도서실에서 벽난로를 쬐며 오카리나를 불었다. 〈나뭇잎배〉나 〈섬집 아기〉 같은 우리 동요도 좋지만 비틀즈의 노래는 어느 나라 사람들이나 좋아한다.

〈오블라디 오블라다〉를 불고 있는데 카메라를 들고 오던 톰 아저씨가 뚝뚝하게 앉아 있는 독일 사람들에게 한마디 한다. "세상에, 이 노래에 춤을 안 출 수도 있다니!"

나도 저들과 함께 온몸으로 바람을 맞으며
이 아름다운 풍경을 두 발로 뚜벅뚜벅 다져보았으면!

무지개 너머 어딘가에

55일째, 라바날 델 까미노

폭풍은 밤새 온 집안과 성당 문고리를 마구 흔들어댔다. 게다가 엊저녁에 먹은 맛 좋은 수프도 소화가 안 돼 밤새 나를 고생시켰다. 바람 소리와 추위, 걷고 싶다는 생각과 부글대는 위장. 아침에 일어나니 얼굴이 유령 같다. 다시 약 먹고 죽 먹는 환자 노릇 하루 더.

낮 12시도 안 됐는데 알베르게 앞에 배낭이 줄을 섰다. 오늘은 주말이라 스페인 주말 여행자들도 우르르 마을을 지나간다. 다이앤 아줌마랑 톰 아저씨가 점심 먹으러 나간 사이 알베르게 앞에 줄 선 순례자들이랑 이야기를 나눴다. 런던에서 온 던킨 아저씨, 모자에 꽃을 달고 다닌다. "혹시 성이 도넛?" 하고 물었다가 한 대 쥐어박혔다. 미국에서 온 토드와 조세피나 커플은 내가 지금 음식을 조심해야 할 처지라 하니 B.R.A.T.(바나나, 쌀, 애플소스, 토스트) 네 가지만 먹으라고 했다.

아침에 해가 난다며 기뻐하던 다이앤 아줌마가 순례자들 주려고 레몬에이드와 아이스티를 잔뜩 만들어놓았는데 다시 비가 내리고 바람이 분다. 며칠 전에 어느 순례자가 오후 2시 전에 알베르게에 도착하지 못하면 비를 쫄딱 맞게 된다고 했는데, 그 말이 맞는 것 같다.

사람들과 한참 수다꽃이 피었는데 갑자기 톰 아저씨가 문을 열고 소리쳤다. "무지개다!" 우리는 다 같이 테라스로 달려갔다. 쌍무지개였다고 하는데 하나는 거의 사라지고 나머지 하나만이 신비로운 빛을 뿜어내고 있었다. 사방은 온통 먹구름으로 깜깜한데 무지개가 빛나는 곳만 눈부시게 환했다. 무지개가 사라지는 게 아쉬워 나도 모르게 "가지 마!" 하고 손을 내뻗었다. 아쉬움을 달래며 응접실로 내려왔는데 잠시 후에 테라스에 앉아 있던 독일 언니가 "쌍무지개, 또!" 한다.

성당 문틈, 축제의 나뭇가지. (위) 알베르게 문 열기를 기다리는 순례자들. (아래)

나는 냅다 올라갔다. 세상에! 그렇게 크고 선명한 무지개는 평생 처음 보았다. 무지개를 보고 있으니 가슴이 막 뛰었다. 오카리나를 가져와 영화 〈오즈의 마법사〉 주제곡인 〈무지개 너머 어딘가에Somewhere over the rainbow〉 라는 곡을 불었다. 테라스에서 온 마을이 내려다보였다. 몸과 마음을 다해 온 동네, 아니 온 세상에 다 들리도록 힘차게 불었다. 음악 소리를 들은 마을 사람들이 하나 둘 집 밖으로 나왔다. 순례자들도 테라스로 올라와 함께 무지개를 보았다.

연주가 끝나자 사람들이 다가와 키스해 주었다. 다들 고맙다고, 행복하다고 했다. 사람들이 말했다. "순진, 저 무지개는 네 거야. 쌍무지개가 너와 네 인생을 축복하러 온 거야!" 나는 두 번의 쌍무지개가 하느님이 주신 선물처럼 느껴졌다. 너는 행복해질 거라고, 이제 더는 고통과 불행이 없을 거라고 내게 약속하시는 징표 같았다. '네가 딛는 걸음마다 기쁨과 평화가 함께하리라' 축복하고 계신다고 느꼈다.

순례자를 위한 축복의 미사에 참석했다. 안토니오 신부님과 호세 신부님은 사이좋게 마주앉아 아름다운 그레고리안 성가로 우리를 축복해 주셨다. 세상의 모든 축복을 다 받는 기쁨이었다. 나란히 앉은 던킨 아저씨가 내게 속삭였다.

"넌 정말 받은 게 많은 아이야."

"고작 피리 하나 불었을 뿐인데요?"

아저씨는 고개를 저었다.

"네 안에 있는 다른 것들도 충분히 알아볼 수 있단다."

이 길에서 만난 많은 사람들이 내게 가진 게 많다고 한다. 돈도 건강도 명예도, 이루어놓은 것도 하나 없는 내가? 까미노 최고 느림보, 울보, 비실이 내가? 던킨 아저씨는 나에게 '울트레이아'의 진짜 뜻이 뭔지 아느냐고 물으셨다. "그건 '가슴에 기쁨을 안고 나아가라!' 야."

다시 걷는 기쁨

56일째, 폰세바돈

지난밤은 상상초월로 추웠다. 사람들이 도서실에 남기고 간 온기만으로는 턱도 없어 새벽 3시까지 오들오들 떨었다. 던킨 아저씨는 새벽에 창고에 오셔선 머리에 까치집을 얹은 내게 "널 만나 정말 행복했고, 넌 정말 사랑스러운 아이이며, 네 앞길은 반짝일 거"라는 축복의 말을 한 바구니 쏟아 부었다. 나는 "울트레이아!" 하고 화답했다.

아침을 먹고 떠날 채비를 하는 나에게 다이앤 아줌마는 옷이 따뜻하냐고 물었다. 그렇다고 했는데도 어디서 낡은 겨울 재킷을 하나 가져와 입혀놓고서야 "그래, 이제 됐다!" 하신다. 두 분은 내게 산티아고에 닿거든 꼭 연락하라고, 그리고 만에 하나 몸이 너무 안 좋아 멈추게 되더라도 멈추는 걸 두려워 말라고 하셨다. "어려움을 무릅쓰고 나아가는 것도 용기지만, 멈추어야 할 때 멈출 수 있는 것도 용기란다, 얘야." 아줌마는 내 볼에 입맞춰 주었다. 눈물이 왈칵했지만 두 분이 환하게 웃고 계셔서 꾸욱 참았다. 현관을 나서 몇 발짝 가다가 뒤돌아보았을 때 활짝 웃던 아줌마의 눈이 빨갛게 글썽거리는 것을 보았다. 두 분의 배웅을 등지고 나는 다시 느릿느릿 길 위에 섰다.

며칠째 내린 비로 흙바닥은 딱딱하지도 무르지도 않아 걷기 좋았다. 들판 가득 핀 꽃들이 길쌈도 않고 예쁘게 차려입은 기쁨을 뽐내고 있었다. 다시 걸을 수 있어서 행복했다. 세상이 총천연색으로 보이면서 가슴이 벅차올랐다. 산 위로 올라갈수록 점점 안개가 짙어지는데 비구름 속으로 들어온 것 같다. 이틀째 한숨도 못 자고 위장은 다시 부글거렸지만 내 몸은 잘 움직여주었다.

폰세바돈에서 유일하게 문을 연 알베르게는 1층에 슈퍼와 식당을 겸하고 있었다. 분위기가 심상치 않다. 벽에 걸린 만다라와 탱화들, 인도 구루들의 사진이 즐비하고 인도 음악이 흘러나온다. 오전에 요가 수업이 있다는 안내문도 걸려 있다. 식당 구석자리에선 대여섯 살쯤 된 꼬마가 컴퓨터 게임을 하고 있다. 어쩐지 익숙한 분위기. 재밌는 곳이다.

곱슬머리 사내아이에게 "너 요기yogi(요가 수행자)니?" 하고 물으니 "난 요셉인데!" 한다. 온몸에 검댕을 묻히고 쓰레기를 나르고 있는 남자가 요기란다. 부엌에서 기막히게 맛있는 냄새가 나는데 오늘도 견디기는 먹을 수 없다. 대단한 인내심이 필요했지만 지긋지긋한 구토, 설사와 안녕하려면 오늘도 음식을 먹으면 안 될 것 같다. 침대를 배정받고 한숨 잤다. 고도가 높은 곳인데도 생각만큼 춥진 않다. 역시, 뭐든 상상보다 나쁜 건 없나 보다.

저녁 시간이 되니까 맛있는 빠에야 냄새가 온 집 안에 진동한다. 사람들이 아래층 식당에 모여 두런두런 달그락달그락, 먹고 마시고 즐거워하는 소리가 들려온다. 아, 왜 하필 이런 때! 나는 침낭을 머리끝까지 덮어쓰고 잠을 청했다. 잠이 올 턱이 없다.

사람들이 저녁을 다 먹고 자리로 돌아왔을 때, 그제야 아래층으로 내려갔다. 곱슬머리에게 따뜻한 물 한 잔 마실 수 있냐고 물으니 카모마일 차에 꿀을 넣어준다.

"자는 척하느라고 힘들었겠다?"

"헉, 어떻게 알았어?"

곱슬머리는 말했다.

"이 냄새를 맡고서도 잘 수 있는 사람은 없거든. 게다가 너 아침에 들어와서 종일 아무것도 안 먹었잖아."

곱슬머리는 체코에서 온 데녹이라고 했다. 작년 겨울 까미노를 걸었고 순례가 끝난 뒤부터 여기 알베르게에서 일을 돕고 있었다. 데녹은 돈이 생기는 대로 세계 여기저기를 돌아다니는 히피인데 인도에서도 요가를 배우며 꽤 오래 지냈다고 한다. 친한 친구가 한국에서 스님이 되었는데 언제고 한국에 템플스테이를 가는 것이 꿈이란다. 나도 5년 넘게 요가 수련을 했다고 하니 무척 반가워했다. 나는 서양인인 데녹이 요가와 힌두 사상, 불교에 그토록 깊은 관심과 조예가 있다는 데 놀랐다. 우리는 벽에 걸린 탱화와 만다라를 구경하고 탄트라와 명상, 동남아시아 불교와 한국 불교, 한국 절의 아름다움 등에 대해 이야기했다. 그리고 기독교를 비롯한 세상의 모든 종교가 결국은 한 분이신 절대자—내 안에 계신!—를 향하고 있다는 결론에 동의했다. 밤이 이슥하도록 우리는 쌍둥이처럼 닮은 생각에 놀라워하며 서로의 이야기를 들었다.

식당 구석자리에서 뜸을 뜨고 있으려니 벨기에에서 온 부자가 나를 유심히 들여다본다. 중학생쯤 되어 보이는 아들이 내가 한 뜸 놓을 때마다 제가 신음 소리를 냈다.

"외계인 같니? 걱정 마. 비록 내 살은 태우고 있지만 널 해치진 않을게." 녀석, 입모양으로 내게 'ET, ET' 한다. 갑자기 녀석이 수첩에 뭔가를 쓰기 시작했다. "야, 너 지금 내 얘기 쓰지? '한국에서 온 무서운 여자가 자기 살을 불태우고 있다' 이렇게 썼지?" 녀석, 얼굴이 벌게지며 아무 말도 못한다.

내일은 피레네 이후 제일 고도가 높은 산을 넘는다. 13킬로미터 정도 떨어진 다음 마을까지 배낭을 부치고 싶은데 신청자가 나 하나여서 아침까지 기다려보아야 영업 여부를 알 수 있단다. 한 사람 배낭만 날라서는 기름 값이 안 나오기 때문이다. 어떻게 해야 하나. 모르겠다. 내일은 내일의 태양이 떠오르겠지!

‘내일은 내일의 태양이 떠오르겠지!’

이 아침을 힘껏 들이마시고!

떠나고 놓아 보내고

57일째, 엘 아세보

아침까지도 신청자가 나 하나뿐이라 배낭 운반 택시는 오늘 영업을 안 한다고 했다. 온종일 피죽 한 그릇 못 먹은 몸으로 이 산길을 배낭 메고 13킬로미터나 걷는 건 불가능하다. 선택은 두 가지. 6킬로미터 떨어진 만하린에서 묵든가, 배낭 메고 걸을 수 있을 때까지 여기서 쉬든가. 만하린은 순례자들 사이에 최악의 알베르게로 소문이 자자한 곳이다. 난방도 수도도 없고 화장실도 푸세식이라 매일 샤워 못하면 죽는 줄 아는 깔끔한 사람들은 기겁을 했다. 씻는 거 귀찮아하고 시골집 변소에 단골로 빠져가며 자란 나야 그런 건 상관없지만 산꼭대기 만하린의 추위만큼은 절대 사양이다. 내 발목은 추위에 극도로 민감하다. 고민하던 내게 데녹이 무심한 척 한마디 던진다. "원한다면 여기 얼마든지 있어도 좋아."

아침을 먹을까 말까 망설이고 있으니 데녹이 저 먹으려고 끓인 오트밀 죽에 요구르트를 갖다준다. "이거라면 소화가 될 거야." 시종일관 무표정해 싸늘해 보이기까지 하던 녀석이 내겐 활짝 웃어주기도 하고, 내 속을 읽기라도 하듯 내게 필요한 것들을 앞에 가져다놓고 사라진다.

여기 남아 며칠쯤 저애랑 지내는 것도 재미있겠다 싶었지만 지금 내가 제일 간절히 원하는 건 걷는 것. 그래, 떠나기로 한다. 때마침 독일 언니 네 명이 꽤 먼 거리까지 택시를 예약해 데녹이 그 택시에 내 배낭을 실어 다음 마을까지 보내주기로 했다. 그것도 무료로. "우와! 나는 역시 운이 좋아!" 신나서 나갈 채비를 하는 내게 데녹이 쭈뼛쭈뼛 종이와 볼펜을 내민다. "이메일 좀 적어줘. 이담에 내가 한국에 갈 수도 있잖아." 나는 이메일과 분홍색 나비 매듭을 데녹에게 주었다. 드물게 말이 잘 통하는 친구였는데, 이런 친구를 또 만나게 될까? 데녹은 나를 아주 오래 꼭 안아주었다. 뽀글뽀글 노란 머리카락에서 좋은 향내가 났다.

오늘은 크루스 데 페로, 저 유명한 돌무덤 십자가를 지난다. 까미노 프란세스의 출발지 생장에서 부르고스까지는 육신의 한계를 시험받는 구간, 부르고스에서 크루스 데 페로까지는 정신과 영혼의 나쁜 것들을 내다버리는 구간, 크루스 데 페로에서 산티아고까지는 새로 태어나는 구간이라는 전설이 있다. 고향에서 가져온 돌을 이 돌무덤에 놓고 다시 태어나게 해달라고 빌면 소원이 이루어진다고 했다.

나는 지난겨울 피카소 꿈을 꾸었던 아차도에서 가져온 차돌멩이 두 개를 돌무덤에 올려놓았다. 그리고 고통과 불행, 걱정과 불안을 모두 여기다 놓고 떠나니 새로 태어나게 해달라고 빌었다. 돌무덤 주변엔 사람들이 버리고 간 것들이 가득했다. '바라는 게 없습니다!' 라고 쓰인 돌멩이를 보니 그 자유가 부럽고, 죽은 아이의 사진을 놓고 간 어머니의 심정을 생각하니 가슴이 아려왔다. 놓아버리고, 기도하고, 떠나는 사람들의 특별한 에너지가 느껴지는 곳이었다.

택시 한 대가 멈춰 서더니 내 배낭은 엘 아세보에 잘 가져다놓았고 오늘은 비가 내려 화살표 길이 험하니 찻길을 따라가라고 일러준다. 희한하다. 동양인이 나 하나도 아닌데, 어떻게 다들 난 줄 알아볼까? 날씨가 계속 추웠지만 구름 속을 걷는 기분이 묘했다. 천지가 들꽃이라 융단이 따로 없다.

저만치 45도는 돼 보이는 경사로가 있다. 어쩐지 지름길인 것 같다. 화살표는 다른 길을 가리키고 있었지만 왠지 지름길이 틀림없다는 생각이 들어 가파른 산길을 헉헉대며 올라갔다. 하하하! 다 올라

와서 보니 길이 아니다. 내 뒤를 따라 온 독일 아줌마 두 명이 바위에 큰 대 자로 뻗어 있는 나를 보고 놀란다. 아줌마들은 다시 길을 찾아 어디론가 사라졌고 한숨 돌리고 보니 지도도 물도 없이 나는 미아가 됐다.

왔던 길로 되돌아가기엔 억울했다. 그때 얕은 관목 사이로 사람들 발자취를 따라 난 작은 흔적이 보였다. 나 같은 사람들이 또 있었던 것이다! 걸어가는 사람이 많아지면 그게 곧 길이 되는 것이라던 루쉰

크루스 데 페로에서 만난 사연들. 애인도 아가도, 이제는…… 안녕!

의 말이 떠오른다. 그런 작은 자취들을 더듬어 겨우겨우 산을 내려간다. 나는 왜 이리 고생을 사서 하는 걸까? 아까 분명 돌아갈 수 있는 기회가 있었는데. 더 쉬운 길이 있는데도 늘 새로운 길을 찾겠노라고 이 법석이다. 매번 내 인생을 우여곡절 드라마로 만들고 있는 건 바로 나다.

우린 모두 쉬운 길을 알고 있지

58일째, 몰리나세카

오늘도 거칠기로 소문난 내리막길이다. 한 발짝씩 느리게 가기로 마음먹는다. 마을을 벗어난 지 한참 되었는데 아직 나를 앞지르는 사람이 없다. 30분이 지나도록 길 위에 혼자다. 이상하다. 얼른 왔던 길을 돌아가니 반대편 능선을 따라가고 있는 순례자들이 보인다.

어제보다 고도가 낮아져 그런지 오늘은 햇살이 좋다. 가끔은 낮은 구름이 걸려 있는 곳을 지날 때도 있었다. 구름 속에선 비 냄새가 나고 아스팔트 바닥에서 따뜻한 열기가 올라왔다. 흔히들 기분 좋을 때 구름 위를 걷는 것 같다고 하는데 실제로 구름 위를 걸어보니 구름 아래를 걷는 것만 훨씬 못했다. 역시 구름 위에서 노는 분들은 따로 계시나 보다. '느리게, 느리게' 를 마음속으로 되새기며 나아간다.

오늘부터는 음식도 먹을 수 있을 것 같아 말린 과일을 조금 먹었더니 금세 신호가 온다. 큰일이다. 아침부터 영롱한 꽃 들판에 실례하긴 멋쩍어 다음 마을까지 가까스로 참으며 샛노래진 얼굴로 식당을 찾아갔다. 된똥이다. 다 나았구나! 다 나은 기념으로 내게 카모마일 차를 한 잔 대접했다.

여기서부터 다음 마을 몰리나세카까지는 산길이 험하다고 가이드북이 경고했는데, 아니나 다를까 피레네 뺨치는 험한 비탈길이 나타났다. 심호흡 한 번 크게 하고 "느리게, 느리게!" 구호를 외치며 나아간다. 조심조심 디디며 나아가다보니 온갖 들꽃이 사방을 수놓고 있다. 엘 아세보 마을과 잘 어울리는 보라색 라벤더, 노란 쑥부쟁이, 무궁화를 쏙 빼어 닮은 꽃, 찔레꽃도 있었다. 달긋한 찔레꽃 향을 맡고 있으니 몽롱한 기분에 노래가 절로 나왔다.

몰리나세카로 가는 길. 흥얼흥얼 콧노래가 절로 난다.

자전거 순례자들이 편한 포장도로를 마다하고 거칠고 가파른 산길로 자전거를 몰고 온다. 대단하다. 조금만 자신을 의심해도 몇십 미터인지 깊이를 알 수 없는 벼랑 아래로 떨어질 수도 있는데. 저 사람들은 겁나지 않는 걸까? 걷기에도 위험한 이 길을 두 바퀴로 넘는 사람들은 대체 무얼 믿고 있는 걸까? 무엇을 믿든 간에 자기 목숨보다 더한 것을 믿고 있는 것이 틀림없다. 그렇지 않고서는 이렇게 넘어갈 수 없는 길이다. 내가 목숨을 걸고 이 길을 걷는 것처럼.

가끔 한 사람밖에 지날 수 없는 좁다란 산길에서 걸음이 느린 내가 뒷사람을 가로막는 꼴이 될 때가 있다. 어떤 이는 대놓고 비키라며 나를 벼랑으로 밀치는가 하면 어떤 이는 내가 비켜서 줄 곳을 찾을 때까지 느릿느릿 뒤따라와 주기도 한다. 사소한 일 같지만 겪는 내게는 천국과 지옥의 경험이다. 모두가 힘들고 지쳤다는 것을 알지만 위태위태 걷는 나를 벼랑 쪽으로 밀치는 사람을 만날 땐 야속한 마음이 먼저 든다. 부디 나는 작은 행동 하나에도 깨어 있어 누군가에게 이런 실수를 하지 않기를.

오늘 산은 무척 거칠었지만 걷는 것은 참 행복했다. 이 레온 산을 걸어서 넘도록 허락해 주신 레온 산 신령님과 바위, 들풀, 나무 덤불 모든 존재에게 고맙다. 근사한 나무 그늘 아래 앉아 쉬면서 레온 산께 감사 연주를 들려드렸다.

몰리나세카는 아름다운 강이 흐르는 예쁜 마을이다. 길에서 만난 순례자에게 알베르게 위치를 물으니 손가락으로 가리키면서 정말 좋다며, '정말' 이라는 말을 다섯 번이나 했다. 와서 보니 그럴 만하다. 지붕 밑 다락방에 싱글 침대 여덟 개가 널찍하게 놓여 있다. 고대하던 저녁도 먹었다. 어제 오늘 천 미터 산을 내려온 장한 내 다리. 왼쪽 엄지발톱 밑엔 커다란 물집이 자리를 잡았고 오른쪽 엄지발톱은 뿌리가 번쩍 들렸는데도 아직 용케 붙어 있다. 왼발바닥은 껍질이 벗겨지고 있다. 크루스 데 페로를 지나면 다시 태어난다더니 식중독도 다 나았고 발바닥도 탈피를 하고 있다. 좋다, 뭐든 다 좋다.

가파른 내리막길, 조심스레 디디기 좋은 데를 고르던 나를 보고 누가 말했다. "우린 모두 쉬운 길을 알고 있지." 그래, 우린 모두 자기에게 맞는 길을 알고 있다. 다만 그 길로 가는 게 쉽지 않을 뿐. 지금 나도 그 길을 배우는 중이다.

더 바랄 게 없나이다

59일째, 폰페라다

세상에, 어젠 삼면에 서라운드 코골이가 있었다. 마지막으로 연주에 참여한 스페인 할아버지가 제일 막강했는데, 할아버지가 한 번 숨을 내쉴 때마다 머릿속에서 천둥이 울리는 것 같았다. 세계 챔피언급 코골이에 둘러싸여 밤을 지새우는 것도 흔한 경험은 아닐 터. 나는 이 소리를 녹음했다. "이천 팔년 오월 이십팔일 새벽 세시 사십오분, 오른쪽 대각선 스페인 할아버지!" 나중에 이 소리를 집에 가서 들을 생각만으로도 웃음이 나온다. 난 이제 세상의 어떤 코골이도 두렵지 않다. 돌아가면 여기서의 경험을 바탕으로 코골이에 관한 논문을 한 편 쓸 생각이다. 제목도 벌써 정해놨다. '코골이 옆 침대의 법칙!'

오늘도 알베르게에서 꼴찌로 길을 나선다. 오늘은 찻길을 따라가는 8킬로미터 길. 길가에 체리가 주렁주렁 열렸다. 사람 손닿는 데는 메뚜기 떼라도 지난 것처럼 흔적도 없다. '사람들 참, 서리도 정도껏 해야지!' 하면서도 눈은 체리에 자석처럼 붙박여 있다. 젠장, 간이라도 크든가! 마침 고맙게도 누군가 길에 떨어뜨리고 간 체리를 한 알 주워 먹었다. 정말 달고 맛있다. 이 맛에 서리를 하는 것이로군.

캄포라는 마을을 지나는데 갑자기 발등이 좀 편안해지는 느낌이다. 디딜 때 통증도 많이 줄었다. 엊그제 만하린에서 들고양이들이 몸을 부비며 내 옆에 붙어 있을 때 이런 생각이 들었다. 관옥 선생님 댁 '별이' 라는 고양이를 좋아하게 되면서 세상 모든 고양이들이 내게 특별해졌다. 그러자 낯선 고양이들도 내가 저희들 좋아하는 줄을 알고 잘 따른다. 그렇다면 내 몸도, 내가 저를 좋아하고 계속 생각해 주면 그걸 알고 변하지 않을까? 그래서 내 몸을 아끼고 사랑해 보기로 했다. 고양이 쓰다듬는 것처럼 내 몸도 사랑스럽게 쓰다듬어주고 귀여워하려고 노력하고 있다. 오늘의 목적지 폰페라다까지 신나고 힘차게 뚜벅뚜벅 간다. 걷는 건 정말 행복한 일이다. 감사하다.

폰페라다에는 템플 기사단이 지은 중세 성이 한 채 있었다. 알베르게 문 열기까지 시간이 남았기에 성을 구경했다. 보존이 잘 되어 있긴 했지만, 아무리 멋진 성이라고 해도 이런 데서 평생 살면 무척 갑갑했을 것 같다. 중세에 공주로 태어나지 않은 것을 다행이라 생각하며 가슴을 쓸어내렸다.

알베르게 안에 있는 작은 성당은 아주 소박하고 예뻤는데 천장에 그려진 벽화가 우리 절에 그려진 탱화랑 느낌이 비슷했다. 영성체 시간에는 그리스도의 몸(밀전병)을 그리스도의 피(포도주)에 적셔 먹었다. 그리스도의 몸과 피는 달고 맛있었다. 문득 기독교의 이 신성한 제의가 그리스도의 희생을 엄숙하게 기리는 것이라기보다 평화로운 축제에 가깝다는 느낌이 들었다. 아기에게 젖을 물린 엄마처럼, 그분도 당신이 주신 양식을 우리가 맛있게 즐기길 바라실 것이다.

스무 살쯤 되어 보이는 아이들이 마당에 둘러앉아 기타를 퉁기며

폰페라다 성당 천정에 있는 프레스코화. 하느님 귀엽다. (위) 머리에 꽃을 달기 시작했다. (아래)

노래를 부른다. 사람들은 모두 의자에 늘어져서 아이들 노랫소리를 듣고 있다. 시험, 돈, 경쟁, 진로, 미래…… 모두에게 지금 이 순간만큼은 오직 지금 이 순간뿐이다. 이 순간에 가득한 평화, 어쩌면 이게 천국이 아닐까?

어제부터 밥을 먹기 시작하니까 다시 허기가 진다. 내일 아침에 먹을 빵이랑 치즈 생각만으로도 행복하다. 걷는 것, 먹는 것, 자는 것, 이 단순한 것들이 지금 나에겐 최고의 행복이다. 더 바랄 것이 없다.

치유의 눈동자

60일째, 까까벨로스

집 떠난 지 두 달이 되었다. 오늘도 푹 잘 자고 일어나 초리소를 잔뜩 넣은 샌드위치를 먹고 길을 나섰다. 부기는 어느 정도 빠졌지만 오늘도 무리해선 안 된다는 걸 잘 알고 있다. 다음 마을 캄포나라야 알베르게가 7, 8월에만 문을 연다고 해서 그 다음 마을 까까벨로스까지 18킬로미터 거리를 버스 타고 가기로 했다.

까까벨로스 정류장에 내려 알베르게로 가는 길에 작은 성당이 있었다. 작고 아름다운 성당엔 고요한 분위기만으로도 사람을 감동시키는 힘이 있었다. 성당 귀퉁이에서 가시관에 십자가를 진 예수상을 보았을 때, 그 예수의 표정에 붙들려 한참 동안 자리를 떠날 수가 없었다. 고독하고 강인하면서도 자비로운 슬픈 눈을 보고 있으려니 며칠 전에 친구가 보내준 〈모래 위의 발자국〉이란 시가 생각났다. 너를 버리지 않았다고, 이렇게 나는 널 업고 걷고 있다고, 그 눈은 따뜻하게 속삭이고 있었다. 고통 속에서도 한없이 자비로운 눈, 그 눈을 마주하고 있노라니 내 안의 고통이 천천히 녹아 내려 눈물로 흘러나왔다. 그 시선이 닿는 곳에 앉아 그분에게서 쏟아지는 한없는 자비를 원없이 쬐었다. 내 마음 구석구석 용서와 사랑이 스며드는 기분이었다.

성당 근처에서 오렌지를 까먹고 있는데 미사 종이 울린다. 빠끔히 들여다보니 마을 사람들이 모여 기도문을 읽고 노래를 부르고 있었다. 오늘 미사에 순례자라곤 나 하나여서 온 마을 할머니들의 뽀뽀 세례를 한 몸에 받았다.

어느 날 밤 꿈에서
그분과 함께 바닷가를 거닐었네.
모래 위엔 두 사람 발자국
하나는 내 것, 또 하나는 그분 것.
거기서 내 삶의 끝을 보았네.
발자국 멈춘 데서 지나온 삶을 돌아보니
종종 그 길엔 한 사람 발자국만 눈에 띄었네.
내 삶이 제일 비참하고 슬프던 그때!

"당신을 따르기로 했을 때, 늘 저와 함께하겠다고 하셨죠. 그런데 당신이 가장 필요한 순간에 거긴 한 사람 발자국뿐이었어요. 어째서 제가 제일 힘든 때 저를 버리셨나요?"

"귀하디 귀한 내 아이야. 나는 널 사랑하고 절대 널 버린 적이 없단다. 시련과 고통의 순간에 네가 본 발자국은 바로, 너를 업은 내 것이란다."

—메리 스티븐슨, 〈모래 위의 발자국〉

안쓰럽고 곱고 사랑스럽고

62일째, 베가 데 발카르세

새벽 5시부터 부지런한 사람들이 바쁘게 움직이는 통에 나도 깼다. 오늘은 국도를 따라가는 길. 바닥에 노란 페인트칠이 돼 있어 꼭 오즈로 가는 노란 길을 걷고 있는 기분이다. 행복을 찾아가는 노란 길! 들장미 향기가 코를 간질이는 시원한 빗길. 〈오즈의 마법사〉 만화 주제가를 씩씩하게 부르면서 트라바델로까지 5킬로미터를 한 시간 반 만에 왔다. 너무 빨라 믿기지 않는다. 지도가 잘못된 게 아닐까? 내가 이렇게 빨리 걷다니! 행복의 노란 길이 마법을 부린 게 틀림없다.

작은 식당에서 커피 우유를 마시고 일어서니 비가 내렸다. 춥지만 않다면 비를 맞으며 걷는 일은 참 좋다. 학창 시절엔 여름에 소나기가 오면 우산이 있어도 부러 비를 쫄딱 맞으며 집에 오곤 했다. 빗속에서 노래하는 일만큼 신나는 일이 또 있을까? 베가 데 발카르세까지 오는 내내 빗속에서 노래를 불렀다.

이곳 알베르게는 브라질에서 온 하비에르, 크리스티나 부부가 운영하고 있다. 브라질이란 이미지를 적극적으로 내세우고 있어 호기심 많은 사람들에겐 흥미로운 곳이지만 저녁과 아침을 포함해 25유로니까 무척 비싼 편이다. 그래서인지 많은 순례자들이 이곳을 그냥 지나쳐 다음 마을로 간다. 토마스라는 호스피탈레로가 밤에 추울지도 모르니 담요를 미리 챙기라고 말해 준다. 어젯밤에도 밤새 콜록거리며 잠 못 이루던 사람들이 있었다. 그러고 보면 외풍 심한 자취방에서 두 번이나 겨울을 난 것도 내겐 이 길로 오기 위한 단련이었던 셈이다. 내복에 털양말까지 갖춰 신은 나는 여태껏 한 번도 감기에 걸리지 않았다. 창 밖에선 나뭇잎이 거친 바람에 팔랑거려 꼭 반짝이는 것 같다.

닫힌 대문이 길손을 환영하는 방법. (위) 담장 위 탐스러운 아이리스. (아래)

오른쪽 둘째 발톱이 몹시 아프다. 발톱 밑에 물집이 크게 잡혔는데 바늘로 터뜨리면 곪을 것 같아 조심스럽다. 산티아고에 가까워질수록 걸음걸이가 나하고 비슷한 사람들이 늘어간다. 숙소에 들어서면 사람들이 하나같이 절룩거리고 엉거주춤하다. 사람들은 서로의 걸음걸이를 보며 가지고 있는 약을 나눠 먹고 조언을 나누곤 한다. 사실 우리가 가진 것이라곤 배낭 하나가 전부다. 다들 똑같이 가난하다. 뭔가를 좀 더 가져봤자 누가 일회용 밴드 몇 개 더 가졌느냐 정도? 그나마도 더 필요한 사람이 나타나면 다 주어버린다. 도대체 무엇 때문에 이 고생들을 사서 하나 싶다가도, 어쩌면 이것이야말로 누구나 한 번쯤 살아보고 싶어 하는 삶이라는 생각이 든다. 가진 것이 없어도 서로 나누는 마음, 타인과 상대방의 선의에 나를 내맡기는 마음, 매일 매 순간을 오로지 하늘에 맡기는 마음. 이 길에 오지 않아도 모두가 그렇게 사는 날이 올까? 그러면 좋겠다. 그게 바로 천국일 거다.

맛있는 브라질 요리가 그득한 저녁 식탁에서 스물 남짓 되는 사람들이 자기소개를 하고 까미노에서 느낀 점을 나누었다. 식중독에 걸려 죽을 뻔했던 이야기와 나를 살려준 천사들 이야기를 모두가 귀 기울여 들었다. 그때 갑자기 팔다리에 두드러기가 벌겋게 일었다. 수프에 섞여 있는 돼지고기를 모르고 먹었던 모양이다. 사람들은 서로 자기한테 알레르기에 잘 듣는 약이 있다고 했다. 순간 어느 아주머니가 소리쳤다. "나도 네 천사가 되고 싶어!" 사람들은 한바탕 웃으면서 아주머니한테 나를 도울 기회를 양보했다. 아주머니가 주신 연고를 바르고 나니 한결 낫다. 나는 사람들이 주는 와인도 넙죽 받아 마시고 알딸딸 취해선 오카리나를 불어댔다.

벨기에에서 온 알랭은 조각가였다. 알랭은 까미노가 끝나도 집으로 돌아가지 않을 거라 했다. 유럽은 한국보다 예술가로 살아가는 일이

모두들 자기 짐을 메고 걷는 길.

나을 줄 알았는데 어디나 마찬가지인가 보다. 알랭과 나는 밥벌이의 힘겨움, 생각과 감정을 온전히 작품으로 표현하지 못하는 괴로움에 공감했다. 나만 빼고 다들 즐겁게 잘 걷고 있는 줄만 알았는데 모두 저마다 이야기 보따리, 눈물 보따리 하나씩을 안은 채 걷고 있었다. 길에서 지나칠 때 몰랐던 사람들의 속마음이 이런 자리에서 드러나 보이니 사람들 하나하나가 참 안쓰럽고 곱고 사랑스러웠다.

사람들이 자러 간 뒤, 토마스를 도와 식탁을 정리했다. 스위스에서 온 토마스는 5개 국어를 했다. 토마스는 자신을 행복하게 해줄 일, 자신에게 기쁨을 주는 일을 찾기 위해 계속 여행하고 있었다. 그는 다른 사람들이 좇고 있는 가치가 아닌, 자신만의 가치를 찾고 있었다. 토마스는 그것을 찾을 때까지 집으로 돌아가지 않을 거라고 했다. 나도 데녹, 알랭, 토마스와 마찬가진데 나는 이들처럼 당당하지도 자신 있지도 못하고 계속 남의 삶만 힐끗거리고 있는 건 아닌가? 정말 내가 원하는 게 뭘까? 이 길이 끝나기 전에는 찾을 수 있을까? 하지만 순진, 하느님 눈에는 이런 너도 예쁘게 보일 거야. 괜찮아, 다 괜찮다. 오늘 애썼다. 잘 자렴. 사랑한다.

하느님, 지금 저를 만나주세요

63일째, 오 세브레이로

아침 든든히 먹고 길을 나선다. 어제 함께 저녁을 먹은 프랑스 할아버지들이 오늘 오 세브레이로까지 간다며 저녁에 또 만나자 하신다. 장 끌로드 할아버지는 자고 일어나 퉁퉁 부은 내 얼굴이 정말로 예쁘다며 화면 가득, 내 얼굴을 빅클로즈업으로 찍어가셨다. 퉁퉁 부은 내 얼굴이 이렇게 아름답다는 것을 온 세계 젊은 청년들도 좀 알아주면 좋겠는데. 크리스티나는 우리가 출발하자 현관에 달린 작은 종을 힘껏 울려주었다.

평탄한 찻길을 걸어 리멜란 마을에 도착하니 앞으로 1,000미터 오르막길 표지판이 있다. 이제 산티아고로 가는 마지막 산을 넘는 것이다. 마을 입구에 앉아 쉬니 어떤 할아버지가 앞으로 남은 길을 설명해주신다. "라 파바까지는 그리 험하지 않아. 할 만해." 눈치 스페인어가 일취월장이다. 그래, 욕심내지 말고 가는 데까지만 가보자. 라 파바 가는 길로 접어드니 맨 먼저 부슬비가 길손을 맞는다. 그래, 알고 있다. 비와 안개의 땅 갈리시아로 가고 있다는 걸. 드디어 조금씩 길이 가팔라진다. 이 길이 피레네 다음으로 험하다고 알려져 있는데 그래도 유럽의 산들은 우리나라 산에 비할 바가 아니다. 이 정도면 넙죽 감사하며 걸을 만하다.

신화와 신비, 아름다운 음악, 그리고 맛있는 뽈뽀가 있는 갈리시아! 얼마나 여기 오고 싶었는지 모른다. 스코틀랜드, 아일랜드와 더불어 켈트족의 땅이었던 갈리시아는 까미노 길 위에서 유난히 마법이나 기적, 신비와 관련된 전설이 많은 곳이다. 1년에 열 달 비가 내리는 기후와 관계 있는지도 모르겠지만 영적인 에너지가 제일 강하게 느껴지는 것도 바로 이 지방이었다. 《연금술사》를 썼던 파울로 코엘료도, 토산토스에서 만난 호세루이스 아저씨도 바로 이 지역 첫 번째 마을, 오 세브레이로에서 신을 만났다고 했다. 짐짓 아닌 척해 보지만 은근히 가슴이 설렌다. 나도 여기서 신을 만날 수 있을까?

오 세브레이로 마을 입구엔 나무가 우거진 터널이 있었다. 지금 내가 다른 차원의 세계로 들어가고 있다는 느낌이 아주 강렬하게 들었다. 조금 전까지만 해도 비가 흩뿌렸는데 내가 갈리시아에 들어서자마자 갑자기 해가 났다! 마을 광장으로 들어서니 여기저기서 갈리시아 전통 음악이 흘러나오고 있다. 가슴이 두근거린다.

새로 지은 알베르게는 3유로에 시트와 베개 커버를 따로 주었다. 이미 다른 사람 체취가 묻은 침구를 쓰는 일에 아무렇지 않게 적응되어서 갑자기 위생적인 환경을 만나니 오히려 어색했다. 일회용 부직포 시트와 베개 커버가 내일이면 몽땅 쓰레기로 변할 텐데, 이건 또 어디로 가는 걸까 생각하니 마음이 조금 무겁다.

동네 산책을 나섰다. 작은 동네지만 묘하게 맑고 깊은 에너지가 느껴지는 곳이다. 6월이 되었는데도 바람은 차고 비가 내린다. 어느 식당에서 백파이프와 드럼 소리가 들려왔다. 갈리시아는 음악을 빼놓고 논할 수 없는 동네라더니 식당 안에서 순례자와 관광객이 어우러져 한바탕 신이 났다. 아일랜드 음악과 비슷하게 애조 띤 듯 경쾌한 갈리시아 음악은 궂은 날씨와 가난 속에서도 낙천적으로 살아가는 갈리시아 사람들과 닮아 있다. 나는 단숨에 갈리시아 음악을 사랑하게 되었다.

오늘은 독일에서 온 단체 관광객 때문인지 미사가 독일어로 진행되었다. 독일어가 늘 딱딱하다고 느껴왔는데 여기 신부님이 하시는 독일어는 무척 부드럽고 아름답게 들렸다. 등이 둥그렇게 굽은 노 사제가 느릿느릿 집전하는 미사에 경건함이 가득했다. 미사가 끝난 뒤, 나는 가만히 성당에 앉아 있었다.

어느 날 밤, 눈보라를 헤치고 온 순례자 한 명과 미사를 드릴 때, 사제는 이런 마음이 들었다. '어리석은 사람 같으니, 밀전병 한 조각이랑 포도주 한 잔이 무어라고 이 눈보라 속을 걸어온단 말인가!' 바로 그 순간, 밀전병은 진짜 '그리스도의 몸'이 되었고 포도주는 진짜 '그리스도의 피'가 되었다.

이 길의 끝에는 무엇이 있을까요?

전설 속의 그 성당에 앉아 나는 이곳에서 하느님을 만났다는 호세 루이스 아저씨를 기억했다. 호세루이스 아저씨도 눈보라치던 어느 날 밤 이 성당에 도착해 신부님과 단둘이 미사를 드렸다고 했다. 그때 만난 하느님이 아저씨의 삶을 송두리째 바꿔놓았다고 하셨다.

사람들은 성당 한쪽에 모셔놓은 전설 속의 성배 앞에 무릎을 꿇고 기도를 올렸다. 나도 가만히 눈을 감았다. "하느님, 당신이 정말 계시다면 지금 저를 만나주세요."

고요한 가운데 아주 맑고 깊은 기운이 서서히 내 속에 스며드는 것 같았다. 내 가장 깊은 곳의 갈증이 채워지는 느낌이었다. 어떤 말로 이 느낌을 설명할 수 있을까? 온종일 힘겹게 오른 산 위에서 아주 달고 시원한 샘물을 발견한 느낌? 그 물 한 모금으로 세상 모든 상처를 위로받는 느낌? 아무 말도 필요하지 않았다. 어떤 간청도, 간구도 필요하지 않았다. 내가 살아있다는 것, 내 존재 자체가 이 순간 가장 완벽한 기도라는 것을 나는 알았다.

울트레이아!

64일째, 폰프리아

갈리시아에 들어선 이후 아침마다 워낭 소리를 들으며 걷는다. 안개 자욱한 산길, 멀리서 당그랑당그랑 소 풀 뜯을 때 나는 종 소리가 얼마나 경쾌한지 모른다. 갈리시아엔 소를 방목하는 곳이 많아 길목마다 응가와 쉬야의 바다를 딛고 지난다. 어릴 적 할머니 집 소들은 몽글몽글, 쇠똥구리가 좋아할 예쁜 똥을 잘만 누던데 여기 소들은 장이 안 좋은지 죄다 설사다. 이른 아침 길손을 놀리는 짓궂은 똥 폭탄

고맙습니다.

을 발견하면 혼자 재미있어 큭큭거린다.

산 아래가 훤히 내려다보이는 길바닥에 어느 여자아이가 주저앉아 간식을 먹고 있기에 그 옆에 털썩 앉았다.

"안녕! 나는 순진이야. 보시다시피 지구 반대쪽에서 왔어."

"반가워. 나는 수전. 영국에서 왔어."

"네 자두 하나 먹어도 되니? 진짜 맛있어 보이는데."

수전은 웃으면서 말린 자두를 나눠주었다. 아, 내가 왜 이럴까? 이 정도로 뻔뻔하진 않았는데. 자꾸 평소 같지 않은 말과 행동을 하게 된다. 이런 내가 나조차 낯설지만 이상하게 이 낯선 내가 '진짜 나'라고 느껴진다. 수전과 나는 갈리시아 날씨 이야기, 소똥 밟은 이야기, 앞으로 남은 길 이야기를 나누면서 한참을 웃고 떠들었다. 나보다 갈 길이 먼 수전은 먼저 일어섰다. 저만치 가던 수전이 돌아와서 물었다.

"네 사진 하나 찍어도 되니? 처음 볼 때부터 네 머리에 달린 꽃이 참 예쁘다고 생각했어."

"물론이지. 너도 하나 달아봐. 기분이 아주 좋아져!"

나는 수전에게 던킨 아저씨가 알려주신 '울트레이아'라는 말을 가르쳐주었다. "가슴에 기쁨을 안고 나아가라!"

길가에 박힌 표지석들은 자꾸만 숫자를 줄여가며 이제 산티아고까지 얼마 안 남았다는 사실을 알려주고 있다. 140킬로미터라니! 말도 안 돼! 이제야 걷는 게 좀 나아졌는데, 이제야 매일 행복해졌는데, 이제야 다른 사람 눈치 안 보고 쉴 수 있게 되었는데! 나는 정말 '울트레이아!' 하고 있었다. 내 가슴은 걷는 기쁨과 행복으로 벅차올랐고 날마다 내가 더 사랑스럽게 느껴졌다. 다른 사람이 내게 말 걸지 않거나 관심 가져주지 않아도 전혀 외롭지 않았다. 이 순간 나는 완전하고 충만했다. 내가 가는 길에 기쁨과 평화가 함께 가고 있다고 느껴졌다.

울트레이아! 가슴에 기쁨을 안고 나아가라!

라바날 쌍무지개를 통해 들려주셨던 약속, 그것이 이미 실현되었다고 느꼈다.

어느 계곡 위에서 나는 갑자기 소리치고 싶어졌다. "야호!" 저쪽 산에서 메아리가 들려왔다. 배에다 숨을 빵빵하게 들이마시고 있는 힘껏 소리쳤다. "야아호오~" 메아리도 더 크게 들려왔다. 산 아래 비탈에서 달그랑거리며 풀을 뜯는 소들에게도 소리쳤다. "소들아, 보나뻬띠!" 내 목소리는 온 산에 쩌렁쩌렁 울렸다. "나는 나다~ 나는 행복해~" 메아리는 온 산과 온 하늘, 산 아래 모든 마을과 지구 전체에 울렸다. 저만치 가다 돌아보니 내가 소리 지르던 바로 그 자리에 사람들이 줄지어 서서 소리치고 있었다. 오늘은 소들이 귀 좀 따갑겠다.

13킬로미터를 걸어 오늘의 목적지 폰프리아에 닿으니 들개 한 마리가 내 다리에 얼굴을 부비며 반겨준다. 작은 알베르게에는 안개 낀 갈리시아 들판이 내려다보이는 멋진 거실이 있었다. 지붕을 독특하게 이어 붙인 켈트족 전통 가옥이 알베르게에서 운영하는 식당이었다. 여기 알베르게엔 아침 일찍 떠날 필요 없이 얼마든지 늦잠 자도 좋다고 씌어 있다. 거실에는 온갖 책, 보드게임, 카드 같은 놀잇감이 쌓여 있었다. 그중 색연필로 만다라를 칠하는 놀이가 제일 인기 있었다. 나도 사람들 틈에 끼어서 만다라를 칠했다. 재미있었다. 단순하게 색을 칠하는 것만으로도 명상이 될 수 있다는 게 놀라웠다.

스코틀랜드에서 온 마르티나는 심리치료사였는데 정말 자유롭고 멋진 사람이었다. 까미노 위를 캠핑카로 돌아다니면서 순례자들에게 차茶를 나눠주는 영국인 할아버지가 바로 마르티나의 삼촌이라고 했다. 마르티나의 삼촌은 병으로 아내와 딸아이를 잃고 다친 마음을 어쩔 줄 몰라하다가 처음 까미노를 걸었고, 이제는 까미노를 너무 사랑하게 되어서 1년에 여덟 달은 여기서 지낸다고 했다.

그래, 결국 원하는 대로만 살기에도 짧은 인생이다. 내가 정말 원하는 건 무얼까? 마르티나도 내 나이 땐 원하는 게 뭔지 전혀 몰랐다면서 무얼 선택하든 결코 늦지 않았다고 말해 주었다. 꿈이 있다면 경쟁이나 남의 이목 같은 건 생각하지 말고 오로지 내가 원하는 일에만 집중하라고도 했다. 나도 서른여섯쯤 되면 마르티나처럼 진짜 원하는 일을 찾고 꿈을 향해 가면서 이토록 자유롭고 따뜻한 사람이 될 수 있을까? 콧노래를 부르며 만다라를 칠하고 있는 마르티나는 천사처럼 예뻐 보였다. 나는 마르티나가 참 좋았다.

빛나는 사람들

65일째, 트리아카스텔라

실컷 자도 좋다고 멍석을 깔아줬는데도 7시가 되니 절로 눈이 떠진다. 늦잠 자는 마르티나를 기다리며 만다라를 하나 더 칠했는데 아무래도 먼저 떠나는 게 좋을 것 같다. 오늘도 길 위엔 안개가 자욱하고 산길은 눈부시게 아름답다. 산언덕 가운데 쉬기 좋은 자리가 있어 한참 동안 오카리나를 불었다. 등 뒤로 지나가던 사람들이 "좋구나!" 하고 소리친다.

오늘은 어떤 꽃을 머리에 꽂아볼까 두리번거리는데 키보다 조금 높은 벼랑에 연보랏빛 들꽃이 있었다. 때마침 뒤에서 헉헉대는 숨소리가 들렸다. 검은 우의를 입은 남자애 하나가 바쁜 걸음으로 언덕을 올라오고 있었다. 그에게 꽃을 좀 따달라고 부탁했다. 갸웃하며 지켜보는 검은 우의 앞에서 나는 그 꽃을 머리에 곱게 꽂았다. 그러곤 씨익 웃어주었다. 그는 흠칫 당황하는 기색이었지만 내게 자기를 해칠 의도가 없다는 것을 알았는지 이내 웃으며 길을 떠났다. 앞서가는 검은 우의는 아까보다 훨씬 느리게 걷고 있었다.

곧 마르티나가 왔다. 어젯밤에 함께 은하수를 기다리다 나는 잠들고 말았는데 마르티나는 은하수를 보았다고 했다. 아침엔 알베르게에 남아 있던 사람들과 춤을 추느라 출발이 늦었단다. 마르티나와 나는 트리아카스텔라까지 함께 걸었다. 마르티나도 여러 해 전에 발목을 수술한 적이 있어 이번 여행이 큰 모험이라고 했다. 우리는 최대한 걸음에 집중하며 발목을 아끼고 사랑해 주기로 했다. 나는 마르티나의 꽃분홍 티셔츠와 잘 어울리는 분홍색 나비 매듭을 선물했다. "가볍고 자유로운 나비예요. 당신이랑 꼭 닮았어요, 마르티나."

하지만 세상 모든 사람들이 그렇듯, 마르티나도 처음부터 자유롭고 행복한 사람은 아니었다. 마르티나의 전 남편은 두려움이 많은 사람이었고 이따금 그녀에게 폭력을 휘둘러 자기 두려움을 숨기려 했다. 마르티나는 그를 너무나 사랑해서 그 사람의 두려움마저 가엾게 여겼지만 시간이 지나도 그를 바꿀 수 없다는 걸 알게 되었다. 함께 있는 건 두 사람 모두를 파괴하는 짓이었다. 결국 마르티나는 그 사람을 떠났고, '진짜 자신' 도 되찾았다고 했다.

길에서 만난 멋진 사람들과 이야기를 나누다보면 감당하기 힘들도록 아픈 사연 한두 가지 없는 사람이 없다. 고통과 슬픔을 겪어본 사람만이 이토록 넓고 따뜻하게 가슴이 열리는 모양이었다. 지금껏 내가 겪어온 이 모든 시간도 넓고 따뜻한 사람이 되는 길로 나를 데려다 줄까? 카페에서 마르티나와 향기로운 차를 나누며, 아름다운 사람들 속에 박혀 있는 고통의 순간들이 어쩌면 보석 같다는 생각이 들었다. 사람들 가슴에 박혀 있는 그 보석에선 무엇으로도 가려지지 않는 광채가 뿜어 나왔다. 마이클 아저씨가 그랬고 노부요 아줌마가 그랬고

마을 입구 늙은 나무에 기대선 마르티나.

마르티나가 그랬다. 언젠가 내게서도 저런 빛이 날까?

마르티나는 다음 마을까지 가기로 하고 나는 트리아카스텔라에 짐을 풀기로 했다. 헤어지는 것은 아쉬웠지만, 우리는 산티아고에서 다시 만나자며 웃는 얼굴로 작별했다. 알베르게에 짐을 풀고 나니 곧 한국에서 온 스물세 살 동갑내기 친구들이 들었다. 이 길을 걷다가 만났다는 병철 씨와 효정 씨는 오누이처럼 닮았다. 친구들과 상다리가 휘도록 저녁을 차려먹고 밤새 수다를 떨었다. 어제 못 본 은하수를 볼 수 있을 거라며 친구들을 꼬드겨 새벽까지 기다렸지만 가로등이 너무 밝았다. 은하수는 우리들 눈 속에, 마음속에 떠올랐다.

멋진 친구들

66일째, 사모스

캐나다에서 온 노부부가 계셨다. 할머니가 발을 심하게 다쳐 할아버지가 밤새 간호하셨는데 아침이 되니 조금 나아지신 모양이다. 오래 걸을 수 있는 상태가 아닌 것 같은데 할머니는 다시 배낭을 메고 할아버지는 할머니를 부축해 나가신다. 할머니를 보살피는 할아버지 손길 하나, 눈길 하나에 정성과 사랑이 배어 있어 지켜보는 사람에게도 그 마음이 느껴졌다.

병철 씨, 효정 씨와 아침을 거하게 차려먹고 길을 나섰다. 두 사람은 느린 내 걸음에 보조를 맞추느라 앞으로 나아가질 못했다. 나는 원래 느리니 너희들 속도대로 가라고 해도 말만 알았다 하고 내 옆에서 느릿느릿 걷고 있다. 대책 없는 친구들이다. 겉으론 미안하다면서도 속으로는 길동무가 생겨 좋았다.

두 친구는 대학에 진학하지 않고 자기만의 길을 찾고 있었다. 효정 씨는 직장에 다니면서 몇 년간 모은 돈을 전부 털어 유럽 일주를 하는 중이었고, 병철 씨는 군대를 제대하고 나서 즉흥적으로 까미노에 오게 되었다고 했다. 모두들 어디로 가는지도 모르고 달리기만 하는 줄 알았는데 이렇게 다른 생각을 하는 친구들이 있다는 건 희망이었다. 두 사람에게서 우리들 미래가 어둡지만은 않다는 것을 느꼈다.

친구들과의 수다가 어찌나 재미나던지 힘든 줄도 모르고 사모스 수도원에 도착했다. 저녁엔 그레고리안 성가로 하는 미사를 들으러 성당에 갔다. 젊은 수도사들의 웅장하고 힘 있는 노랫소리가 참 아름다웠다.

동네 식당에서 저녁을 먹는데 드디어 고대하던 갈리시아의 문어요리, 뽈뽀 샐러드가 나왔다. 후식은 계피를 넣어 졸인 배였는데 지구에 이렇게 맛있는 음식이 있다는 걸 처음 알았다. 친구들과 함께 먹었기 때문일까?

지도에도 없는 마을

67일째, 사리아로 가는 어느 길가

잘 자고 일어나 걸을 채비를 한다. 수도원 알베르게 벽에 그려진 그림이 참 앙증맞다. 어제 미리 사둔 아침거리를 병철 씨가 메고 간다. 느린 걸음이 아무래도 미안해 오늘은 중간쯤에서 친구들을 먼저 보내야겠다.

숙소를 나와 얼마쯤 가니 몸이 너무 무겁다. 아침에 시작된 생리 때문인지 어지럼증도 몰려오고 걸음이 처진다. 갈림길이 나오자 아침을 먹기로 했다. 효정 씨와 병철 씨가 치즈랑 참치를 넣어 보까디요를 만들고 나는 배경 음악을 연주했다. 두 친구의 보까디요 솜씨는 범상치 않았다. 식당에서 사먹는 것보다 훨씬 맛있었다.

아침 먹고 헤어지려 했는데 이 친구들, 오늘도 나와 함께 걸을 모양이다. 힘들어하는 나를 두고 가는 게 맘에 걸리나 보다. 여기서부턴 지도도 정확하지 않아 길이 헛갈렸다. 몸은 점점 더 무겁다. 이런 날이 먼 길을 걷다니, 바보다.

두 친구의 응원과 배려를 받으면서도 울다시피 걷는데 지도에도 없는 작은 마을이 나타났다. 그 마을에 알베르게가 있었다. 가이드북에도 지도에도 순례자 사무소에서 나눠준 안내지에도 없는 알베르게. 우리는 이곳에 여장을 풀기로 했다. 잘 가꾼 마당에 햇볕이 한아름 들고 근사한 거실이 있는 이 집에 손님이라곤 달랑 우리 셋이었다. 토실토실한 고양이들이 길쭉하게 드러누워 벤치를 차지하고 있었다. 이 평화로운 분위기가 마음에 들었다.

알베르게에서 파는 저녁은 화려하진 않았지만 정성이 담겨 있었다. 저녁을 먹는 동안 나는 두 사람을 만나서 내가 얼마나 행복한지, 함께 걸어주어서 얼마나 고마운지 이야기했다. 걷는 동안 내가 만난 기적과 사람들에 대해서도 이야기했다. 두 친구는 내 이야기를 들으며 눈물을 흘렸다. 병철 씨는 말했다. "까미노의 기적은 바로 사람인 것 같아요." 밥 먹다 말고 갑자기 손을 잡고 눈물을 흘려대는 우리가 알베르게 주인 눈에는 이상해 보였겠지만 우리는 지금 이 순간 모두에게 치유가 일어나고 있다는 걸 느꼈다. 우리는 서로를 낫게 하고 있는지도 몰랐다.

저녁을 먹고는 푹신한 소파에서 갈리시아 음악을 들으며 초원으로 부는 바람과 흔들리는 나뭇잎, 어두워지는 하늘을 구경했다. 거실에 있는 아로마 오일로 다리를 마사지해 주는 것도 잊지 않았다. 발목은 제법 부어올랐지만 통증은 별것 아닌 것처럼 느껴졌다.

뭉치면 힘이 솟는 어리바리 삼총사

68일째, 사리아로 가는 어느 길가

까미노에 온 이래 제일로 게으른 날이다. 해가 중천에 뜨도록 늦잠을 자고도 침대에 딱풀이 붙었는지 몸이 떨어지지 않는다. 조용하고 편안한 알베르게가 마음에 들어 친구들과 하루 더 묵어가기로 했다. 하지만 여기 알베르게에선 저녁만 먹을 수 있었다. 이웃 마을까지 돌아다녀 보아도 먹을거리 살 데가 없다. 하는 수 없어 우리는 히치하이킹으로 다음 마을 사리아에 가서 장을 봐오기로 했다. 엉뚱한 계획이었지만 어리바리한 세 사람은 신이 났다.

차를 세우는 일은 동양에서 온 신비한 외까풀, 내가 하고 스페인어를 잘하는 효정 씨가 목적지까지 데려다달라는 부탁을 했다. 몇 번의 경험으로 유럽에서 동양 남자가 인기 없다는 걸 뼈저리게 느낀 병철 씨는 스카프를 뒤집어쓰고 숨었다. 마침 스무 살쯤 되어 보이는 뽀얀 청년이 우리를 사리아까지 태워주었다.

청년의 운전이 어찌나 거칠던지 우리는 손잡이를 꼭 잡고 숨을 죽였다. "빨라?" 청년이 웃으면서 물었을 때 우리는 스프링이라도 달린 듯 힘차게 고개를 끄덕였다. 청년은 우리를 사리아에서 제일 큰 슈퍼마켓 앞에 떨어뜨려 주고 바람과 함께 사라졌다. 차에서 내리니 다리가 풀리고 멀미가 났다.

먹을거리랑 마실거리를 사가지고 이번엔 돌아가는 차를 잡기로 했다. 다행히 예쁜 언니 운전자가 차를 세워주었다. 우리는 병철 씨를 들이밀었다. 병철 씨에게는 유럽 여성들에게 먹히는 필살기가 하나 있었는데, 지금까지 그 방법이 통하지 않은 적은 한 번도 없었다고 했다. 유럽의 아주머니들을 녹인다는 한마디는 바로 이것, "무슨 화장품 쓰세요?"

병철 씨는 이 한마디로 숱한 유럽 아주머니들께 귀여움과 사랑을 독차지했고, 아들삼고 싶다는 아주머니, 놀러 오라는 아주머니들에게 전화번호랑 주소도 여러 개 받았다고 했다. 동양이나 서양이나 남자들은 오빠라고 불러주면 좋아하고 여자들은 예쁘다고 해주면 좋아한다. 지구 어디에 떨어뜨려 놓아도 절대 굶어 죽지 않을 것 같은 병철 씨였지만 이번 언니에겐 그 작전이 통하지 않았다. 예쁜 언니가 잠시 후 어떤 가게에서 영화배우 뺨치게 잘생긴 남자 친구를 차에 태웠기 때문이다. 돌아가는 내내 병철 씨는 말이 없었다.

마음씨 좋은 운전자들 덕분에 우린 저녁까지 배고픔을 면할 수 있었다. 친구들은 돼지고기 알레르기가 있는 나를 위해 쇠고기햄으로 보까디요를 만들어주었다. 마당에 의자를 나란히 늘어놓고 별도 쬐었다. 아무것도 아닌 일 하나로도 우리는 온종일 웃을 수 있었다. 세 사람은 엉뚱한 것도, 대책이 없는 것도, 길눈 어두운 것까지도 서로 닮았지만 뭉치면 더 큰 힘이 났다.

친절한 친구들은 내 솔로 탈출 계획에 대해서도 의논했다. 어딜 가나 노년층과 어린이, 동물은 나를 좋아하는데 왜 젊은 남성은 나에게 관심이 없는지를 분석했다. 두 사람은 산티아고에 도착하기 전까지 반드시 나에게 어울리는 짝꿍을 찾아주겠다고 장담했다. 어리바리 콤비가 그닥 미덥지는 않았다.

누군가 그려놓은 그래피티. 재주가 용하다고 할밖에.

놀이하듯 가볍게

69일째, 바르바델로

일어나니 8시 반. 우리 셋이 꼴찌다. 오늘은 병철 씨가 재미있는 아이디어를 냈다. 10킬로미터 다음 마을 바르바델로 알베르게에 오는 순례자 모두에게 저녁을 대접하자는 것이다. 그것도 한국 요리로. 앞뒤 생각해 볼 것 없이 나머지 둘도 "그래!" 하고 찬성했다.

어제 차를 얻어 타고 갔던 사리아까지 열심히 걸어가 장을 봤다. 가이드북을 보니 바르바델로 알베르게엔 침대가 열여덟 개, 부엌도 있다고 씌어 있다. 20인분 정도면 충분할 것 같았다. 산티아고에 가까워질수록 가이드북이 엉터리인 경우가 많았는데 아무 의심 없이 책만 믿고 20인분 장을 신나게 봤다.

첫 번째 애피타이저는 내가 잘하는 렌틸콩 수프다. 두 번째 메인 요리는 병철 씨가 맡은 불고기. 우리 양념이 없어 중국과 일본 양념을 고루 샀다. 세 번째 디저트는 효정 씨가 샐러드와 까나페를 하기로 했다. 와인까지 다 사고 나니 장본 짐만 해도 각자 수 킬로그램은 족히 되었다. 이걸 들고 땡볕을 5킬로미터나 더 걸어갈 생각을 하니 막막하다. 대책 없는 친구들, 히치하이킹을 해보고 안 되면 그냥 들고 걷잔다. 마침 횡단보도에 멈춰선 차가 흔쾌히 태워주었다.

이곳 갈리시아 정부에서 운영하는 알베르게들은 침대 커버도 주고 가격도 저렴하지만 부엌에 조리 기구가 없는 게 특징인가 보다. 부엌에 포크 하나, 숟가락 하나도 없다. 이 많은 재료를 어떻게 하나 순간 눈앞이 깜깜했지만 단순한 우리들, 우선 접시, 포크, 숟가락은 사리아로 되돌아가 일회용을 사오기로 했다. 친구들이 그릇 사러 시내로 나간 사이, 나는 마을에서 냄비와 프라이팬을 빌려보기로 했다. 작은 마

본 프로페초! 맛있게 드세요! (위) "우리 셋이 앉을 자리에 다른 손님들을 앉으라고 했어." 미안해서 내가 쭈뼛거리자 두 친구는 말했다. "우린 이따 식당에서 사먹죠 뭐." (아래)

을이어서 집이 몇 채 없었다. 마침 순례자를 위한 식당이 하나 눈에 띄었다. 식당엔 남는 냄비가 있을 것 같아 사정을 설명하니 말 끝나기도 전에 안 된다고 하신다. 하긴, 여긴 순례자들한테 밥을 팔아야 하는 집이지.

냄비랑 프라이팬이 없으면 친구들이 사온 일회용 그릇도 소용이 없을 텐데, 고민에 잠겨 동네를 어슬렁거렸다. 발길이 나도 모르게 동네 성당에 닿았다. 성당 묘지를 구경하고 있는데 저쪽 출구 앞에 노랗고 토실한 고양이 한 마리가 나를 보고 "야~옹" 했다. 나는 반색하며 고양이에게 다가갔다. 고양이는 잡힐 듯 말듯 조금씩 달아나더니 어느 돌집 대문 앞에서 사라졌다. 대문 안쪽을 기웃거리는데 웬 아주머니가 "새끼 고양이 구경할래?" 하신다. 아까 그 고양이가 새끼를 낳았다는 것이다. 나는 새끼 고양이를 구경하러 돌집 마당으로 들어섰다. 지은 지 400년이 넘은 예쁜 돌집에 할머니와 손녀까지 삼대가 살고 있었다.

"나, 어제 너 봤다!"

"저를요?"

"사리아에 있는 슈퍼마켓에서. 친구 둘이 더 있었던 것 같은데?"

"아, 지금 그 친구들은 사리아에 그릇 사러 나갔어요. 알베르게에 조리 기구가 없어서 일회용 그릇이 필요하거든요."

"그래? 알베르게에 조리 기구가 없어?"

"네, 혹시 집에서 안 쓰는 냄비랑 프라이팬 있으세요?"

이 모든 대화는 각각 스페인어와 영어로 이루어졌다. 말뜻을 알지 못해도 충분히 소통할 수 있었다. 아주머니는 선뜻 프라이팬 하나랑 냄비 하나를 빌려주셨다. 나는 몇 번이나 꾸벅꾸벅 절을 하고는 날듯이 숙소로 돌아왔다.

잠시 후에 그릇을 사러 갔던 친구들이 돌아왔고 냄비를 빌렸다는 사실에 기뻐할 겨를도 없이 곧장 요리를 시작했다. 콩을 불려 수프를 끓이고 고기를 양념에 재고 야채를 썰었다. 우리는 손발이 척척 맞았다. 그때 까롤루스라는 친구가 나를 찾아왔다. 마을에서 냄비 빌릴 때 스페인어 통역이 필요할 것 같아 부탁했는데 아까 식당에서 나를 모른 체했던 녀석이다.

"순진, 이 마을 사람들은 순례자들을 믿지 않아. 하룻밤 자고 떠나는 뜨내기라고 생각해. 너희는 절대 냄비랑 프라이팬을 빌릴 수 없을 거야. 포기하는 게 좋겠어."

"그래? 우리 벌써 냄비랑 프라이팬 빌렸는데?"

까롤루스는 멋쩍은지 한쪽 어깨를 으쓱했다.

"염려해 줘서 고마워, 까롤루스. 이따가 저녁이나 먹으러 와."

친구들이 요리하는 동안 나는 사람들을 초대하는 일을 맡았다. 알베르게 근처에 있는 순례자들에게 오늘 저녁 특별한 약속이 없으면 우리랑 같이 밥을 먹자고 청했다. 약속한 7시가 되자 사람들이 하나 둘 모여들었다. 초대받은 프랑스 아주머니가 저녁 값이 얼마냐고 물으셨다.

"돈 받는 게 아니에요. 저희가 대접하는 거예요!"

아줌마는 의아한 얼굴로 물으셨다.

"왜…… 이런 일을 하는 거니?"

"그야…… 재밌으니까요!"

사람들은 신기해하면서 하나 둘씩 자리에 앉았다. 와인을 사온 사람도 있었다. 비좁은 공간에 다닥다닥 붙어 앉아야 했지만 누구도 불평하지 않았다. 그때 초대받지 못한 세 사람이 문밖에서 서성였다. 나는 아무 생각 없이 그들에게 자리를 내주었는데 그 자리는 우리 셋이 앉을 자리였다. 뒤늦게 알아챈 나는 조금 당황했지만 두 친구는 아무렇지도 않게 말했다. "우리가 굶으면 되죠. 아니면 이따 식당 가서 사 먹을까요?"

우리는 준비된 요리를 내놓고 인사했다. "안녕하세요. 저희는 한국에서 온 순례자예요. 저희 셋도 까미노에 와서 만난 길동무랍니다. 같은 길을 걷고 있는 길동무 여러분께 저녁 한 끼 대접하고 싶었어요. 모두에게 즐거운 추억이 되었으면 좋겠어요."

일본에서 온 히로 아저씨가 상추에 불고기 싸먹는 방법을 사람들에게 가르쳐주고 두 친구가 음식을 내오는 동안 나는 오카리나를 불었다. 우리 동요와 민요를 다들 신기해했다. 두 친구는 오카리나 반주에 맞춰 〈아리랑〉을 불렀다. 생전 처음 먹어보는 한국 음식에, 생전 처음 들어보는 한국 노래를 사람들은 즐거워했다. 스페인 아주머니 두 분은 우리들 볼이 닳아지도록 뽀뽀와 포옹을 해주셨다.

사람들이 식사를 끝냈을 즈음, 우리는 불고기를 담아서 냄비랑 프라이팬을 돌려드리러 돌집에 다녀왔다. 자리가 없어 우리가 앉지 못했다는 걸 눈치 챈 사람들이 식탁을 깨끗하게 정리해 놓고 남은 음식을 한 접시에 모아두었다. 남은 음식은 딱 우리 셋이 먹을 만큼이 되었다. 그제야 우리는 오늘 일어난 일을 돌아볼 수 있었다. 차를 얻어 타지 못했을 수도, 알베르게에 우리 자리가 없었을 수도, 끝내 냄비와 프라이팬을 못 빌렸을 수도 있었다. 하지만 이 모든 게 절묘한 순간에 저절로 이루어졌다. 오늘 우리에게 일어난 일이 작은 기적이라는 걸 우리는 의심하지 않았다. 하느님과 한바탕 놀이를 한 것 같다. 우리가 벌인 일을 하느님이 수습해 주시는, 짜릿하게 재미있는 놀이였다. 오늘 하루만이 아니라 어쩌면 앞으로도 이렇게 살 수 있을 것 같다는 생각이 들었다. 놀이하듯, 가볍게!

친구가 있다는 건 참 좋은 것!

70일째, 페레이로스

4시 반에 눈을 뜨니 벌써 옆 침대가 비었다! 말로만 듣던 4시 반 순례자가 내 옆에 있었구나. 어두운 새벽길을 걷는 건 어떤 기분일까? 다시 베개에 머리를 파묻었다 눈을 뜨니 어느덧 7시 반, 오늘도 우리가 꼴찌다. 청소를 맡은 호스피탈레로가 8시에 체크아웃이라고 알려준다. 허둥허둥 배낭부터 알베르게 밖에다 내어놓고 어제 부엌에 남겨둔 양념통을 정리하러 들어가려는데 호스피탈레라가 "부엔 까미노!" 하더니 문을 딸깍 잠가버린다. 엊저녁 부엌에서 요리하는 우리에게 튀기지 마라, 물 흘리지 마라, 못마땅한 기색이 역력하더니 아직 체크아웃 시간도 안 됐는데 안에서 문을 잠가버린 것이다. '돌본다'는 의미를 지닌 직책, 호스피탈레라가 보이는 노골적인 적대감에 서운해진다.

갈리시아 주 정부에서 운영하는 알베르게들은 외지에서 온 자원 봉사자가 아니라 그 마을 주민이 직접 관리하고 운영했다. 순례자들이 마을에서 밥을 사먹도록 하려고 일부러 호스피탈레로들이 알베르게 부엌 문을 잠가놓는다거나 집기를 마련해 놓지 않는다는 이야기도 있었다.

다른 주 공립 알베르게들이 기부제로 운영하는 경우가 많았던 반면 갈리시아 공립 알베르게들은 정액제였다. 물론 그렇게 정해 놓은 요금이 보통 기부금으로 내는 액수보다 훨씬 적긴 했지만 조금만 더 순례자들 편의를 봐주면 좋을 텐데, 아쉬운 마음이 든다. 산티아고까지 100킬로미터만 걸어도 순례 완주 증명서를 주기 때문에 100킬로미터 지점인 갈리시아 지방부터 걷기 시작하는 사람이 많고, 세계 각지에

산티아고까지 100킬로미터. 왜 나는 슬퍼지는 걸까. (위) "지금 당신이 할 수 있는 제일 좋은 일은 바로 '용서' 입니다." (아래)

서 한 해 수백만 순례자가 모여드는 산티아고가 있는데도 갈리시아는 스페인에서 제일 가난한 주라고 한다. 그래서 부엌 집기 마련할 형편이 안 되었던 걸까? 알 수 없는 노릇이다.

우리는 알베르게 현관에서 비스킷과 물로 아침을 때우고 길을 나섰다. 갈리시아에 들어서고 나서 처음으로 비가 내려 판초 우의를 꺼내 입었다. 비 내리는 갈리시아는 참 아름다웠다. 낮은 땅과 초목들, 어디서나 풍겨오는 소똥 냄새, 사랑스러운 마법의 땅 갈리시아! 비 때문에 몸이 처져 셋 다 꾸벅꾸벅 졸면서 길을 걸었다. 좁은 숲길을 지나 작은 개울물 속을 한참이나 걸었다. 함께 노래하고 웃고 떠드느라 발이 젖어도 즐겁기만 했다.

오늘의 목적지 페레이로스. 이곳도 갈리시아 정부에서 운영하는 공립 알베르게여서 부엌에 집기가 거의 없지만 호스피탈레라 할머니가 푸근한 분이셔서 마음은 편하다. 하나밖에 없는 냄비에 라면 스프로 국을 끓여 저녁을 먹고 있는데 웬 할아버지들이 다짜고짜 냄비를 내놓으라고 소리치셨다. 그릇이 없는 걸 어떻게 하느냐고 투덜거리면서 유리컵에 국을 따르고 냄비를 드렸는데 할아버지들 저녁은 빵 한 쪽에 커피 한 잔이었다. 그 소박한 밥상을 보고 있으니 되레 죄송한 마음이 들었다.

냄비를 내놓으라며 소리치던 할아버지도 어제 우리 식탁에 초대받아 행복해하던 순례자들과 똑같은 사람이었다. 누가 더 옳지도 그르지도 않고 누가 더 선하지도 악하지도 않았다. 우리에게 키스를 보내는 사람이나 우리에게 소리 지르는 사람이 실은 똑같은 사람이라는 것, 우리는 오늘 이것을 배웠다.

71일째, 포르토마린

오늘은 정말 친구들을 먼저 보내주려고 했는데 결국 또 포르토마린까지 같이 가게 되었다. 나 때문에 자꾸 두 친구가 하루 10킬로미터도 못 가고 지체하는 것 같아 마음이 바쁘다. 포르토마린으로 가는 길도 정말 예뻤다. 울창한 숲과 갈리시아의 구릉, 나무, 햇살까지! 이제야 스페인에 봄이 온 듯하다. 드디어 겨울 티셔츠도 하나 버렸다.

포르토마린은 마을 입구에 있는 계단과 벽돌문을 통과해 들어오게 되어 있었다. 관광 도시답게 아기자기한 멋이 있다. 여기 알베르게는 강이 내려다보이는 언덕 위에 있어서 풍광이 환상이다. 부엌도 근사해 요리 좋아하는 두 친구는 쾌재를 불렀다. 오랜만에 세탁기에 빨래를 넣어 돌리고 시원한 강바람을 실컷 쐬었다. 땀 흘린 끝에 찬바람을 쐰 탓인지 한기가 들었다. 계속 기침이 나고 열이 나서 담요를 덮어쓰고 드러누웠다. 6월의 강바람도 무섭구나.

한숨 자고 일어나니 병철 씨가 빨래도 다 널어놓고 닭을 사다 백숙을 안쳐놓았다. 스페인에 와서 백숙을 먹게 될 줄이야! 이 스물세 살짜리 청년은 못하는 요리가 없고 모르는 것이 없다. 게다가 두 친구의 여유와 넉넉함은 내가 꼭 배우고 싶은 부분이기도 하다.

밤에는 강이 내려다보이는 찻집에 가서 차를 마셨다. 병철 씨는 이 마을이 마음에 들어 이다음에 여기 집을 한 채 지어야겠다고 한다. 요리를 좋아하는 두 사람에겐 일단 슈퍼마켓이 크면 좋은 마을이다. 친구들을 만나고 내 까미노는 몸보신 여행으로 바뀌어서 나는 날마다 살이 포동포동 오르고 있다. 식중독 걸려 애써 만든 브이 라인이 급속도로 사라지는 중이다. 친구들은 내일도 하루 더 여기 묵고 싶어 한

어여쁜 강가에 자리 잡은 포르토마린.
도로 끝으로 난 돌계단을 통해 마을로 들어간다.

rio Miño
Encoro de
Belesar

다. 세상에 급한 일이 없고, 하루 몇 킬로미터씩 걸어 언제까지 어디로 가야 한다는 조바심도 없다.

인터넷을 열어보니 오랜만에 한국 친구들 소식이 편지함에 가득하다. 결혼과 득남과 진학과 승진, 이 모든 일들이 마치 안드로메다 어느 별에서 들려오는 소식처럼 낯설게만 느껴진다.

마법사 로스 아줌마

72일째, 곤사르

어여쁜 포르토마린에 풍덩 빠진 병철 씨와 효정 씨를 두고 아침 일찍 혼자 길을 나섰다. 친구들이 나 때문에 따가운 땡볕을 느리게 걷는 게 미안해 죽을 맛이었는데 잘되었다. 다정한 친구들과 헤어지는 일이 섭섭하지만 한편으론 혼자 걷는 이 자유가 가벼워 좋다. 언덕을 내려와 작은 다리를 건너니 군복 차림을 한 아주머니가 길가에 배낭을 내려놓고 뭔가 찾고 계신다.

"올라! 제가 뭐 도와드릴 일 있나요?"

아주머니는 호쾌하게 웃으셨다.

"도와줄 일은 없는데, 네 사진 한 장 찍어도 되니?"

나는 그러시라고 이를 드러내며 손가락으로 브이를 그렸다.

"얘, 나는 그런 지루한 포즈 말고 재미있고 역동적인 순례자의 모습을 찍고 싶다고. 좀 신선한 걸로 없니?"

이런 거야말로 사실 내가 원하는 거다. 나는 트레킹 폴을 한 팔로 짚고 사지를 활짝 편 발레리나 동작에서부터, 권투 선수 흉내, 찡그린 괴물 얼굴, 태권브이 비행 자세, 다양한 동작과 표정으로 '역동적인'

순례자의 모습을 재연해 드렸다. 지나던 순례자들이 입을 가리고 키득거렸다.

이번엔 내가 아주머니 사진을 찍겠다고 했다. 아주머니는 모자와 선글라스를 갖춰 쓰고 '사자처럼 용감한' 순례자의 모습을 보여주셨다. 군복 차림에 군용 배낭, 검은 곱슬머리를 양 갈래로 땋아 내린 아줌마 이름은 로스였다. 한눈에도 유럽 사람이 아닌 아주머니에게 어디서 오셨냐고 물으니 대뜸 "네덜란드 식민지에서 왔다!" 하신다.

아주머니는 네덜란드의 남아메리카 식민지였던 수리남에서 아홉 남매 중 여섯째로 태어났다. 성인이 되자 네덜란드로 이민을 와서 병원 허드렛일을 하며 살아왔고 휴가철마다 이 길을 걸은 지 올해로 3년째라고 하셨다. 가난해서 정식 교육을 받지는 못했지만 독학으로 성경을 읽을 수 있게 되었고 오랜 명상과 수련 끝에 많은 것들을 알게 되었다고 했다.

로스 아줌마는 절룩거리는 나를 위해 걷기 좋은 흙길을 양보하면서 내 보조에 맞춰 걸으셨다. 나는 한국에서 왔고 다리가 좀 아프지만 하늘이 허락하시면 산티아고까지 가고 싶다고 했다. 아주머니는 갑자기 자기 눈을 똑바로 들여다보라고 했다. 영문을 몰랐지만 아주머니가 시키는 대로 했다. "순진, 너는 아주 똑똑하고 예쁜 아이야. 네가 내 눈을 들여다보고 우리가 함께 걷는 동안 내 에너지를 너에게 나누어 줄게. 하늘이 내게 주신 힘이 나를 통해 네게로 흘러갈 거야."

아줌마 말을 들으니 정말로 힘이 솟아나는 것 같았다. 잠시 후 우리가 헤어질 무렵, 로스 아줌마는 나를 꼭 끌어안아 주었다. "너는 원하는 공부를 더 하게 될 거야. 네가 원하는 일도 찾게 될 거고. 집으로 돌아가면 새로운 몸으로 다시 태어나게 될 거야. 넌 이제 약이 필요 없어. 지금껏 해온 것처럼 그저 이 길을 천천히 걷기만 하면 돼." 나는 깜짝 놀랐다. 나에 대해 잘 알지도 못하는 사람이 해주는 말치고 뼈가 있는 것처럼 들렸기 때문이다. "아주머니 혹시 예언자나 마법사인가요?" 아줌마는 웃으면서 오랜 명상 끝에 미래를 좀 보게 되었다고 하셨다. 나는 정말로 간절하게 그 말이 사실이었으면 했다. 아줌마는 들꽃을 따서 당신 머리를 장식하고 내 모자 위에도 꽂아주셨다. 그리고 손을 흔들며 소리쳤다. "봐! 여기 이 새들이 지금 널 위해 노래하고 있어!"

로스 아줌마는 내가 좋아하는 남미 문학에서 툭 튀어나온 사람 같았다. 《백년 동안의 고독》《달콤 쌉싸름한 초콜릿》《나의 라임 오렌지나무》 한 페이지에서 짜잔! 하고 마법처럼 등장했다가 마법처럼 사라진 것 같다. 언젠가 어느 친구가 나하고만 있으면 평생 처음 보는 희한한 일을 겪게 된다고, 내게 그런 신기한 일을 끌어들이는 기운이 있다고 하던데 그 말이 사실일까?

잠시 후에 효정 씨랑 병철 씨를 다시 만났다. 두 사람은 포르토마린을 실컷 만끽하고 느지막이 출발했는데 오전 내내 부지런히 걸어온 나를 금세 따라잡은 것이다. 우리는 다시 느리게 느리게 곤사르까지 함께 갔다.

저녁은 알베르게를 겸한 어느 식당에서 먹었는데 오늘은 백포도주가 반주로 나왔다. 돼지고기 알레르기에 먹은 항히스타민제 때문인지 갑자기 취기가 올라 첫 번째 코스가 끝나기도 전에 접시에 코를 박고 정신줄을 놓았다. 친구들 도움으로 겨우 밥을 먹고 헤롱헤롱 두 사람에게 '연행' 되어 숙소로 돌아왔다.

이후로는 기억이 안 나는데 친구들 증언에 따르면, 나는 식당에서부터 기분이 좋아져 큰소리로 노래를 불렀고, 온 동네 할머니들에게 "안녕하세요!" 살랑살랑 미스코리아 인사를 했다고 한다. 알베르게를

사자처럼 용감하고 씩씩한 순례자의 모습을 보여주는 로스 아줌마. 으르릉~ 효과음도 있었다.

휘젓고 다니며 윤동주의 〈별 헤는 밤〉을, 그것도 특정 부분만 끊임없이 읊었다고도 했다. 예의 바르고 깍듯하며 점잖은 내가 결코 그랬을 리 없지만 친구들이 하도 우기니까 뭐 어쩌면 아주 살짝 그랬는지도 모르겠다.

사오정 아저씨

73일째, 팔라스 드 레이

소태처럼 짠 보까디요로 아침을 먹고 일어서는데 한국 아저씨 한 분이 식당으로 들어선다. 커다란 눈에 선한 인상, 뭣보다도 재미있게 생긴 모자가 눈에 띄었다. 뒷목에 볕가리개가 달린 모자를 쓴 아저씨는 꼭 만화 영화에 나오는 사오정 같았다. 지금껏 이 모자 쓴 사람을 딱 세 명 보았는데 전부 한국 남성들이었다. 역시 한국 남성들은 미관보단 기능에 중점을 두는가 보다.

아침까지 숙취와 두통에 시달렸다. 걷는 내내 속이 메슥거리고 어지럽다. 어깨는 배낭이 메기 싫고 발은 걷기가 싫고 손은 트레킹 폴 쥐고 있기 싫어 몸이 아주 배배 꼬인다. 그리고 나는 이제 산티아고까지 남은 길을 아껴 걷고 싶은데 병철 씨와 효정 씨는 오늘 나를 17킬로미터 거리 팔라스 드 레이까지 데려가고 싶어 한다. 몸이 당최 협조를 해주지 않아 혼자 짜증이 났다.

두 친구 뒤로 멀찌감치 처져 툴툴거리며 걷고 있는데 아까 그 사오정 아저씨가 오셨다. 아저씨하고 이런저런 얘길 하면서 느리게 걸었다. 까미노 이야기, 사람들 이야기, 하느님 이야기…… 나는 금세 아저씨가 오래 사귄 친구처럼 느껴졌다. 걷다가 지쳐 다리가 풀리자 병철 씨가 내 배낭을 대신 져주었다. 느리게, 느리게! 힘을 내려고 노래도 불렀다. 친구들은 온갖 만화 주제가를 힘차게 불러대는 나를 부끄러워했지만 그래도 노래를 부르니 힘이 났다. 팔라스 드 레이에 도착하자마자 침대로 쓰러져 병든 강아지마냥 할딱거렸다. 17.6킬로미터! 지금껏 내 최고 기록이다. 친구들의 힘이다.

여기도 병철 씨와 효정 씨가 좋아라 하는 커다란 슈퍼마켓이 두 개나 있다. 오늘 저녁 메뉴는 병철 씨의 빠에야! 빠에야는 지금껏 우리가 만들어온 음식에 비해 조리법이 좀 까다롭지만 병철 씨 요리는 지금껏 한 번도 실망스러웠던 적이 없다. 오늘도 내가 수프를, 효정 씨가 샐러드를 맡고 사오정 아저씨는 경로 우대 차원에서 쉬기로 하셨다. 장을 보고 돌아오는 길에 저만치서 한국 언니 둘이 우리를 보고 반색하며 소리쳤다. "신부님!"

앗, 마흔이 넘어서도 동화책을 읽고 〈모래요정 바람돌이〉에 "카피카피 룸룸~" 코러스를 넣을 줄 아는 멋진 아저씨가 신부님이라니. 신부님이면 그렇다고 얼굴에 써 붙이고 오실 일이지 왜 이상한 모자는 쓰고 나타나 사람을 헷갈리게 하는 거야!

알베르게 가스레인지는 지구 맨틀에서 가스를 끌어오는 건지 화력이 너무 약해 철판 볶음밥은 결국 철판 찐밥이 되고 말았다. 저녁을 먹고 다 함께 동네를 산책하고 사오정 아저씨, 아니 신부님이 쏘시는 차도 한 잔씩 마셨다. 살던 데서 한 걸음 떨어져 나오니 우리가 살던 세상이 어디로 가고 있는지 좀 더 또렷하게 보이는 것 같았다. 우리는 우국충정의 뜨거운 가슴으로 대한민국과 지구의 미래를 염려하고 서로를 격려했다. 나는 신부님께 정말로 신이 있다면 왜 착한 사람들에게 나쁜 일이 일어나는지, 왜 어떤 아이들은 태어나면서부터 굶주리고 어떤 사람들은 지뢰를 밟거나 가족이 죽임을 당하는지를 여쭤보았다. 신부님은 한동안 숨을 고르셨다.

"…… 어둠을 통해 빛이 존재할 수 있는 것처럼, 고통을 통해서 기쁨과 영광도 더 밝게 드러나기 때문인 것 같아요. 그들의 고통은 마음 아프지만 그것이 인류의 선의를 확인하는 계기가 되기도 하니까요." 전에도 들어온 말 같은데 오늘은 어쩐지 이 대답이 아주 명쾌하게 느껴졌다. "그럼 우리는 무엇을 해야 하나요?" "양심을 지닌 인간으로서 할 수 있는 작은 일들을 하나씩 실천하면 될 것 같아요."

아, 멋진 사람은 대체 왜 신부님인 걸까, 아니면 히피거나!

함께여서 행복해

74일째, 멜리데

아직 어두운 새벽. 눈을 뜨니 신부님이 짐을 싸고 계신다. 나도 일어나 짐을 챙겼다. 알베르게 식당에서 다 같이 아침 먹고 길을 나섰다. 오늘은 모두들 멀리까지 걸을 계획이고 나만 10킬로미터 거리에 있는 까사노바에 묵기로 했다.

다 함께 우리말로 수다 떨며 가는 길, 친구들이 내가 우리말 할 때랑 외국 말 할 때 전혀 다른 사람이 된다고 놀린다. "올라! 부엔 까미노!" 이렇게 인사할 땐 얌전한 척 가식의 극치라는 거다. 우리말이랑 외국 말은 성대를 다르게 쓰기 때문에 나만 그런 게 아니라고 암만 말해 줘도 듣는 둥 마는 둥이다.

까사노바에 도착하니 이제 9시 반. 엄청 빨리 왔다. 아직 더 걸을 수 있을 것 같아서 다음 마을까지 가기로 했다. 바람둥이라는 뜻으로 흔히 쓰는 까사노바가 스페인 말로 '새 집'이란 걸 알고 다들 재미있어 했다. 아무래도 바람둥이한테는 새 집이 많이 필요할 테니까. 길가에 융단처럼 깔린 소똥을 밟아가며 갈리시아의 향기에 취해 다음 마을에 닿으니 갑자기 똥이 마렵다. 여긴 너무 작은 마을이라 식당도 하나 없고 알베르게 문 열기까지는 아직 몇 시간이나 남았다. 앉지도 서지도 못하고 쩔쩔매는 내게 친구들이 조금 떨어진 숲을 가리킨다.

나는 그간의 인격과 품위를 고려해 한참을 망설였지만 하는 수 없어 결국 숲으로 갔다. "이쪽으로 오지마!" 몇 번이고 다짐을 받아가며 숲 속 깊이 들어가 내 대장과 단둘이 이 문제를 담판 지었다. 시원한 결론을 내리고, 사후 처리까지 완벽하게 한 다음, 밝고 가벼워진 얼굴로 친구들 곁에 돌아왔다. 그러곤 조금 전에 본 일을 발설했다간 다들 밤길을 조심해야 할 거라고 협박했다. 신부님은 돌아가는 대로 유서부터 쓰겠다고 하셨다. 당신이 평균 수명보다 빨리 죽게 되면 유력한 용의자가 있노라고.

우아한 내 인생에 노상방분이라니. 지나는 사람들이 나를 쳐다볼 때마다 가슴이 철렁한다. 한시라도 빨리 저 숲에서 벗어나고 싶다. 그래서인지 나는 시속 3킬로미터 이상으로 걷고 있었다. 친구들은 이 속도라면 오늘 멜리데까지 가서 뽈뽀를 먹을 수 있다고 놀려댔다. 그래, 친구들이랑 뽈뽀를 먹고 헤어지면 덜 섭섭할 거야. 나도 힘을 내보기로 했다.

오늘도 내가 뒤로 처질 때면 병철 씨가 내 배낭을 대신 매주었다. 혼자 음미하며 천천히 걷는 것도 좋았지만 사람들이랑 같이 가는 것도 참 좋았다. 친구들은 내 걸음에 맞추어 내가 힘들어하면 땡볕이건 길 한가운데건 가리지 않고 함께 주저앉아 주었다. 그늘도 아닌 땡볕에 한둘도 아닌 넷이서 땀을 삐질삐질 흘려가며 앉아 있는 것을 보고 지나던 사람들도 갸웃거렸다.

멜리데는 문어 요리가 유명하다고 해서 우리는 마을로 들어서자마자 뽈뽀집부터 찾았다. 푹 삶은 문어에 고춧가루 약간이랑 소금, 올리브 오일로 양념한 뽈뽀는 입안에서 살살 녹았다. 친구들 없이 나 혼자 왔다면 적어도 이 맛은 아니었을 것이다. 그런데 뽈뽀에 와인 한 잔씩 거나해진 사람들, 도무지 자리에서 일어날 생각을 않는다. 다음 마을까지 가려면 이 상태로 꽤나 걸어야 할 텐데 내가 되레 조바심난다. 알베르게로 가는 골목 앞에서 모두와 헤어질 준비를 하는데 어쩐지 다들 머뭇거리더니 오늘 여기 묵겠다고 한다. 야호! 나는 속으로 만세를 불렀다.

여기 알베르게 샤워실에는 문도 커튼도 없다. 물론 남녀공용이다. 온종일 걸어 땀범벅인 채로 잠시 고민에 빠졌다. 이 난감한 상황을 어찌한다? 씻지 말까? 에라 모르겠다, 볼 테면 봐라! 나는 빛의 속도로 샤워를 끝냈다. 빛보다 빠른 속도로 내 샤워부스 앞을 지나다니는 아저씨들도 여러 분 계셨지만.

구석자리 침대 네 개를 차지한 우리는 뒹굴뒹굴 쉬고 약 바르고 서로의 사진기를 바꾸어 사진 구경도 하면서 시간을 보냈다. 신부님은 도무지 어른인 척하지 않으셔서 좋았다. 중년의 위기를 겪고 계신다는 신부님은 20대의 얼굴에 고혈압, 당뇨, 노인성 난청에 흰머리까지, 도무지 어울리지 않는 것들을 함께 갖고 계셨다. 또 농담은 어찌나 썰렁한지, 신부님 강론을 들어야 할 신자들을 위해 좋은 유머 화술 학원이라도 하나 소개해 드리고 싶다.

현관에서 만난 프랑스 할아버지가 길에서 내 피리 소릴 들었다며 한 곡 더 연주해 줄 수 있느냐고 물으신다. 언젠가부터 사람들이 뭘 부탁하면 빼는 일이 없어졌다. 잘해야 한다는 생각이 없으니까 내가 즐거우면 그만이다. 알베르게 현관에 주저앉아 오늘 고생한 순례자들

걸을 때 신는 등산화, 숙소에서 신는 슬리퍼. 둘 다 벗고 있을 때가 제일 행복하다.

을 위해 오카리나를 불었다. 내가 반주하고 효정 씨와 병철 씨가 〈아리랑〉을 부르니 할아버지는 눈물을 찍어내며 참 슬픈 노래라고 하셨다. 우리들의 작은 수고가 때로 사람들에게 기쁨과 위안이 된다는 게 고맙다.

숙소에서 한국 청년 두 사람을 만났다. 쌍문동에서 온 청년은 나랑 똑같은 슬리퍼를 내 반값에 샀다고 얄밉게 자랑했다. 청년이 슬리퍼 신은 발을 내밀며 뽐내는 순간 반사적으로 그 발을 꾸욱 밟아주었다. 아, 나는 요즘 본능에 너무 충실하다! 하지만 하필이면 내가 그냥, 살짝, 지그시 밟았던 그 발엔 물집이 크게 잡혀 있었고 쌍문동 청년은 단말마의 비명을 질렀다. 초면에 발부터 밟힌 쌍문동 청년은 이후로 나를 심하게 경계하며 혹시라도 내 주위에 오게 되면 각별히 몸을 조심했다.

친구들과 밤이 이슥하도록 놀다가 숙소로 돌아왔다. 요즘은 밤 11시나 되어야 어두워진다. 은하수는 언제쯤 볼 수 있는 걸까? 은하수는커녕 별이라도 한 번 볼 수 있으려나. 오랜만에 코골이 오케스트라의 협연이 펼쳐졌다. 오늘의 솔리스트는 바로 옆 침대 신부님. 이 멋진 연주를 누운 채로 듣는 게 예의가 아닐 것 같아 일어나 앉았다. 주홍색 가로등 불빛이 창을 넘어와 자는 사람들 얼굴을 비춘다. 자는 얼굴들이 하나같이 착하다. 한창 이 하모니에 몰두하신 신부님 얼굴도 참 착하다. 신부님의 코골이는 꼭 파바로티의 아리아 같았다.

순.진.한.
걸.음.

제 4 장

까미노의 기적

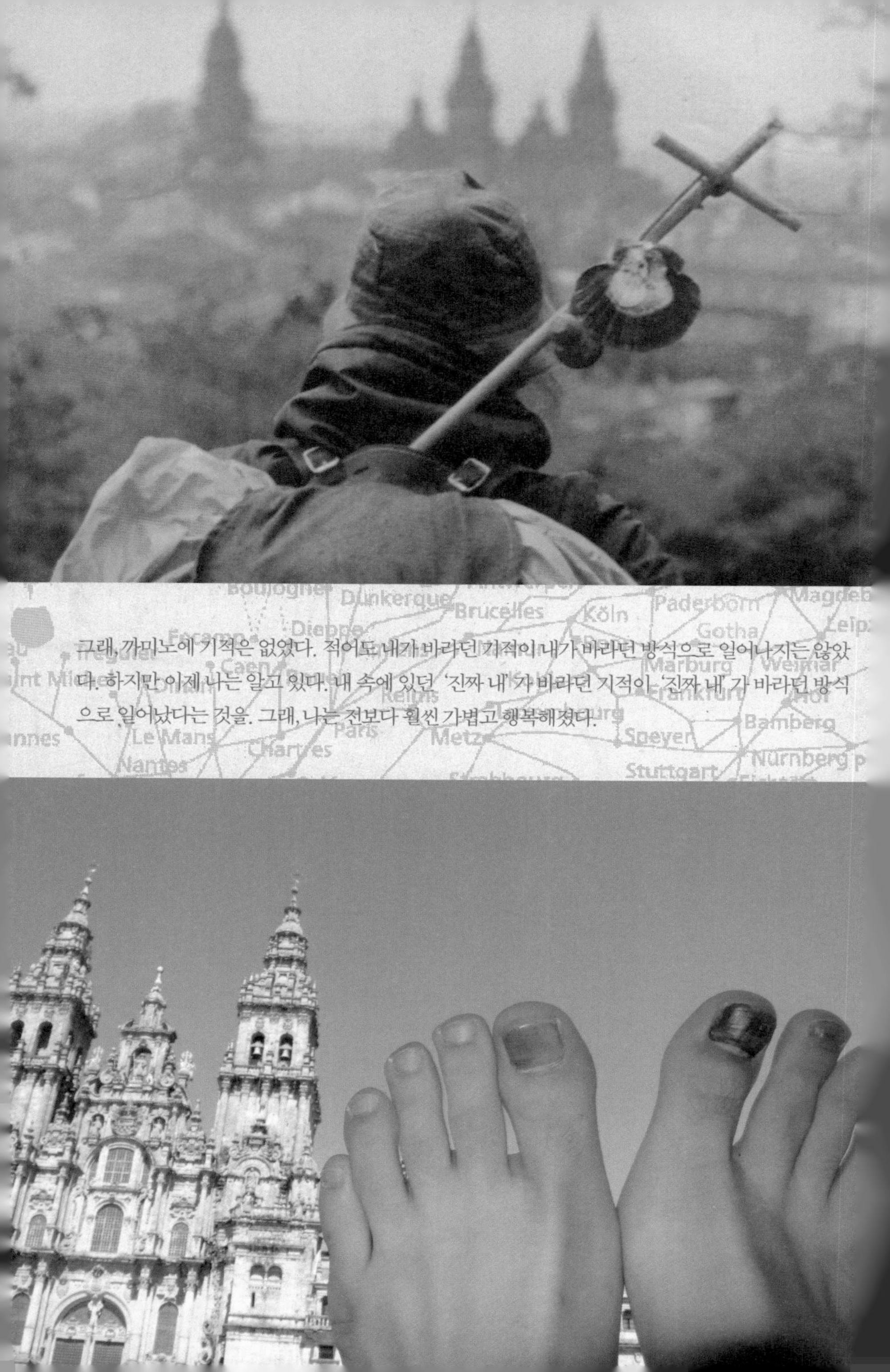

그래, 까미노에 기적은 없었다. 적어도 내가 바라던 기적이 내가 바라던 방식으로 일어나지는 않았다. 하지만 이제 나는 알고 있다. 내 속에 있던 '진짜 내'가 바라던 기적이 '진짜 내'가 바라던 방식으로 일어났다는 것을. 그래, 나는 전보다 훨씬 가볍고 행복해졌다.

다시 혼자가 되어

75일째, 아르수아

산티아고에 가까워지면서 다들 잠을 설치는 모양이다. 하루 20킬로미터 남짓 걷는 사람들은 이제 이틀 후면 산티아고에 닿는다. 너무 오래 걸어온 탓일까, 이 길이 끝난다는 게 도저히 믿기지 않는다. 발목은 밤새 내게 사이렌을 울렸다. 요즘 계속 휴식도 마사지도 부족하다. 길동무들이 생기고 난 뒤론 몸을 돌봐야 한다는 사실을 잊어버렸다. 어릴 적부터 어른들은 내가 친구라면 한쪽 바짓가랑이에 두 다리 끼는 줄도 모른다고 절레절레하셨는데, 인정한다. 아마 전생에 똥개였나 보다.

어제 만난 청년들까지 여섯이 함께 아침 먹고 길을 떠났다. 신부님과 병철, 효정 씨는 서두를 필요가 없었지만 어제 만난 청년들은 돌아가는 비행기 편 때문에 일정이 좀 빹았다. 체력이 부친 나를 빼고는 모두들 함께 가는 분위기다. 오늘도 신부님이 제일 느릿느릿 뒤에서 나와 함께 걸어주셨다. 좋아하는 동화책 이야기, 아이들과 학교, 내 아이가 1등이길 바라는 부모들, 우리나라 근대사, 심리학, 온갖 이야기가 끝도 없이 이어졌다. 심리학을 전공한 신부님께 어째서 항상 잘하고 싶은 일이나 잘 보이고 싶은 사람 앞에선 실수를 더 많이 하게 되는 것인지를 여쭈어보았다.

"더 잘하고 싶다는 건, 지금 내가 잘 못하고 있다는 생각에서 비롯

되는 마음이에요. 보통 실수는 긴장에서 비롯되지요. 지금 나는 충분히 잘하고 있다고 나를 인정해 주면 더 잘하려고 애쓸 필요가 없어지고 그러면 실수도 줄어들겠지요. 자신감이란 이런 작은 성취들이 쌓여서 생겨나는 태도니까 작은 성공도 당연하게 여기지 말고 스스로를 격려해 주는 것이 중요한 것 같아요."

결국 모든 것이 자신을 사랑하는 데서 비롯된다는 말씀이다. 내가 배워야 할 유일한 것, 또 가장 중요한 것이 바로 이 일이라는 것을 이제 알겠다.

개울 옆에 수영장이 딸린 리바디소 다 바익소의 예쁜 알베르게를 지나 작은 식당에서 보까디요를 먹고 아르수아까지 나아간다. 이제 아르수아에서 나는 친구들과 헤어지게 될 것이다. 마을이 가까워질수록 다시 혼자가 될 일에 가슴이 아팠지만 나를 두고 가는 친구들도 그 마음은 마찬가지일 터였다. 나는 태연한 척 노란 꽃 한 송이를 머리에 꽂았다.

아르수아에 도착했고 나는 '울트레이아' 라는 사설 알베르게에 묵기로 했다. 친구들과 함께 산티아고까지 가고 싶은 마음은 굴뚝같았지만 어쩐지 순례를 정리할 나만의 시간이 필요하다고 느꼈다. 나는 친구들을 한 번씩 안아주고 씩씩하게 홀로 남았다. 다들 떨어지지 않는 발걸음을 겨우 떼고 있다는 것이 느껴졌다. 나는 친구들이 시야에서 모두 사라질 때까지 그 뒷모습을 바라보았다.

숙소에 짐을 풀고 나니 이제야 혼자라는 것이 느껴진다. 빨래를 해 널고 은행에 다녀오고 슈퍼에서 장을 봤다. 이상하게 가슴이 아렸다. 지금은 다들 어디까지 갔을까? 지도를 들여다보며 '내가 조금만 더 튼튼했으면 얼마나 좋았을까' 하고 아쉬워했다. 그동안 친구들과 보낸 시간이 아득한 꿈 같다. 하지만 괜찮아. 친구들과 헤어져 아쉬운 만큼 놀랍고 멋진 일이 또 찾아오겠지. 책갈피랑 나비 매듭도 아직 남아 있다. 이제 남은 며칠, 날 위해 준비된 어떤 계획이 눈앞에 펼쳐질지 기대된다. 새로 만날 내 기적! 산티아고까지 40킬로미터 남았다.

이 길 끝에는 무엇이 있을까

76일째, 아르카

내가 미쳤나 보다! 오늘 22킬로미터를 걸었다. 친구들과 헤어진 일을 밤새 후회했다. 가지 말라고 붙들어볼 걸, 괜히 멋진 척 씩씩한 척 혼자 남겠다고 하지 말 걸. 아쉬워서 뒤척뒤척 꼭두새벽에 일어나 짐을 쌌다. 서두르면 산티아고에서라도 친구들을 다시 만날 것 같아 일찌감치 길을 나섰다. 잠꾸러기인 내가 꼭두새벽에 길을 나서다니! 그동안 새벽에 길 떠나던 사람들도 나처럼 먼저 떠난 누군가를 따라나섰는지 모르겠다. 똥지게 지고 친구 따라 장에 가는 사람 마음을 알 것도 같다.

깜깜한 새벽길, 순례자는 한 명도 없다. 어두워서 화살표도 보이지 않는다. 매일 아침 그림자가 지는 쪽을 향해 걸으면 그게 서쪽이었는데 오늘은 서쪽 하늘에 별 하나가 떠서 길을 밝혀주었다. 밤 11시나 되어야 어두워지는 까미노에서 처음 보는 별, 그것도 새벽별이다. 저 별이 야고보 성인이 따라가셨다는 '목동의 별' 일까? 별 하나가 온 하늘을 다 밝히고 있다. 별이 눈부시다는 게 이런 거구나. 그 별 하나 때문에 동무 하나 없는 껌껌한 새벽길이 두렵지도 외롭지도 않았다. 고요한 새벽길을 별빛에 의지해 더듬더듬 나아갔다.

오늘 제법 많이 걸어야 하리라 각오는 했다. 산타 이레네까지 20킬로미터 구간엔 알베르게가 없기 때문이다. 친구들도 없고, 알베르게도 없고, 에라 모르겠다! 어떻게든 되겠지. 지금껏 어떻게든 되지 않았던 적은 한 번도 없지 않은가.

오랜만에 혼자 나서는 기분이 낯설다. 친구들이랑 걸을 때는 조용히 명상하는 시간이 좀 있었으면 했는데 다시 혼자가 되니 발걸음 떼는 일만 바쁘다. 오른쪽 엄지발톱은 완전히 들려서 살점에만 겨우 붙어 있다. 반창고로 아무리 꼭 동여매도 머리털이 곤두서는 이 통증은 어쩔 수 없다. 오늘의 초대 손님. 잘 모시고 걷자.

산타 이레네로 가는 어느 나무 등걸에 앉아 쉬다가 반대쪽에서 걸어오는 독일 아저씨를 만났다. 아저씨는 고향에서부터 산티아고까지 3,500킬로미터를 걸어와서 다시 3,500킬로미터를 걸어 집으로 돌아가는 길이라고 했다.

"산티아고는 좋았어요?" 내가 묻자 아저씨는 눈을 반짝이며 "물론이지! 환상적이었어. 마치 이상한 나라의 앨리스가 된 기분이었어."

"우와, 저도 곧 그리로 가요. 믿기지는 않지만요."

"축하해, 그리고 이상한 나라에 온 것을 환영해!"

"그런데 아저씨, 아저씨는 산티아고에서 원하던 것을 찾으셨나요?"

아저씨는 멋쩍게 웃었다.

"아니, 나는 찾지 못했어. 그런데 오늘 아침 산티아고를 떠나 이 길로 되돌아오면서 백 명은 족히 되는 사람들을 만났어. 그 많은 사람들이 모두 어떤 질문을 안고 그 질문에 대한 답을 찾으려고 그리로 가고 있다는 사실 자체가 놀랍고 신기해."

"…… 정말로 거기에 기적이 있을까요?"

"글쎄…… 네가 가서 직접 찾아보렴."

아저씨는 내 물음에 아리송한 답만 남기고 성큼성큼 길을 떠났다.

볼때마다 군침이 도는 붕어빵 모양의 까미노 표지석. (위) 반짝거린다. (아래)

나는 애초부터 풀리지 않는 질문 같은 건 가져오지 않았지만 질문을 가져온 사람들이 답을 얻었는지는 궁금하다. 덜컹거리는 발톱 때문에 찌르는 듯한 통증을 안고 쉬엄쉬엄 산타 이레네에 닿았다. 먼저 도착해 해바라기하던 사람들이 어서 들어와 쉬라고 나를 부른다. 그런데 더 가고 싶다. 몸은 지칠 대로 지쳤는데 더 걷고 싶다. 해는 뉘엿뉘엿 기우는데 더 가겠다고 일어서니 사람들이 걱정스런 표정으로 나를 본다. "괜찮아요. 걱정 마세요. 다들 산티아고에서 다시 만나요. 부엔 까미노!" 나는 다시 길로 나섰다.

그러고 보니 언젠가부터 나는 기도하지 않고 있다. 이 길을 떠나오기 전부터, 또 걷기 시작한 이후로 날마다 마더 테레사의 〈매일의 기도〉와 성 프란체스코의 〈평화의 기도〉를 주문처럼 읊었다. 혼자 걷다 지칠 때, 친구가 없어 외로울 때, 길을 잃어 두려울 때뿐만 아니라 밥 먹는 것, 쉬는 것, 사소한 것 하나하나 내 안에 계시는 누군가에게 여쭈고 대답을 기다렸다. 그런데 내 질문에 그분은 항상 '넌 어떻게 느끼니?' 하고 되물으셨고 '네가 좋은 대로 하렴!' 하고 답하셨다. 그러자 점점 그분께 여쭐 것이 적어졌다. 내가 하고 싶은 대로 하는 것이 결국 그분도 원하는 일이란 생각이 들었고 시간이 지날수록 나와 그분 사이의 간극도 사라지고 있다고 느꼈다. 어쩌면 바로 내가 신인지도 몰랐다. 나는 나를 만들고 나를 둘러싼 세계를 스스로 만들고 있는지도 몰랐다. 나는 이미 스스로 완전했다. 내가 딛는 한 걸음 한 걸음이, 내 존재 자체가 이미 기도라는 것을, 나는 충분히 느끼고 있었다.

다리는 휘청거리고 눈은 이미 풀린데다 머리에 꽃까지 꽂은 내가 아르카 알베르게로 들어서니 호스피탈레라 아가씨는 깜짝 놀란 얼굴이었다. 새벽 5시에 나서서 열두 시간이 넘게 걸어온 거다. 땀에 젖은 옷들을 빨아 널고 마당에 드러누웠다. 저녁 7시가 다 되었는데도 햇

순진, 너 어디로 가고 있니?

살이 뜨거워 눈앞이 어른거린다. 햇볕에 내놓은 발도 화끈거리고 옷에선 다림질 냄새가 난다. 스페인의 태양이다. 지나다가 내 발을 본 어떤 아저씨가 자기 발톱도 보여주면서 "내일이면 끝난다" 하신다. 내일이면 끝난다…… 하지만 나는 대답했다. "저는 절대로 내일 산티아고까지 못 가요. 산티아곤 여기서 20킬로미터도 훨씬 넘거든요. 전 그렇게 잘 걷지 못해요."

이미 오늘 20킬로미터를 훌쩍 넘게 걸어왔지만 나는 내일도 20킬로미터를 걸을 수 있을 거라 생각하지 않았다. 아직 내가 알고 있는 나는 하루 10킬로미터밖에 못 걷고, 걸핏하면 아프고, 만날 우는, 약하고 참을성 없는 사람이었기 때문이다. 오매불망 그토록 꿈꾸던 산티아고가 코앞인데도 난 어쩐지 산티아고로 가는 일이 망설여졌다. 산티아고에 가는 일이 좋으면서 한편으론 두렵기도 했다.

산티아고는 내게 무얼까? 무엇 때문에 그토록 오고 싶어 했으며, 그리로 가는 길 위에서 두 달이 훨씬 넘는 시간을 보냈던 걸까? 그렇게 바라던 산티아고에 다 왔는데 이토록 덤덤한 건 또 뭘까? 모르겠다. 지금은 아무 생각도 나지 않는다. 산티아고, 산티아고, 수년 동안 노래를 불러왔던 곳인데 이제 와 생뚱맞게 낯설어진 이름. 나는 정말 산티아고에 가기는 가는 것일까?

지금 당장, 산티아고로!

77일째, 산티아고 데 콤포스텔라

오늘의 목적지 몬테 도 고소로 오는 길은 지금까지 걸어온 어떤 길보다 아름다웠다. 밤새 비가 내리고 안개가 자욱해 전형적인 갈리시아의 아침이다. 유칼립투스와 야생 고사리, 이름 모를 온갖 풀꽃에서 나는 향기가 아침 숲을 가득 메우고 있다. 아침 숲에서 나는 향기가 이토록 황홀하다는 사실을 지금껏 모르고 살아온 게 안타깝다.

잠시 눈을 붙이긴 했지만 오늘 산티아고에 도착하는 사람들이 새벽 4시부터 일어나 부산했다. 모두 들뜬 기색이 역력하다. 잠이 올 턱이 없다. 차를 마시러 식당으로 내려가니 브라질에서 온 언니 한 명이 "산티아고는 대체 뭐냐?"는 질문을 사람들에게 던지고 있었다. 다들 그 언니에게 흡족한 답을 주지는 못하고 있는 것 같았다. 누군가 자신 있는 답을 내놓는다 해도 그 답은 가짜일 게 분명했다. 여기 있는 우리는 사실 아무것도 알지 못했다.

이탈리아에서 온 마리오 아저씨랑 같이 알베르게를 나섰다. 숲 속에서 풍겨오는 아침 냄새를 만끽하며 아저씨와 나는 기적에 관해 얘기했다. 마리오 아저씨는 기적은 바로 우리 마음속에서 일어나는 것 같다고 했다. 그리고 말씀하셨다. "두 달이 훌쩍 넘도록 매일 10킬로미터씩, 이렇게 느리게 걸어온 네가 바로 기적이야. 너는 어떤 사내보다도 강인한 소녀란다." 그래, 나는 어쩌면 내가 생각한 것보다 훨씬 강했다. 내가 약하다고 생각하는 건 오로지 나뿐인지도 몰랐다.

마리오 아저씨가 앞서 가고 나자 문득 졸음이 쏟아지기 시작했다. 밑도 끝도 없는 졸음이다. 정신은 이미 어딘가 다른 별로 떠나갔고 발만 습관적으로 휘청휘청 움직이고 있다. 며칠 밤을 새우고 걸어도 이렇게 졸린 적은 없었다. 10킬로미터 정도를 그렇게 걸었나 보다. 작은 마을에서 진한 커피를 한 잔 마시고 볼을 꼬집어가며 다시 길로 나섰다. 머리가 몽롱하고 눈앞이 가물가물, 여태껏 겪어온 모든 것이 꿈인 것만 같다. 나는 지금 산티아고로 가는 게 아니라 집으로 되돌아가는 길 위에 있었다. 어서 집으로 돌아가 포근하고 따뜻한 할머니 품속에

쓰러지고 싶다, 오로지 그 생각만 났다.

천국에나 있을 법한, 그림같이 파란 밀밭이 나타났다. 이제 이 아름다운 길도 막바지구나. 처음 걷기 시작하던 나바라 지방에서 연둣빛으로 자라나던 이파리들이 이젠 묵직한 이삭을 매달고 있다. 시간이 많이 흘렀구나. 이 길을 걷는 동안 밀이 이삭을 키워낸 것처럼 나한테도 열매가 맺혔을까? 유칼립투스 잎사귀 몇 개를 주워 책 속에 끼워 넣었다. 는개 사이로 지금껏 걸어온 모든 길이 떠오른다. 오르테가의 숲길, 우테르가의 절벽길, 오래된 다리와 언덕들……

뿌연 안개와 향기로운 유칼립투스 숲을 헤치고 몬테 도 고소에 닿았다. 함께 출발한 사람들은 망설임 없이 산티아고를 향해 나아갔지만 나는 오늘 여기서 묵고 내일 아침 산티아고에 들어갈 계획이다. 알베르게를 찾다가 어느 벤치에 배낭을 내려놓고 한숨 돌렸다. 저만치 언덕 아래 제법 커다란 도시가 눈에 들어왔다. 설마 저게 산티아고?

그제야 가슴이 벌렁벌렁 뛰었다. 몬테 도 고소에서 산티아고까지 5킬로미터 남짓이란 건 알고 있었지만 이렇게 눈앞에 훤히 보일 줄은 짐작하지 못했다. 기쁘기도 했지만 한편으로는 더럭 겁이 났다. 산티아고에서 커다란 진실을 마주하게 될 것을 직감했기 때문이다. 나는 산티아고가 내려다보이는 언덕 위에서 한참을 생각했다. 지금 산티아고로 갈 것인가, 아니면 내일 새벽에 들어갈 것인가. 혹 지금 산티아고에 서둘러 가고 싶은 이유가 먼저 도착해 있을 친구들 때문은 아닌지 걱정되었다. 아무리 친구들이 그리워도 사람을 따라 내 순례를 맺고 싶지는 않았다. 머리는 '오늘 여기까지가 한계야' 하고, 가슴은 '지금 당장 달려가지 않고 뭐해!' 하고 소리쳤다. 해는 뉘엿뉘엿 넘어가는데 30분이 넘도록 나무 등걸에 기대 생각에 잠겼다.

'순진, 뭘 망설이고 있니? 산티아고로 가는 게 왜 두려운 거니? 네가 찾던 게 거기 없을까봐? 그럼 어때! 친구들을 따라가는 것 같아서? 그럼 어때! 저길 봐. 네가 그토록 닿고 싶어 했던 곳이야. 8년 전부터 꿈에 그리던 바로 그곳이라고. 생장에서부터가 아니야. 8년 전 어느 빈 강의실에서부터야. 8년하고도 70일 걸려 도착한 거야. 영영 꿈만 꾸다 말 것 같았던 여기 산티아고에!'

다시 배낭을 짊어졌다. 지금껏 좋은 기회와 인연 앞에서 나는 항상 주저하고 망설여왔다. 한 번도 스스로 당당해 보지 못했다. 나는 언제나 삶에서 한 발 뒤로 물러나 있었다. 아프니까, 모자라니까, 가진 것도 아는 것도 없으니까, 사랑받지 못하니까, 온갖 결격 사유들이 내 발을, 내 몸을, 내 혀를 옭아매 왔다. 하지만 산티아고에 들어서는 일만큼은 그렇게 하고 싶지 않았다. 난 이제 해방되고 싶었다. 세상의 당당한 사람들과 비교해 스스로를 얽어놓은 사슬에서 이제 그만 자유로워지고 싶었다. 산티아고는 지난 8년간, 그리고 이 길에서 보낸 70일간 내게 꿈의 도시, 마법의 도시, 기적의 도시였다. 나는 내 기쁨과 평화와 기적을 향해 달려가야 했다. 그것도 지금 당장! 이미 풀릴 대로 풀려 자꾸 헛디디는 다리를 끌고 구르듯이 언덕을 내려갔다. 걸음은 점점 가빠지고 심장은 터질 것만 같았다.

산티아고 데 콤포스텔라. 별이 내리는 들판, 산티아고! 도시 초입의 여행 안내소에서 크레덴시알에 도장을 받고 나와 춤을 추었다. 배낭을 메고 트레킹 폴을 쥐고 "야호!" 소리 지르며 잔디밭에 엎어져 굴렀다. 내가 왔다! 밤새도록 멎지 않는 통증도, 배고픔도, 추위도, 외로움도, 절망도 나를 굴복시키지 못했다. 나는 끝까지 해낸 거다. 장하다, 정말 장해 순진!

시 외곽에 있는 사설 알베르게에 짐을 풀고 성당 근처에서 친구들을 만났다. 친구들은 내가 예상보다 2~3일이나 일찍 도착해 무척이

나 놀라워했다. 신부님은 저만치서 두 팔을 활짝 벌리고 달려와 나를 안아주셨다. 친구들과 헤어지고 나서 하루 20킬로미터씩 걸었다는 내 얘기에 다들 "이제 다 나은 거야! 기적이 일어난 거라고!" 하며 기뻐했다. 온종일 잠에 취해 발만 움직였는데 잠에서 깨어나고 보니 산티아고였다. 그러고 보면 내 오른발은 뭐든지 다 할 수 있는데 내 의식만 '못해!' 하면서 오른발을 가로막고 있었는지도 모르겠다.

친구들과 함께 광장에 주저앉아 하염없이 성당을 올려다보았다. 사진에서 그림에서 숱하게 보아온 산티아고 성당이다. 눈앞에 두고도 믿기지 않았다. 광장에서 아침에 헤어진 마리오 아저씨를 만났다. 난 오늘 여기까지 올 계획도 없었고 사람들한테도 절대 오늘 산티아고까지 못 간다고 말했는데 역시 끝까지 계획대로 되는 일이 없다. "네, 두 손 두 발 다 듭니다. 이제 저를 가져다 죽을 쑤시든 밥을 하시든 알아서 하십시오!" 걷는 동안 단 한순간도 혼자였던 적이 없었음을, 이제 나는 알고 있다. 그리고 이 '함께'는 앞으로도 쭉 계속되리라는 것을 알았다.

내 곁에서 함께 성당을 바라보고 있는 친구들, 친구들이 있어서 정말 행복하다. 오늘은 날 위한 축제 같다. 온 동네 가로등이 나를 위해 켜진 것만 같다. 세상 모든 와인이 나를 위한 축배 같고 세상 모든 음악이 나를 위한 연주 같다. 친구들의 떠들썩한 환영을 받으며 중국 식당에서 만찬을 나눴다. 알베르게로 돌아오는 길을 잃어버려 밤거리를 두 시간이나 헤맸지만 그마저도 행복했다.

순진, 여기까지 최선을 다해준 너, 고맙고 장하다. 산티아고에 온 걸 환영해! 축하해. 그리고 사랑해!

걷는 동안 밀이 다 자라 이삭을 맺었다. (위) 내가 왔다…… 내가, 산티아고에 왔다! (아래)

기적의 도구

78일째, 산티아고-피니스테라

아직 어둑한 새벽, 비 내리는 산티아고 성당 앞에서 오카리나를 불었다. 지치고 외로울 때, 용기가 필요할 때, 빈 들판에서건 알베르게 구석 빨래터에서건 위안이 되어주던 오카리나. 길 위에서 눈물과 땀으로 연습한 노래를 이 아침, 신께 바쳤다. 지금껏 그 어느 때보다 정성을 다해 연주했다. 산티아고 성당이, 이 광장이 신은 아닐지 몰라도 지금 이 순간, 완전한 어떤 힘이 이곳에 머물고 있다는 것만큼은 확신할 수 있었다.

맞은편 회랑에 앉아 한참이나 물끄러미 성당을 바라보았다. 고요한 감격이 온몸을 훑고 지나갔다. 성당은 아주 익숙한 평화로움을 간직하고 있었다. 지금까지 고생한 게 북받쳐 울음이라도 터질 줄 알았는데 이상하리만치 덤덤하고 담백한 마음이었다.

동시에 야릇한 서운함이 느껴졌다. 지금껏 왜 이 먼 길을 걷느냐고 물어온 사람들에게 "산티아고에 있는 내 기적을 만나러 간다!"고 대답해 왔다. 그런데 어쩐 일인지 기적은 일어나지 않았다. 멍청한 건지 순진한 건지 나는 정말로 산티아고에 닿기만 하면 하늘에서 천사가 내려오고 눈부신 빛이 나를 감싸줄 줄 알았다. 지금껏 의지해 온 지팡이를 집어던지고 폴짝폴짝 뛰어다니면서 "나는 다 나았다! 기적이 일어났다!" 하고 소리치게 될 줄 알았다. 성서에 나온 소경과 앉은뱅이의 기적이 내게도 일어날 줄로 믿고 있었다.

하지만 그런 기적은 없었다. 내 발목은 여전히 퉁퉁 부어 있고 디딜 때마다 느껴지는 통증도 여전했다. 오랫동안 누적된 피로와 불면으로 두통도 있었고 누군가를 향한 미움과 원망도 여전히 앙금처럼 남아 있었다. 그동안 사람들에게서 들은 이야기, 책에서 읽은 이야기와 달리 산티아고는 그저 평범한 도시에 불과했다. 에메랄드로 지어진 왕궁도 없었고, 소원을 이루어주는 마법사도 없었다.

나는 시무룩해졌다. 스스로에게 실망했다. 기적이니 치유니 그런 허무맹랑한 소리를 믿고 여기까지 오다니, 바보다. 애초부터 신이나 기적 따위가 있었다면 내 삶이 이렇게까지 고통스러워야 할 이유가 없었잖아. 바보, 속았어.

이런저런 생각을 하다 설핏 잠이 들었나 보다. '땡그렁!' 동전 소리가 나서 고개를 들어보니 호스텔에서 나온 친구들이 내 앞에다 동전을 던져준다. 머릿속은 실타래처럼 엉켰지만 친구들을 보니 금세 웃음이 나온다. 친구들과 함께 아침을 먹고 순례자 사무소로 갔다. 이른 아침부터 땀과 비에 젖은 순례자들이 많은 이야기가 담긴 표정으로 줄을 서 있다. 땀 냄새와 파스 냄새, 장한 냄새가 진동하는 사람들 틈에 줄을 서서 순례 완주 증명서를 받았다.

이제야 다 왔다는 것이 조금 실감난다. 친구들과 엇갈려 길을 헤매는 동안 어떤 할머니가 오셔서 뭐라고 하시더니 내 볼을 쓰다듬고 뽀뽀를 쪽, 해주신다. "먼 길 오느라 고생했구나 얘야. 참 장하다. 축하한다!" 내 느낌으로 통역한 말은 이랬다.

친구들과 함께 성당으로 갔다. 이제 순례의 대단원, 순례자 미사가 남았다. 우리는 나란히 앉아 우리를 이 길로 부르시고 여기까지 이끌어주신 누군가에게 머리를 조아렸다. 하지만 내 머릿속에는 계속해서 의문과 의심이 떠올랐다. 미사가 진행되는 중에도 나는 계속 뾰로통해 있었다. 그런데 어느 순간 뜬금없이 가슴 한복판이 따끈해지더니 뭔가 솟아나기 시작했다. 눈물은 한번 시작되니 걷잡을 수 없어져 소리 없는 통곡이 되었다. 가슴 안쪽 어디선가 '이제 다 나왔다'는 목소

이른 아침, 산티아고 대성당.
이 순간 완전한 어떤 힘이
나와 함께하고 있다는 걸 느꼈다.

리가 들려왔다. 나는 반항했다. '말도 안 돼. 발목도 부어 있고 머리도 아프고 발톱도 아픈데 대체 뭐가 다 나았단 말이야? 내가 원한 건 진짜 기적이라고!'

하지만 나는 어렴풋이 느끼고 있었다. 미사 내내 흘린 눈물이 지금껏 흘려온 눈물과는 전혀 다른 성질이라는 것을. 내 안에서 들려오는 목소리가 옳다는 것을. 머리로는 전혀 납득할 수 없었지만 난 이미 치유되었다. 이 괴리를 뭐라고 설명해야 할지 나는 전혀 알지 못했다.

노 수녀님의 아름다운 목소리를 배경으로 거대한 향로 보타푸메이로가 공중으로 솟구쳐 올랐다. 조금은 매캐하고 은은한 향이 성당 안에 가득 퍼졌다. 향로를 끌어올리는 도르래 소리가 힘차고 아름다웠다. 그넷줄에 매달린 향로는 순례자들을 대신해서 춤을 추었다. 문득 가슴이 저려왔다. 누군가를 몹시도 사랑하게 되었을 때처럼 가슴이 아프기도 먹먹하기도 저릿저릿하기도 했다. 나는 아마 지금껏 한 번도 사랑해 보지 않은 누군가를 아주 깊이 사랑하게 된 것 같았다. 그것은 신인 것 같기도 했고, 나인 것 같기도 했고, 신과 하나인 나 자신인 것 같기도 했다.

성당은 재회의 장이었다. 헤어졌던 길동무들과 부둥켜안고 기쁨을 나누는 사람, 감격에 겨워 눈물을 훔치는 사람들 틈에서 나도 그간 길에서 만났던 친구들을 떠올렸다. 다시 만나고 싶은 친구들이 많았지만 그들은 벌써 집으로 돌아간 뒤였다. 오래 전 헤어진 친구들을 만나기에 나는 너무 늦었던 거다. 서로를 부둥켜안은 사람들이 부러웠다.

미사가 끝나고 다 함께 점심을 먹으러 가는 길이었다. "순진!" 저만치서 누군가 내 이름을 부르며 달려왔다. 온타나스에서 만났던 마샬 할아버지와 디앤 할머니였다! 두 분은 다짜고짜 나를 끌어안고 눈물을 줄줄 흘리셨다. 상상도 못한 재회에 반갑기는 나도 마찬가지였지

줄 끝에서 춤추는 향로, 보타푸메이로.

만 두 분이 너무 많이 우셔서 조금 얼떨떨했다. "순진, 오늘 너를 만날 줄 알았어. 네가 여기 있을 줄 알았어!"

나는 의아했다. 생장에서 산티아고까지가 보통 한 달 남짓 거리인데 온타나스에서 40일 전에 만났던 분들이 아직 여기 계신다는 것도 놀라웠고 오늘 내가 여기 올 줄 알았다는 말씀도 놀라웠다. 발바닥 인대가 늘어나고 식중독에 걸린 것, 지난 며칠 미친 듯이 하루 20킬로미터 넘게 걸었던 것, 이 모든 것이 전혀 예정에 없던 일이었다. 오늘 내가 산티아고에 있을 줄은 나조차도 몰랐던 일이다. 의아해하는 나에게 마샬 할아버지가 말씀하셨다.

"그날 아침 너랑 헤어지고 나서, 산티아고로 오는 내내 우리는 후회했단다. 왜 그때 너와 함께 걷지 않았을까? 단 한 시간, 단 1킬로미터라도 너와 함께 걸었다면 좋았을 걸. 세찬 빗속에서도 느릿느릿 걸으며 환하게 웃던 네 모습이 잊히지 않아서 우리는 날마다 기도했단다. 네가 끝까지 포기하지 않고 산티아고에 도착하게 해달라고, 산티아고에서 딱 한 번만 너를 다시 만나게 해달라고. 그동안 다른 도시들을 여행하다가 내일 캐나다로 돌아가기 전에 마지막으로 다시 한 번 산티아고에 들렀어. 어쩌면 네가 와 있을지도 모른다고 생각했지. 이건 기적이야. 우리 기도가 이뤄진 거야! 하느님은 살아계셔!"

그제야 나는 이 모든 걸 이해하게 되었다. 두 분과 헤어진 지난 40일간 내게 일어난 모든 일이 두 분의 기적을 위한 것이었음을. 나는 두 분의 기적을 이루는 데 쓰인 그분의 도구였다. 걷는 동안 드렸던 〈평화의 기도〉가 이루어졌다고 느꼈다. 〈평화의 기도〉를 드리는 동안 억울한 마음도 들었고 그 기도가 진짜로 이루어질까봐 걱정스런 마음도 있었다. 이해든 용서든 사랑이든 받기보다는 주게 해달라는 말씀도 싫었고, 그분의 도구가 되는 건 귀찮고 성가신 일일지도 모른다고

축제의 밤. 노래하는 사람들. (위) 산티아고에서 다시 만난 마샬 할아버지와 디앤 할머니. (아래)

생각했다.

그런데 아니었다. 그분의 도구가 되는 일은 생각보다 쉬웠다. 난 그저 내게 주어진 것을 받아들이고 내가 할 수 있는 일을 내가 할 수 있는 만큼 한 것뿐이었다. 아프면 앓고, 힘들면 울고, 걸을 수 있는 만큼 걸어온 것, 그게 다였다. 억지로 애쓸 것은 아무것도 없었다. 그냥 '나'로 존재하기만 하면 되었다.

마샬 할아버지, 디앤 할머니를 모시고 친구들과 함께 점심을 먹으며 이야기를 이어나갔다. 길에서 만난 사람들이 유난히 "네가 까미노의 천사냐?"고 물어오곤 했는데, 알고 보니 두 분이 내신 소문이었다. 함께 밥을 먹던 친구들은 뭐 이런 천사가 있느냐며 실색했지만 나는 마음껏 으스대었다. 물 마시는 사람 물병 거꾸로 들어버리기, 하품하는 사람 입에 손가락 넣기, 똥 찍은 막대기로 사람들 찌르기 등 못된 짓만 골라 하는 내가 천사일 리 없다며 신부님과 병철 씨는 절레절레 고개를 저었다.

두 분은 내게 캐나다에 놀러 오라고 신신당부하셨다. 언제나 내가 건강하고 행복하길 기도하겠다고도 하셨다. 디앤 할머니는 나를 꼭 안아주셨다. "좋은 사람 만나서 행복하려무나. 남자 친구가 생기든, 결혼을 하게 되든, 아이가 생기든 언제라도 우리 집에 오렴. 우리는 언제나 너를 환영하고 우리 집은 항상 네게 열려 있어."

그 뒤에도 만다라를 함께 그렸던 마르티나, 바르바델로에서 식사를 대접했던 히로 아저씨를 만났다. 느려도, 이렇게 느려도 친구들을 만날 수 있구나. 행복하다. 어제는 축제 같고 오늘은 선물 같다.

친구들과 함께 세상의 서쪽 끝, 피니스테라로 가는 버스를 탔다. 피니스테라로 가는 버스는 롤러코스터 같았다. 길은 꼬불거리고 버스는 덜컹거려 오랜만에 자동차를 탄 사람들은 멀미를 참느라 얼굴이 노래

다시 만난 친구들. 가슴속에 수많은 단어가 맴돌던 순간.

졌다. 나란히 앉은 신부님께 토할 뻔한 위기를 몇 번이나 넘겨가며 가까스로 피니스테라에 닿았다. 짭조름한 바닷바람이 불어왔다. 얼굴이 샛노란 동양인 네 명이 버스에서 내리자 갈매기들은 큰소리로 수선을 피웠다. "이야, 정말 노란 사람들이다!"

세상의 서쪽 끝

79일째, 피니스테라

피니스테라는 산티아고의 서쪽 끝에 있는 바다, 사람들이 '세상의 서쪽 끝' 이라고 부르는 곳이다. 순례자들은 이곳에 와서 그동안 신고 온 신발이나 양말, 소지품 따위를 태우는 걸로 순례를 맺는다.

저녁 무렵 각자 태울 것을 가지고 바닷가에 모였다. 우리는 모래 구덩이를 파고 그 안에 태울 것들을 넣었다. 공책, 지도, 주운 일기장, 우의, 신발…… 저마다 사연이 있는 물건들이다. 나는 그동안 먹던 약과 뜸, 그리고 신과 하나인 나 자신에게 쓴 편지를 태웠다. 불은 활활 타올랐고 연기는 저만치 노을 속으로 날아갔다. 입만 열면 쉴 새 없이 수다를 떨던 친구들이 약속이라도 한 듯 조용해졌다. 자기가 태우고 있는 것이 무엇인지 아무도 설명하지 않았지만 마음으로 충분히 느낄 수 있었다. 우린 모두 같은 것을 태우고 있었다.

친구들과 모닥불 주위에 둘러앉아 와인을 나눠 마시며 도란도란 시간을 보냈다. 조금 뒤 해는 바다 저쪽, 세상의 서쪽 끝으로 떨어졌고 잠시 후엔 달이 떠올랐다. 보름이라 달은 휘영청 밝았다. 해가 가고 달이 온 것처럼, 낮이 가고 어둠이 온 것처럼, 세상에 한 군데 붙박인 것은 없다는 생각이 들었다. 모든 것은 지나가고 또 변화하게 마련이었다. 우리가 머물 수 있는 곳도 바로 여기, 지금 이 순간뿐이었다.

보름밤

80일째, 묵시아

오늘은 북쪽 끝 바다, 묵시아에 가보기로 했다. 피니스테라에서는 묵시아로 가는 버스가 없어 택시를 탔다. 묵시아 가는 길에도 다들 헛구역질을 해대며 가까스로 닿았다. 우리 넷은 여러 면에서 어리바리하다는 공통점이 있었지만 특히 길눈에 관해선 우열을 가리기가 불가능했다. 갈림길이 나오면 각자 옳다고 주장하는 방향이 달랐는데 서로 자기 길이 맞다고 고집을 부렸다. 길눈 어둡고 눈치 없는 네 사람이 마을 한복판에서 헤매고 있을 때, 카페에서 차를 마시던 스웨덴 아저씨가 빌려 쓸 수 있는 집을 하나 소개해 주셨다. 큰 방이 네 개나 되고 부엌과 거실도 있는 집이었다. 여러 날을 돌아눕기도 힘든 침대 한 칸에 만족해 온지라 이게 웬 호사인가, 다들 입이 귀에 걸렸다. 시에스타가 끝나고 우리는 순례자 사무소를 찾아 크레덴시알에 마지막 도장을 받았다. 또 한 번 이 길이 허락된다면 그땐 이곳 묵시아까지도 꼭 걸어보고 싶다.

어제는 신부님과 "국가는 과연 필요한가?"라는 주제를 놓고 토론을 했다. 나는 국가가 없으면 전쟁 같은 것도 없어질 테고 사람들은 더 작은 단위로 모여 살면서 오순도순 지낼 수 있을 거라 생각했고, 신부님은 각 민족이 일구고 지켜온 문화를 잘 유지하고 전달하기 위해서라도 국가는 필요하다고 하셨다. 물론 힘세고 부유한 나라가 작고 가난한 나라를 형제처럼 돕는다는 전제 아래. 결국 신부님도 나도 이 땅 위에 '천국'이 드러나길 바랐던 거다.

신부님과 이야기하는 동안 몇 해 전에 세상을 떠난 친구가 떠올랐다. 그 친구와 나는 "인간은 선한가, 악한가" 또는 "세상은 더 나아지고 있는가, 아닌가" 따위를 놓고 한 치 양보 없는 입씨름을 하곤 했다. 대개는 내가 삐지는 걸로 결말이 나긴 했지만 방법이 달라도 지향하는 곳이 같아서 우리는 서로가 동지라고 느꼈다. 신부님과 나도 결국은 다른 언어로 같은 얘기를 하고 있는 거라고 느껴졌다.

저녁 식탁에서 나는 친구들에게 산티아고가 무엇이었는지를 물었다. 여러 날, 그 먼 길을 걸어왔는데도 산티아고는 한마디로 정의하기 어려웠다. 하지만 우리는 우리가 배워야 할 모든 것이 산티아고에서가 아니라, 산티아고로 오는 길 위에서 이미 완성되었다는 것을 알았다. 병철 씨는 사람의 소중함을, 효정 씨는 함께하는 즐거움을, 신부님은 버리고 가벼워지는 법과 새 힘을 얻으셨다고 했다. 나는 모든 것의 시작과 끝이 결국 '나'를 이해하고 사랑하는 일이라는 걸 배웠다.

길 위에 서기 전에 산티아고는 내게 하나의 과녁이었다. 등정해서 깃발을 꽂아야 할 목표였다. 하지만 걷는 동안 산티아고는 나에게 그저 여정의 일부가 되었다. 내 여정의 종점이면서 동시에 새로운 여정의 시작점이기도 했다. 산티아고는 먼 곳에 붙박인 별이 아니라 지금 이 순간의 반짝임, 내가 경험하고 지나가는 한순간이었다. 나는 그저 내가 와야 할 곳에, 와야 할 때에, 와야 할 방식으로 도착했다고 느꼈다. 알지도 못하는 까마득한 옛날부터 이미 나를 위해 계획돼 있던 일이 그저 일어난 것뿐이라고 느꼈다.

오늘이 바로, 지난겨울 피카소가 내 꿈에서 알려준 보름이었다. 까만 밤하늘엔 뻥튀기처럼 뽀얀 보름달이 탐스럽게 떠올랐다. 보름달이 뜬 바닷가를 친구들과 함께 거닐었다. 친구들은 나에게 피카소가 선

담벼락에 걸터앉아 피리를 부는 동안 하늘, 바람, 갈매기, 파도, 이 모든 것 속으로 '나' 라는 개체는 사라져버린 것 같았다. (위) "안녕, 그동안 고마웠어요!" (아래)

물한 보름달에 소원을 빌라고 했다. 어린 시절 처음으로 별똥별을 보았을 때 누군가 소원을 빌라고 하자 당황해서 "세계 평화, 남북 통일!" 하고 소리친 적이 있다. 아까운 소원을 엉뚱한 데 날렸다고 두고두고 안타까워했으면서 오늘도 소리쳤다. "세계 평화, 남북 통일!" 그리고 두 가지 더. "모두모두 행복하게 해줘. 그리고, 꼭 한 번 다시 이리로 오게 해줘."

샛노란 달맞이꽃이 꽃잎을 활짝 벌리고 보름달의 기운을 듬뿍 들이마시고 있었다. 우리도 두 팔을 벌려 보름달이 주는 평화와 치유를 가슴 가득 품어 안았다. 신부님은 보름달을 만났으니 이제 마드리드로 가서 피카소도 만나는 게 어떻겠냐고 하셨다. 신부님은 이제 술맛이 떨어지는 증세와 농담 안 하는 증세가 완치되셨나 보다. 다행이다.

또다시 친구들과

81일째, 길 위

아침에 다 같이 산티아고에 돌아가기로 했는데 병철 씨와 효정 씨 방에서는 기척이 없다. 역시 신부님이 제일 먼저 일어나 준비하고 계셨다. 산티아고에 볼일이 남은 신부님은 먼저 떠나시며 우리더러 천천히 오라 하셨다. 어젯밤에 미리 알아두긴 했지만 아무래도 신부님이 버스 정류장을 찾지 못하실 것 같아 내가 길을 안내하기로 했다. 대체 누가 누구 길 안내를 하는 것인지 모르겠지만 적어도 신부님보단 내 길눈이 낫다고 자신할 수 있었다. 우리는 5분 거리에 있는 버스 정류장을 못 찾을까봐 한 시간 먼저 집을 나섰다.

버스 정류장에서 아침 바다를 구경했다. 작은 배들이 통통통통 안개를 가르고 바다로 나아갔다. 우리 할아버지도 어부셨다. 어려서 할아버지 할머니랑 같이 살 때 가끔 새벽 바다에 따라 나가곤 했다. 두 분이 뱃전에서 그물을 끌어올리면 작은 통통배는 파도에 기우뚱기우뚱 심하게 요동쳤다. 겁에 질린 나는 뱃전을 겨우 붙들고 사람 살리라고 앙앙 울어대었다. 하지만 그런 내 눈에도 신기했던 건 드센 파도 위에서 너무나 담담하게 그물을 끌어올리던 할아버지였다.

"어쩌면 할아버지는 알고 계셨던 것 같아요. 나는 안전할 것이다. 이 바다가 나를 해치지 않을 것이다. 아이가 부모를 절대 믿고 의지하는 것처럼, 사람들 마음속에는 종교와 상관없이 절대적인 어떤 존재를 향한 믿음이 있는 것 아닐까요? 할아버지가 그 모진 파도 위에서도 굳건할 수 있었던 건 할아버지 중심이 그분의 존재를 알고 계셨기 때문인 것 같아요." 신부님은 내 말에 고개를 끄덕이셨다. "언제나 어떤 상황에서나 그분의 의지가 결국 선하다는 믿음이 중요한 것 같아요." 버스가 왔고 신부님은 떠나셨다. 한국에 돌아가서도 꼭 연락하라는 말씀과 함께.

오후가 되어서 일어난 친구들과 카페에 앉아 하루에 두 번 오는 산티아고 행 버스를 기다렸다. 마드리드에서 귀국하는 병철 씨와 유럽 여행 일정이 아직 남아 있는 효정 씨도 신부님과 함께 밤차로 마드리드에 간다고 했다. 아무 계획 없는 나를 내버려둘 친구들이 아니었다. 버스로 아홉 시간 걸린다는 마드리드까지, 결국 나는 친구들과 함께 가는 것을 택했다.

마드리드 행 밤 버스는 산티아고로 오는 마지막 대도시 폰페라다를 경유했다. 3주 전에 걸어서 왔던 곳에 버스를 타고 오니 기분이 묘했다. 하긴, 내가 70일 걸려 걸어온 거리는 비행기로 한 시간, 버스를 타면 한 나절이다. 그러고 보면 시간 여행이 따로 있는 게 아니구나. 마

하염없이 바다를 바라보던 병철,
뒷모습은 때로 앞모습보다
훨씬 많은 이야기를 들려준다.

드리드 행 밤 버스는 졸음에 겨운 승객들을 가득 태우고 남쪽으로 남쪽으로 달리고 또 달렸다.

각자의 길로

83일째, 마드리드

산티아고와 달리 마드리드는 정신을 차릴 수 없이 더웠다. 우리는 공원에서 순례하는 동안에 생겨난 서로의 흰머리를 뽑아주었다. 세계에서 제일 오래된 식당에 가서 밥도 먹었다. 그리고 내 오랜 소원, 프라도 미술관을 구경하러 갔다. 프라도 미술관은 기대했던 만큼 멋진 곳이었다. 오르세 미술관이나 루브르 박물관처럼 크진 않았지만 알찬 수집품을 갖추고 있었다. 프라도 밖으로는 대여하지 않는다고 알려진 고야의 특별전도 구경했고 벨라스케스가 그린 아름다운 초상화도 보았다. 도록 속에서만 구경하던 중세의 초현실주의 화가 히에로니무스 보쉬와 성서 이야기를 많이 그린 엘 그레코도 황홀했다. 이번 전시에서 가장 인상적인 발견은 엘 그레코. 흰색을 이토록 아름답게 쓸 수 있다는 데 정말 놀랐다. 원화를 처음 보았는데 도록과는 비교도 할 수 없는 영묘한 아름다움을 풍기고 있다. 이 하나만으로도 아홉 시간 버스 타고 마드리드에 온 보람이 있었다.

병철 씨는 저녁 비행기로 한국에 돌아가고 신부님은 서울에서 도착하는 성지 순례 팀과 함께 다른 지역으로 떠나신다. 효정 씨는 팜플로냐로 돌아가 남은 여행을 이어나갈 거고, 나도 내일 밤차를 타고 산티아고로 돌아갈 것이다. 열흘 가까이 붙어살던 친구들이 이렇게 각자의 길로 흩어진다. 친구들이 떠나고 나니 어딘가 적적하다. 간이나 허

파나 쓸개 뭐 하나가 없어진 것만 같다.

'게르니카'와 '어느 병사의 죽음'

84일째, 마드리드

오늘은 레이나 소피아 현대미술관, 피카소의 〈게르니카〉를 만나러 간다. 언젠가부터 음악도 미술도 소설도 '현대'라는 말이 붙은 것에선 점점 멀어지게 되었다. 분명 새로운 시각도 있고 시대를 담고 있긴 하지만 그 고민의 내용이 고전에 비하면 내 성에 안 차는 느낌이다. 많은 현대 작품들이 보여주는 절망적인 세계관도 나하고는 안 맞는다. 내가 예술에서 얻고 싶은 것은 기쁨과 희망, 용기와 위안이다. 내가 만드는 작품뿐만 아니라 내 삶, 나아가 내 존재 자체도 그렇게 되었으면 좋겠다.

레이나 소피아에는 팝아트에서부터 사진 작업에 이르기까지 다양한 현대 작가의 작품이 망라되어 있었다. 스페인이 자랑하는 화가, 피카소와 미로의 작품도 많았다. 벽 하나를 가득 채우는 〈게르니카〉 앞에 섰을 때, 나는 할 말을 잃었다. 천재 화가의 혼이 깃들었다는 느낌이 강하게 들었다. 이 작품 하나가 피카소를 전부 말해 준다는 느낌도 들었다. 피카소의 작품을 여기저기서 많이 보았지만 게르니카만큼 강한 에너지가 느껴지는 작품은 처음이다. 절규하는 사람들, 울부짖는 아이, 쓰러진 말의 울음소리가 생생하게 들려오는 것만 같다. 전쟁의 참상을 이토록 생생하게 그려낸 작품이 또 있을까? 검은색과 하얀색, 그 중간의 색들로만 이루어진 거대한 작품에서는 포탄 연기와 화약 냄새, 그리고 피비린내가 났다. 그것은 거대한 충격이었다. '아!' 하고 감탄사를 내지르는 사람들 속에서 나 역시 한참이나 입을 벌린 채 얼어붙었다.

한쪽 전시실에선 사진작가 로버트 카파의 특별전이 열리고 있었다. 사진은 책이나 인터넷에서 보는 것과 별 차이가 없으리라 생각했는데 사진에도 원작의 에너지가 있었다. '20세기를 바꾼 사진' 으로 불리는 〈어느 병사의 죽음〉 앞에서는 발걸음이 떨어지지 않았다. 사진의 현장감과 생생함도 놀라웠지만 이 사진에 목숨을 건 작가의 치열한 정신에 절로 고개가 숙여졌다. 나는 과연 어떤 일에 이처럼 목숨도 아깝지 않을 수 있을까?

〈게르니카〉도 〈어느 병사의 죽음〉도, 스페인 내전을 주제로 한 작품이다. 스페인 내전은 베트남 전쟁과 더불어 '인류의 양심을 시험한 전쟁' 이라 불린다. 오랜 항쟁 끝에 결국 스페인 민중은 독재자 프랑코에게 무릎을 꿇었지만 이 작품들을 통해 그들의 정신은 아직 생생히 살아있다. 시간은 누가 진정한 승자인지 말해 준다.

미술관을 나오면서 문득 우리도 한국 전쟁이라는 엄청난 사건을 겪었는데, 어째서 이런 작품이 남지 않았을까 궁금해졌다. 아프고 부끄러운 역사지만 우리에게 그런 일이 있었다는 것, 철조망 너머 아직 만나지 못한 우리 형제들이 있다는 것을 상기시켜 줄 이런 작품들이 있다면 얼마나 좋을까? 그렇다면 형제들의 굶주림을 무언가로 거래하겠다는 생각 따윈 할 수 없었을 텐데. 피카소나 로버트 카파, 헤밍웨이, 네루다 같은 사람들을 증인으로 둘 수 있었던 스페인이 부럽다.

일요일 오후 6시 이후엔 프라도를 무료로 볼 수 있다고 해서 한 번 더 갔다. 어제 미처 못 본 몇몇 작가들과 고야의 특별전을 한 번 더 보았다. 그리고 엘 그레코의 방에 한 시간을 앉아 있었다. 엘 그레코의 그림이 뿜는 평화롭고 밝은 기운이 세포 구석구석까지 스며드는 기분이다.

늦은 밤, 혼자 산티아고 행 버스를 타러 가는 걸음이 몹시도 낯설다. 평일 밤차라 표가 없을 거라곤 생각지도 못했는데 산티아고 행 버스는 매진이다. 당황스러웠다. 숙소로 돌아가기에도 너무 늦었고 친구들이 떠난 마드리드에 더 있고 싶지도 않았다. 고민 끝에 산티아고에서 가까운 다른 도시로 가는 차편을 알아보니 레온과 아스토르가로 떠나는 버스가 한 대씩 있다. 그나마 산티아고에서 조금 더 가까운 아스토르가 행 차표를 샀다. 웃긴다. 예정에도 없던 아스토르가에 되돌아가다니. 이건 대체 무슨 일일까? 알프레도 아저씨가 나를 보면 얼마나 놀랄까! 아무튼 재미있는 일이다. 운명이 나를 어디로 데려가고 있는지 이제부터 흥미롭게 지켜볼 참이다.

다시, 아스토르가

85일째, 다시 아스토르가

지금은 새벽 4시 반. 여기는 아스토르가 터미널. 셔터는 굳게 닫혀 있고 처마 밑에 쪼그린 채 비를 피하고 있다. 한 달 전에 떠난 아스토르가에 다시 왔다! 어둠 속에서도 눈에 익은 가우디 건물이 드러나 보인다.

추적추적 내리는 비를 맞으면서 알베르게 문 열기를 기다렸다. 6시가 되니 알프레도 아저씨가 일찍 떠나는 순례자들에게 문을 열어주러 나오셨다. 컴컴한 빗속에서 내가 "안녕! 저 기억하세요?" 하고 물으니 아저씨는 놀라지도 않고 어서 들어오라고 손짓하신다. 한 달 새 아저씨는 흰머리가 더 늘어 있었다. 알프레도 아저씨는 나를 알베르게

지붕 밑 다락방에 데려다주었다. 천정이 비스듬히 내려앉은 작은 다락방은 아늑했다. 비에 젖은 옷가지를 벗어 놓자마자 곯아떨어졌다.

점심 무렵, 알프레도 아저씨가 내 방으로 와서 정말 걸어서 산티아고에 갔느냐고 물으며 크레덴시알을 보여달라고 하셨다. 아저씨는 내 크레덴시알에 찍힌 도장을 일일이 확인하면서 나보다 더 기뻐하셨다. 한 달 전 식중독에 걸려 사경을 헤매던 내가, 절룩거리며 한 걸음 떼기도 버거워하던 내가, 걸어서 산티아고까지 갔다는 사실을 아저씨는 믿을 수 없어 하셨다. 모두들 내가 집으로 돌아갔을 거라 생각했단다. 사실, 나조차 믿기 힘든 일이긴 하다.

온종일 푹 쉬고 느지막이 동네 산책을 나섰다. 아스토르가는 한 달 전보다 햇볕이 훨씬 많아졌고 먹을 것도 많았다. 순례자들에게 아스토르가 소개하는 일을 낙으로 삼고 있는 아만도르 할아버지를 따라 동네를 샅샅이 구경했다. 아스토르가는 도시 자체가 로마의 유적이었다. 평범한 건물 지하에도 로마 때 지어진 목욕탕, 시장, 광장 유적이 있었었다. "땅만 파면 로마가 나온다"는 아만도르 할아버지 말씀이 맞았다. 할아버지는 아스토르가의 작은 성당, 수도원, 학교, 빈집, 골목, 성벽…… 절룩대는 순례자 무리를 이리저리 이끌며 안내해 주셨다.

저녁때가 되니 순례자들은 다 돌아가고 나만 남았다. 미사 시간까지는 조금 여유가 있어 할아버지랑 이런저런 이야기를 나눴다. 이야기라고 해봤자 나는 스페인어를 모르고 할아버지는 영어를 모르시니 각자 동문서답의 연속이다. 그러다 할아버지가 내 나이를 물으셨다. 한국에 남자 친구가 있냐고도 물으셨다. 별안간 할아버지가 당신은 이제 마흔여덟이고 멀지 않은 곳에 집도 한 채 있으며 결정적으로 내가 마음에 드니 당신과 결혼해 여기 사는 게 어떻겠냐고 하셨다. 농담인 줄 알았는데 할아버지는 내가 겁에 질려 성당으로 도망치는 그 순

다락방 작은 창으로 보이던 하늘.

간까지도 같은 말을 되풀이하셨다.

미사를 마치고 알베르게까지 데려다주겠다는 아만도르 할아버지한테서 달아나다 가우디 식당으로 들어갔다. 식당에 손님이라곤 나랑 독일 아저씨 하나, 달랑 둘뿐이었다. 뮌헨에서 온 하이너 아저씨는 자전거를 타고 순례하는 중이었다. 지금 어떤 할아버지의 청혼을 피해서 도망치는 중이라고 했더니 아저씨는 박장대소했다. 신부님이 까미노 최고의 레스토랑이라고 추천하셨던 가우디 레스토랑의 수프는 소금 맛이고 연어 구이는 까맣게 타서 나왔다. 게다가 나는 할인 쿠폰도 없었다! 침을 튀기고 콧구멍을 벌렁대며 투덜거리는 나를 보고 하이너 아저씨는 숨도 제대로 못 쉬고 웃어댔다.

밤 10시가 넘으니 슬슬 어두워진다. 하지가 지나서 해도 조금씩 짧아지는 느낌이다. 알프레도 아저씨가 내일 아침 7시에 일어나 청소하자고 하신다. 하하, 정말 웃긴다. 내가 호스피탈레라가 되다니!

호스피탈레라가 되다

86일째, 다시 아스토르가

7시에 일어나 한바탕 청소를 하고 나니 운동이 제법 된다. 침대 정리, 바닥 쓸기, 방마다 쓰레기 비우기, 테라스 쓸기, 세탁실과 계단 청소, 테이블 닦기…… 이걸 매일 해내는 알프레도 아저씨와 빌랴르 아줌마가 존경스럽다. 오전에 와서 화장실 청소를 거들어주는 메르세데스 아줌마가 계시긴 하지만 이 큰 알베르게를 두 분이 꾸려 나가시는 건 아무래도 버거운 일이다.

11시에 알베르게 문을 열자마자 나는 접수대에 앉아 순례자들 크

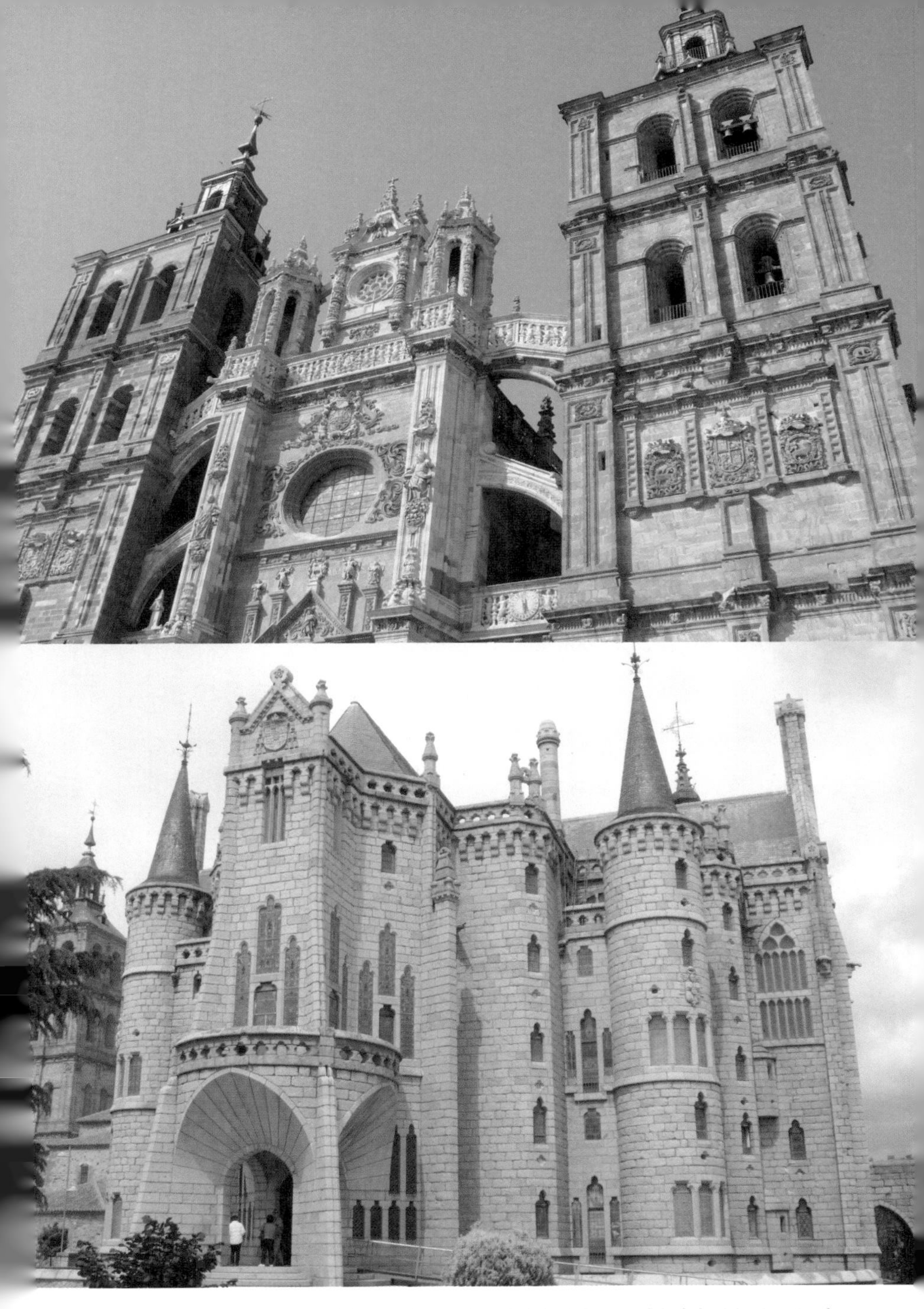

호화로운 플라테레스크 양식으로 지어진 산타 마리아 성당. (위) 가우디가 지은 주교궁, 지금은 박물관으로 쓰이고 있다. (아래)

레덴시알에 도장을 찍어주고 접수도 받았다. 사람들은 동양인 호스피탈레라를 처음 보았다며 신기해했다. 알프레도 아저씨와 빌랴르 아줌마는 스페인어만 하셔서 스페인어를 못하는 순례자들이 왔을 땐 내 서툰 영어가 제법 쓸모 있었다. 일이 결코 만만하진 않았지만 순례자들을 도울 수 있어서 기뻤다. 내가 중국인인 줄 알고 길에서 주운 중국 부적을 보여주는 사람도 있었고, 내 앞에서 쿵푸 실력을 뽐내는 사람도 있었다. 여기저기 불려 다니며 팔자에 없는 통역사 노릇도 했다. 스페인 밥을 석 달 가까이 먹고 살았더니 어지간한 스페인 말은 얼추 알아듣는 것 같다.

빌랴르 아줌마가 해주신 또르띠아로 점심을 먹었다. 아줌마는 스페인 말로 나는 영어로 하는데도 깊은 속 얘기까지 나눌 수 있었다. 말이 안 통해도 이야기는 통한다니 신기하다.

오후가 되어 순례자들이 몰려들면서 정신없이 시에스타가 지나갔다. 호스피탈레라는 생각보다 재미있고 생각보다 힘든 일이었다. 저녁 산책길에 한국인들 사이에서 유명한 중국 식당에 가보았다. 네 코스로 된 중국 요리가 값도 쌌다. 혼자 먹기 아까웠다. 헤어진 친구들 생각이 많이 났다.

늦은 저녁에도 지친 순례자들이 계속 알베르게로 들어왔다. 오늘도 한국 사람은 없다. 오기만 해봐라, 와락 안아줄 테다! 여기저기서 "쑨! 쑨!" 하고 나를 부른다. 내 힘으로 도울 수 있는 일이 있어 참 좋다. 사실 알프레도 아저씨에겐 휴식이 필요하다. 아저씨 티셔츠에 박힌 글씨처럼 아저씨 인생에선 '예수만이 넘버 원'이어서 아저씨 자신을 위해 낼 수 있는 시간이 없다. 아저씨가 이 일을 소명이 아니라 기쁨으로 하시게 되길 빌어본다.

호스피탈레라의 하루

87일째, 다시 아스토르가

어제는 120명이 들어와 건물 두 동이 다 찼다. 그래서 오늘 아침은 청소 분량이 갑절이다. 나는 알프레도 전매특허 '매트리스 들어 시트 털기'를 배웠는데, 처음에는 힘들다고 바닥이나 쓸라던 아저씨는 나중에 내게 건물 하나를 통째로 맡겼다. 건물 한 동의 침대랑 바닥, 쓰레기를 혼자 다 치웠다. 청소가 끝나니 입에서 단내가 나고 현기증이 몰려왔다.

알베르게 문을 여니 벌써 오후다. 고것 며칠이나 됐다고 '오늘은 순례자들이 좀 적었으면' 하는 알량한 생각이 든다. 오늘은 마드리드에서 젊은 신부님 두 분이 꼬마들을 잔뜩 데리고 오셨다. 구레나룻을 멋지게 기른 신부님들은 로만칼라 정장에 구두를 신은 채로 걷고 있었다. 두터운 양말에 등산화를 신어도 물집이 생기는 길인데 얼마나 발이 아플까! 가끔씩 수단 차림이나 성장을 하고 걷는 신부님들을 만날 때면 이 길이 단순한 여행지가 아니라 '순례길'이라는 걸 실감하게 된다.

오늘은 좀 한가해서 알프레도 아저씨랑 알베르게 앞에 나와 앉았다. 순례자들이 지나갈 때마다 "도장은 필요 없니?" "여기 부엌 아주 좋아. 한 방에 네 명!" 호객 행위하는 장사꾼처럼 농을 걸었다.

마드리드에서 온 꼬마 순례자들 중에 에두아르라는 열다섯 살짜리 기타리스트가 있었다. 가벼운 스페인 기타는 소리가 맑고 경쾌했다. 에두아르는 기타를 배운 지 이제 2년 되었다는데 벌써 자작곡이 있었다. 여자 친구를 위해 만든 사랑 노래라고 했다. 에두아르는 기타를 치고 나는 피리를 불고, 저녁 광장에 휠체어를 탄 장애우들이 모여들어 우리들 공연을 구경했다.

안녕, 아스토르가

88일째, 다시 아스토르가-다시 산티아고

즐거운 아침이다! 오늘도 엄청난 청소가 나를 기다린다. 내가 없었을 땐 두 분이 이걸 어떻게 다 해내셨는지 모르겠다. 침대 정리, 복도 쓸고 닦기, 침실 쓸고 닦기, 테라스 쓸기, 탁자 닦기, 세탁실 쓸고 닦기, 부엌 청소…… 다 해놓고 나니 벌써 순례자 맞이할 시각이다.

알프레도 아저씨와 빌랴르 아줌마는 스물여섯 먹은 아들이 있는 부부인데 작년부터 10년 계획으로 이곳에서 봉사하고 계신다. 순례자들이 내는 방세로 알베르게를 유지하고 관리하고 두 분 생활까지 해결하고 계셨다. 호스피탈레로 일은 힘들고 일손은 부족한데다 알프레도 아저씨는 밥 먹을 시간도 없이 오로지 알베르게랑 순례자들만 돌보실 뿐이라서 빌랴르 아줌마가 많이 서운해하고 답답해하시는 눈치였다. 하지만 매일 투닥대면서도 아줌마는 먹을 게 생기면 꼭 아저씨를 챙기고, 아저씨 일손을 거들러 가면 아저씨는 당신은 괜찮으니 아줌마를 도와드리라고 하셨다. 서로를 아끼고 사랑하는 이 마음을 서로에게 드러내면 참 좋을 텐데, 사람들은 쉬운 길을 멀리도 둘러가는 것 같다.

한국에서 가져온 마지막 나비 매듭 한 쌍을 두 분께 드렸다. 책갈피와 매듭을 스무 개 가져왔는데 이제 남은 게 없다. 이 길에서 그동안 스무 명이 넘는 천사를 만났구나. 참 고마운 일이다. 알프레도 아저씨는 나에게 알베르게 로고가 박힌 티셔츠를 주셨다. 그 옷을 입고 오전 함께 울리면 참 예쁘던 작은 종들.
결혼식이 있을 때면
종이 전부 다 울린다고 한다.

동안 호스피탈레라 일을 했다. 청소를 거들어주시는 메르세데스 아주머니와 알베르게에 자주 놀러 오는 장애우들, 알베르게 일을 돌봐주는 동네 청년 제임스는 오늘 내가 떠난다는 소리를 듣고 "내년에 또 올 거지?" 하고 집요하게 물었다. 듣다 못한 알프레도 아저씨가 내 대신 대답했다. "당연하지! 순진이는 내년에 또 와. 모두들 서운해하지 말라구!"

빌랴르 아줌마가 떠나는 나를 위해 특별한 점심을 만들어주셨다. 익숙한 음식은 아니었지만 아줌마가 해준 요리에서 포근한 맛, 엄마의 손맛이 났다. 해산물과 야채가 섞인 밥을 한 숟가락 떠서 입 속에 넣으니 갑자기 눈물이 핑그르르 돈다. 아줌마는 나에게 한국어로 사랑한다는 말을 뭐라 하느냐고 물으셨다. 아줌마는 서투른 우리말로 나는 서투른 스페인 말로, 서로 마음을 나누었다. "사랑해!" "떼끼에로!"

점심을 먹고 오니 과테말라에서 온 자전거 순례자들이 나를 보고 반색한다. 내가 한국인이라는 말을 듣더니 "김치! 김밥 주세요! 안녕하세요!" 아는 우리말을 줄줄이 늘어놓는다. 여덟 살짜리 막내부터 40대 중반 아버지와 삼촌까지 일가족의 대장정이다. 크레덴시알에 도장을 찍어주고 모두에게 행운을 빌어주니 여덟 살짜리 막내가 과테말라에서 가져온 실 팔찌를 팔목에 묶어주었다.

이제는 정말 모두랑 헤어질 시간이다. 며칠 동안 정든 지붕 밑 다락방으로 돌아가 짐을 쌌다. 침대와 바닥도 깨끗하게 정리해 놓았다. 빌랴르 아줌마는 아직 절룩대는 내가 안쓰러워 눈시울이 붉어졌다. 알프레도 아저씨가 터미널까지 배낭을 대신 매주셨다. 버스를 기다리는 동안 아저씨는 내게 간식과 음료수를 사주시고 산티아고에서 묵을 곳도 알아봐 주셨다.

예수를 섬기는 일이 인생에서 제일 중요하다는 아저씨는 앞으로 9년 더 여기서 지낼 계획이시다. 한국인들이 남긴 방명록에 하나같이 아저씨가 친절하다고 씌어 있다니까 부끄러워하던 아저씨를 나는 꼭 안아드렸다.

"아저씨, 건강하세요. 아스토르가와 아저씨를 잊지 못할 거예요."

"순진, 넌 최고의 호스피탈레라야. 참 좋은 여자고. 그걸 잊지 말도록 해."

아저씨는 내가 탄 버스가 안 보일 때까지 오래도록 그 자리에서 손을 흔들어주셨다.

산티아고, 길이 시작되는 곳

89일째, 다시 산티아고

수도원을 개조한 알베르게는 시원하고 편안했다. 어젯밤 산티아고 터미널에 도착하니 어둑어둑 땅거미가 지고 있어 길을 잃었는데 일본인 순례자 한 분이 알베르게까지 데려다주셨다. 도움이 필요한 순간이면 누구든 꼭 나타나 언제든 그분이 함께라는 걸 확인시켜 주신다.

일본인 화가 한 사람이 중국에서부터 아시아와 유럽을 가로질러 산티아고까지 걸어온 길을 지도로 그려 여기 성당 박물관에 기증했다고 들었는데 오늘은 볼 수 없었다. 벽돌 사이로 이끼와 들풀이 자라난 성당에서 산티아고 시내를 내려다보았다. 도시는 활기차고 사람들은 여유로웠다. 성당 앞에선 지금 막 도착한 사람들이 들뜬 표정으로 사진을 찍고 환호를 하고, 서로 축하의 포옹을 나눈다. 햇살이 눈부셔 반쯤 실눈을 뜨고 그 광경을 지켜보았다. 모든 것이 오래된 영화에서 본 장면처럼 아득하다.

산티아고 성당의 순례자 미사엔 마음을 움직이는 무언가가 있다. 감동이 가득한 미사중 영성체 시간이 되자 순례자들이 성체 앞으로 우르르 몰려들었다. 신부님 몇 분이 차례로 줄 선 순례자들에게 '그리스도의 몸' 을 나눠주시는데 어느 순간 사람들이 가림막을 넘어 새치기를 했다. 사람들이 밀치고 파고드는 사이, 순식간에 줄이 무너져 아수라장이 되었다. 순례랍시고 이 먼 길을 온 사람들이 영성체 좀 먼저 받겠다고 법석인 모습을 보노라니 한숨이 절로 나왔다.

그 순간 내 눈에 어느 신부님이 비쳐들었다. 신부님은 헝클어진 줄 사이로 여기저기 손을 뻗으며 아우성치는 순례자들에게 말없이, 골고루 성체를 나눠주고 계셨다. 줄을 서라고 말씀하시는 법도, 꾸짖거나 타이르는 법도 없이 그저 당신이 하실 일, '그리스도의 몸' 을 순례자들 손바닥에 경건하게 놓아주는 일, 그 일을 하실 뿐이었다. 신부님을 가만히 바라보고 있으니 조금 전까지 느꼈던 혼돈은 간 데 없이 저 깊은 곳에서부터 고요함과 평화가 느껴졌다. 모든 게 완전한 이 길에서 제일 불완전한 것은 사람이고 어쩌면 그 때문에 사람이 제일 아름다운지도 모른다고, 이 불완전한 사람을 통해서만 그분의 뜻이 온전하게 드러나는지도 모른다고, 그래서 실은 사람이야말로 모든 피조물 중에 제일 완전한지도 모른다고, 나는 생각했다.

미사가 끝나고 한국인 친구 둘을 만나서 함께 '까사 마놀라' 에 갔다. 이 식당은 값도 싸고 맛도 좋을 뿐더러 양이 푸짐하기로 소문나 순례자들에게 인기 있는 식당이다. 지난 월요일에 여기 도착했다는 지은 씨는 파울로 코엘료를 직접 만났다고 했다. 산티아고 근처에 '파울로 코엘료의 길' 이 생겼다는데 행사에 참석하려고 파울로 코엘료가 직접 산티아고에 왔다는 거다. 지은 씨는 코엘료 아저씨 사진과

다시 그림자를 밟고, 나는 길 위에 선다.

수도원 알베르게에서 바라본
산티아고 시내.
연인들이 잔디밭에서
나란히 햇살을 즐기고 있다.

크레덴시알에 받은 사인을 보여주었다. 길에서 알아보는 사람들 모두에게 다정하고 북새통 속에서도 여유를 잃지 않았다는 아저씨, 《연금술사》 같은 매혹적인 글로 내게 이 길을 알려준 아저씨를 나도 언젠가 한 번 만나봤으면……

오후 내내 성당 앞 광장에서 사람들을 구경했다. 회랑에 기대 잠이 든 사람도 있고 나처럼 해바라기를 하는 사람도 많았다. 이 길에서 나는 무엇이 달라진 걸까? 아직은 잘 모르겠다. 쓸데없는 생각이 많이 없어진 것? 주저하고 머뭇대는 일이 줄었다는 것? 또 전보다 두려움이 덜해졌다는 것도 변화라면 변화다. 나는 이제 혼자가 된다거나 헤어지는 것을 전처럼 두려워하지 않게 되었다. 어떤 이별도 끝은 아니라는 걸 알게 되었기 때문이다. 끝이란 건 처음부터 없었는지도 모르겠다.

그리고 어쩜 내 기적은 산티아고에 도착하는 일로 완성되는 것이 아니라 지금부터 시작되는 것인지도 몰랐다. 보름달이 뜬 묵시아 바닷가에서 이미 시작되었는지도 모른다. 산티아고에 도착하는 그 순간 시작되었는지도 모르겠다. 중요한 건 내가 길이 끝난 곳이 아니라 길이 시작되는 곳에 와 있다는 사실, 바로 그거였다.

부엔 까미노, 순진!

90일째, 다시 산티아고-파리

이른 아침, 안개가 자욱한 성당 앞. 이제 막 도착한 순례자들이 감격에 겨운 기도를 바친다. 그동안 숱하게 흘렸을 땀과 눈물, 혼자서 맞서야만 했을 통증과 괴로움, 그 모두를 이기고 걸어온 길이다. 그

이른 아침, 순례자의 기도.

길의 끝에서 자신을 낮추고 앉은 순례자의 뒷모습이 아름다워 콧등이 시큰해 온다. 대체 산티아고는 무엇이기에 숱한 사람들이 오랜 시간 그 먼 길을 걸어와 차디찬 새벽 광장에 무릎 꿇게 하는 것일까?

이제 산티아고를 떠난다. 지금까지 모든 게 꿈속의 일인 것만 같다. 이 길을 걸어온 게 정말 내가 맞을까? 여기가 정말 산티아고였을까? 힘들었던 순간도 가슴 벅찬 기억도 길 위에서 흘린 눈물과 온몸으로 드렸던 기도도 이제는 여기 없다. 내가 소중했다고 또는 아팠다고 말하는 모든 것들이 시간의 저쪽 편에 있었다. 나는 그 시간을 건너왔지만 그 시간이 나는 아니었다. 순례길 위에서 겪었던 것뿐만 아니라 내 삶에서 겪었던 상처와 갈등 들이 이미 내가 지나와 버린 시간의 저쪽 편에 있었다. 이쪽에 와서 보니 저 건너에 있는 일들은 지금껏 내가 생각해 온 것만큼 큰 일이 아니었다. 내가 꽁꽁 간직하거나 매달려 있을 필요가 없는 것들이었다. 내 것이라고 말할 수 있는 것은 아무것도 없었다. 그러자 마음이 한결 가벼워졌다.

마지막으로 산티아고 성당 광장을 빙글빙글 돌았다. 문득 좋은 글을 쓰고 싶다는 생각이 떠올랐다. 사람들과 함께 웃고 함께 울고 싶었다. 누군가에게 위안이 되고 기쁨이 되고도 싶었다. 무엇보다 자유로운 사람이 되고 싶었다. 그런데 가만히 생각해 보니 내가 되고 싶은 것들은 이미 내 안에 다 있었다. 뭔가가 되려고 애쓸 필요가 없었다. 나는 이미 나였다.

저 길에서 나는 내가 평생 보물인 줄 알고 품고 다닌 돌멩이와 진짜 보물을 맞바꾸었다는 것을 알았다. 보물은 사실 처음부터 몹시 가까운 데 있었다는 것도. 이 먼 길이 그 사실을 발견하기 위한 여정이었다는 것도.

누군가 까미노는 인생길의 축소판이라고 했다. 길 위엔 정말 삶의 모든 것이 다 있었다. 만남과 헤어짐, 희망과 절망, 좌절과 인내, 고통과 위안, 사랑과 미움. 처음 그 말을 들었을 때 나는 길이 끝나고 집에 돌아갈 때가 어쩜 이 세상을 떠나 내 근원으로 돌아갈 때와 비슷할 거라고 짐작했다. 창밖으로 점점 작아져 마침내 구름 속으로 사라져가는 까미노를 내려다보며 나는 이제 죽음이 무엇인지 조금은 알 것 같았다. 죽음은 왔던 데로 돌아가는 것, 원래 있던 자리로 돌아가는 거였다. 상상했던 것처럼 두려운 일은 아니었다.

산티아고를 떠난 비행기는 1시간 30분을 날아 파리에 도착했다. 한밤중에 세느강으로 나가 강바람을 쐬었다. "올라, 부엔 까미노!" 석 달을 매일같이 입에 달고 살던 이 멋진 인사를, 정작 나 자신에게는 한 번도 못해봤다는 생각이 들었다. 나는 조용히 나에게 속삭였다. "올라, 부엔 까미노, 순진!"

다시, 까미노

한 달 후, 서울

다시 길을 걷고 있다. 햇볕은 날 아주 구워먹을 기세로 덤벼들고 발은 퉁퉁 부었다. 배낭은 천근만근 무겁고 온몸에서 백 년은 묵은 듯한 쉰내가 난다. 살짝 불어오는 바람에 부옇게 흙먼지가 날리는 낯선 길, 주변을 둘러본다. 저만치 몇 사람이 걸어가고 있다. 사람들에게 다가가 "안녕하세요!" 인사하려는 찰나, 우리는 서로를 알아보고 얼싸안았다. 친구들이었다. 주변을 돌아보니 훨씬 더 많은 사람들이 길을 가고 있다. 학교 선후배들, 가족과 친척 들, 오랫동안 소식이 끊어졌던 사람들, 내가 아는 모두가 삼삼오오 이 길을 걷고 있었다. 사람들은 모두 어깨에 자기가 질 수 있을 만한 배낭을 메었고 더러는 힘들어하고 더러는 옆 사람과 웃기도 하면서 묵묵히 발걸음을 옮기고 있었다. 우리는 다 함께 산티아고로 가는 중이었다.

여행에서 돌아온 후, 나는 계속해서 까미노 꿈을 꾸었다. 꿈속에서 걷는 길에는 내가 아는 사람들이 모두 함께 있었다. 어떤 날은 사람들과 투닥거리기도 하고, 어떤 날엔 모두가 형제라고 느껴지면서 서로의 가슴에 가득한 사랑과 평화를 만끽하기도 했다. 또 어떤 날은 까미노가 그리워 울기도 했다.

참 이상했다. 내가 태어나고 자란 땅은 분명히 이곳이고 나는 그저 까미노를 여행했을 뿐인데 자꾸만 그곳이 고향이라고 느껴졌다. 사람들과 이야기할 때면 나도 모르게 까미노로 '돌아가고' 싶다고 말하곤 했다. 까미노를 떠나서 집에 돌아왔다고 생각했는데 사실 내 집은 바로 그 길 위였다는 것을 깨닫게 되었다. 길 위의 나무, 돌, 흙, 꽃, 새들과 사람들, 사람들 사이에서 오고 간 마음., 이 모든 것이 바로 내 집이었다. 이제 와서 보니 내가 존경하는 스승들의 삶도 이 깨달음을 몸으로 살아내신 것에 다름 아니었다.

며칠 전, 순례 첫날 피레네산에서 빠진 엄지발톱이 내게 작별을 고했다. 그동안 반창고로 동여매고 걷느라 아직 살점에 붙어 있던 발톱이 툭! 하고 떨어져 나가는 순간, 내 마음속에서도 무거운 것 하나가 툭 떨어져 나갔다. 석 달이 넘는 시간 동안 목숨을 다하고서도 자기 자리를 지켜준 엄지발톱, 지금까지 네가 버텨준 덕분이구나. 고마워. 이제는 편히 쉬렴. 까맣게 죽어 있던 엄지발톱이 떠나간 자리에는 새로 자라난 발톱이 꿈틀꿈틀 저를 드러내고 있었다. 이제 보니 엄지발톱이 죽음을 맞은 그 순간부터 이미 새 발톱은 자라나고 있었던 거다. 고마운 엄지발톱, 이렇게까지 날 배려해 주다니. 나도 죽어가면서, 목

산드라가 보내준 내 그림자.

숨이 다하는 순간까지 이렇게 누군갈 기르고 보살필 수 있을까?

한 달 전 산티아고에서 내게로 부친 엽서를 오늘에야 받았다. 성당이 마주보이는 회랑에 쭈그리고 앉은 나는 서른 한 살의 봄을 오롯이 보낸 그 길을 사랑하고 그리워했다. 어쩐지 그곳에 돌아가게 될 것 같은 예감이 든다. 어쩌면 벌써 돌아가고 있는지도 모르겠다.

까미노는 생장에서 시작되어 산티아고에서 끝나는 것이 아니었다. 내 까미노는 생장에서 시작된 것도, 8년 전 어느 빈 강의실에서 시작된 것도, 내가 이 행성에 오면서부터 시작된 것도 아니었다. 그보다 훨씬 이전이다. 시간이 존재하지 않았을 때, 내가 '나'로 존재하지도 않았을 때, 그때 이미 시작된 것이다. 우리 모두에게 그런 것처럼.

그러니 이 먼먼 여행이 돌고 돌아 끝이 나면 나는 언제나 그렇듯 집으로 돌아갈 것이다. 그때까지는 아마도 이 순례 여행을 계속하게 될 것 같다. 그리고 나는 그 사실이 정말 즐겁다.

내 몸에서 아직 길 위의 바람 내음이 나는 것 같다.

까미노의 기적

1년 후

산티아고에 다녀온 지 1년이 훌쩍 지났다. 계절이 몇 번 바뀌었고, 얼마 후면 내가 길을 떠났던 봄이 돌아온다. 사람들은 나에게 물었다. 산티아고엔 무엇이 있더냐고, 네가 원하던 기적은 일어났느냐고. 곰곰 생각해 본다. 아, 내가 기적을 바라고 그 길을 걸었지. 괜히 머쓱 웃음이 난다.

결론부터 말하자면 나는 달라졌다. 그리고 달라지지 않았다. 사실

어둔 밤, 산티아고 성당.

나는 만화 영화 속의 변신 장면처럼 뿅! 하고 내가 달라지기를 기대했다. 그래서 내 몸이 낫고, 내 마음속의 온갖 아픔들이 씻겨가기를 바랐다. 하지만 나는 엄연히 중력의 지배를 받는 지구인이었다. 후광이 비취는 천사들이 공중으로 들어올리기엔 너무 무거웠는지도 모르겠다.(에잇!)

길 위에서 나는 진짜 많은 것을 '몸으로' 배웠다. 그 배움은 더러 자연을 통해서, 더러는 사람을 통해서 왔고 유쾌하고 즐거운 감정을 통해서나, 아프고 쓰라린 감정을 통해서도 왔다. 하지만 가장 값지고 귀한 보물은 역시 아프고 고통스러운 경험을 통해 발견할 수 있었다. 내가 목숨처럼 힘껏 붙들고 있는 이 '에고ego' 라는 껍질을 깨어내는 과정 없이는 진짜 보물을 알아볼 수 없기 때문이었을 거다. 하지만 지금껏 한 번도 들어보지 못했던 것을 새롭게 알게 된 건 아니었다. '배고프면 먹고 고단하면 잔다' 는 말처럼, 아주 단순한 것들이 진리라는 것을 새삼스럽게 발견한 것이다.

이 순례 여행의 온갖 경험을 통해 내가 얻은 배움의 핵심은 딱 한 가지다. '나 자신을 사랑하라.' 왜냐하면 나는 신의 한 부분이고, 그러므로 내가 곧 신이기에. 나 자신을 사랑하는 것이 곧 신을 사랑하는 것이라는 메시지는 까미노뿐만 아니라 도처에 널려 있었다. 이제 와 보니 세상 모든 것이 이 하나의 메시지를 전달하기 위해 존재하는 것 같았다.

또 한 가지, 여행에서 돌아와 현관을 열고 들어섰을 때 나는 잠깐 멍해 있었다. 이 작은 방 안에 온갖 물건이 가득 들어차 있었다. 지난 몇 달간 5킬로그램이 안 되는 배낭 하나로 살면서 무언가 부족하단 생각을 해본 적이 없었다. 사는 데는 생각처럼 많은 것이 필요하지 않았다. 그런데 나는 이 많은 책과 옷과 물건에 둘러싸여 지내면서도 항상 뭔가를 더 가지려고만 애써왔다. 배낭을 멘 채로 현관에 서서, 나는 이 많은 '내 것'에 한참을 휘둥그레져 있었다. 내가 '필요'라고 생각했던 것들은 단지 내 마음속에만 있었다. 내게 필요한 것들은 이미 내게 충분했다.

얼마 전, 잠에서 깨어나는 순간 가슴 안쪽에서 '이 모든 것이 완전하다!'라는 목소리가 들려왔다. 문득 지나온 내 시간이 바늘 틈새 하나 없이 완벽하고 완전하다는 느낌이 머리끝부터 발끝까지 온몸을 휘감았다. 나를 아프게 한 사람들도, 내가 저지른 실수도, 힘들었던 순간도 더 이상 말로 표현할 수 없을 만큼 있는 그대로 완벽하고 완전했다. 나는 울음을 터뜨리며 인정했다. 누군지 모를 거대한 힘 앞에 또다시 항복했다. 내가 할 수 있는 일은 그저 받아들이고 인정하고 고마워하는 일뿐이었다.

이제 나는 전처럼 '왜'냐고 묻지 않게 되었다. 왜 착한 사람들에게 나쁜 일이 일어나는지, 왜 내가 이런 통증을 겪어야 하는지, 왜 세상은 이 모양인지를 따져 묻지 않게 되었다. 글쎄다, 그냥 그런 것은 이제 궁금하지 않다. 때로는 여전히 삶의 부조리에 화가 날 때도 있지만 이제 나의 관심사는 '왜'가 아니다. 내가 지금 여기서 무얼 할 수 있는지, 어떻게 하면 되는지, 그게 궁금할 뿐이다.

그 밖에도 내가 느끼거나 혹은 느끼지 못하는 크고 작은 변화들이 더 있을지 모르겠다. 친구들 말로는 내가 전보다 더 걸핏하면 울고, 장난도 많아지고, 좀 더 편안해졌다고 한다. 아직도 발목에는 통증이 있고 게으르기론 둘째 가라면 서럽고 친구라면 한쪽 바짓가랑이에 두 다리 낀 줄 모르고 뛰어나가는 건 똑같지만 어쩐지 난 이런 내가 참 사랑스럽다. 나는 이제 미래에 근사한 뭔가가 되어 있을 나보다 지금 이 순간의 내가 더 좋다.

그래, 까미노에 기적은 없었다. 적어도 내가 바라던 기적이 내가 바라던 방식으로 일어나지는 않았다. 하지만 이제 나는 알고 있다. 내 속에 있던 '진짜 내'가 바라던 기적이 '진짜 내'가 바라던 방식으로 일어났다는 것을. 그래, 나는 전보다 훨씬 가볍고 행복해졌다.

이건 비밀인데…… 사실 그 길에는 기적이 있다. 목격할 준비가 된 사람에게만 보이는 매일의 기적이.

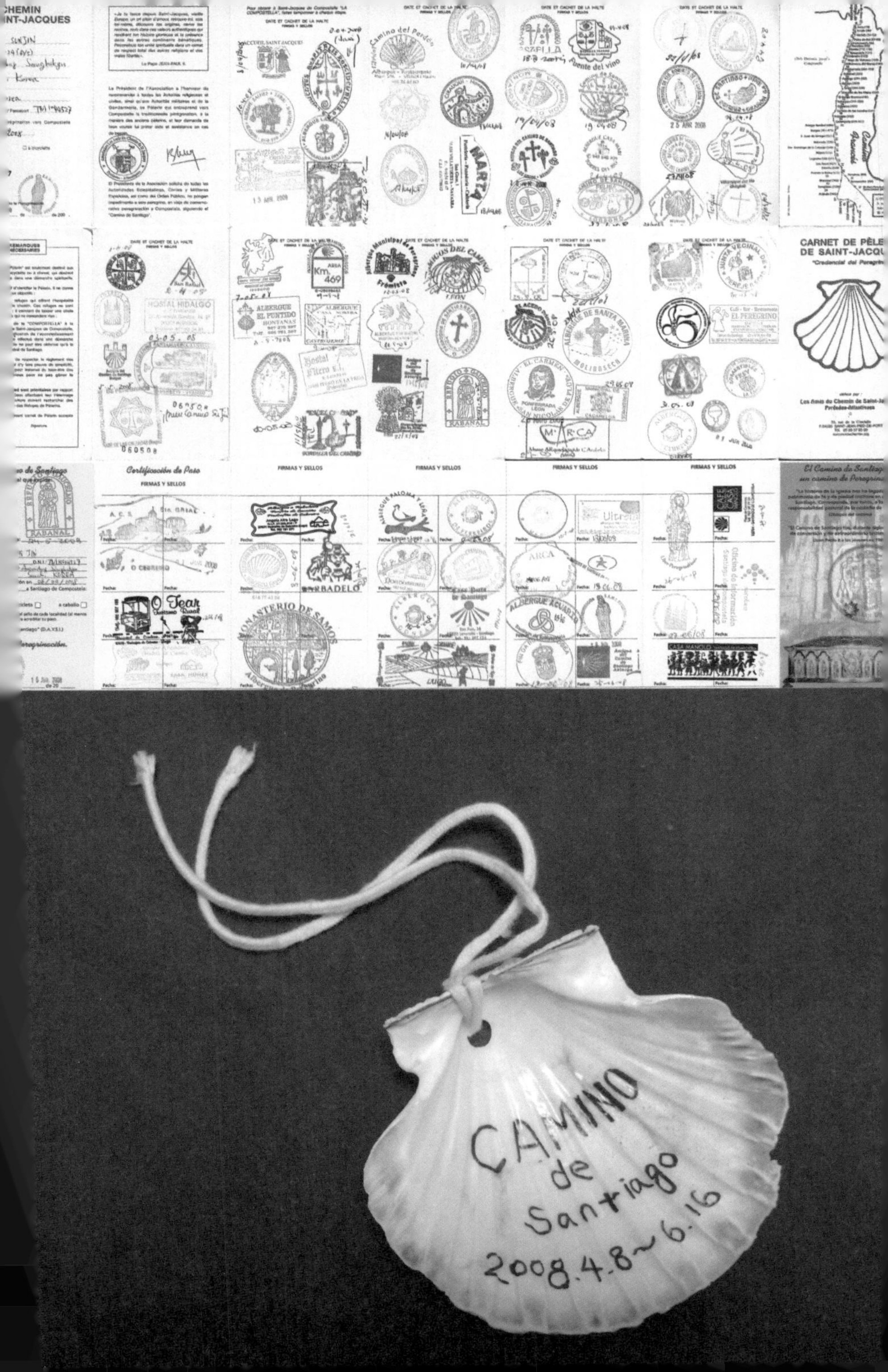
Certificación de Paso
FIRMAS Y SELLOS
CAMINO
de
Santiago
2008.4.8~6.16

"까미노의 마법은 길이 아니라 사람이다."

생전 처음 보는 사람의 하품하는 입에 손을 집어넣는 30대 처자를 본 적이 있는가? 아니면, 술주정으로 윤동주의 〈별 헤는 밤〉을 외는 사람은? 특히나 철지난 개그를 하며 눈을 말똥말똥 뜨고 웃겨 죽겠다는 모종의 반응을 기다리고 있는 모습을 보면 한숨이 절로 나온다. 길에서 온갖 만화 주제가를 불러대는데, 아마 서양 사람들은 그게 일종의 행군가려니 생각했을 것이다.

이런 순진 누나를 만난 뒤 나의 많은 것들이 변했다. 누나를 처음 만난 날의 내 일기를 보면 이런 말이 적혀 있다. "해답은 길이 아니라 사람에 있었다. 까미노의 마법은 길이 아니라 사람이다"라고. 꽉 막혔던 마음의 배수로에 물꼬를 터준 사람. 나에게 있어서 순진 누나는 그런 존재다.

—손병철

바느질하는 병철

콧노래가 절로 나와요. ♬♪

마법, 우주, 별, 사랑, 인디고 아이들…… 만난 지 한 시간도 안 돼 그녀에게 들은 이야기들이다. 처음 보았을 때부터 범상치 않음을 느꼈지만 지금도 그녀의 이야기를 들을 때마다 4차원적이면서도 성숙하고, 철학적이면서도 아이처럼 순수한 그녀를 느끼곤 한다.

초고속 시대에 걸맞게 까미노 위에서도 시속 6킬로미터로 빠르게 걷던 내게 그녀와 함께 걷게 된 그날부터 변화가 일어났다. 무언가 꼭 말로 설명할 수는 없지만 우리는 서로의 아픔, 상처, 기쁨, 행복을 나누는 방법과 길 위에 내려놓는 방법을 그렇게 공유했을지도 모르겠다.

다시 만나 행복해요.

오랜만에 만난 손과 발이
무심한 주인을 성토하고 있다.

그렇게 꽤 많은 것을 나눈 것 같지만 아직도 알 수 없는 그녀…… 그저 '똥' 이야기를 좋아하는 그녀, 처음 만난 사람에게 마법과 사랑과 별을 논하던 그녀, 시소에 엉덩방아를 찧으면서 해맑게 웃던 그녀를 떠올리면 오묘한 미소가 번져올 뿐.

—김효정

어느 날, 푼수 끼를 가미한 천진함과 진지한 모습으로 다른 이들을 끌어들이는 순진과 다리가 아픈 그녀를 위해 초저속으로 함께 걷는 두 친구를 만났다. 다들 열심히 발걸음을 재촉하는 이 길에서 다른 이들을 모두 앞으로 보내며 천천히 걷는 이 젊은 청년들은 내게 의외의 신선함을 주었다. 이렇게 길은 늘 새로워지는 것이다.

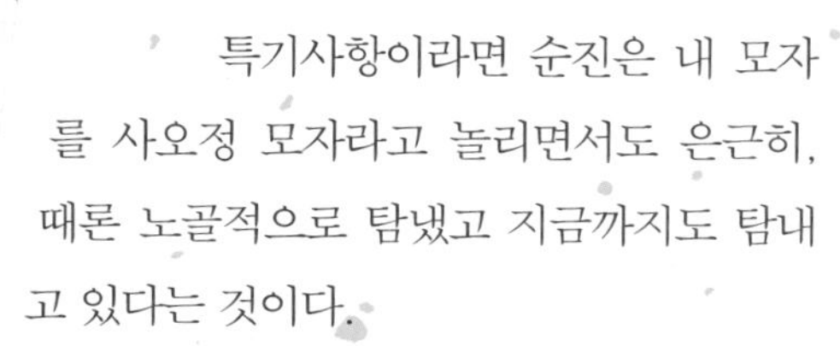

특기사항이라면 순진은 내 모자를 사오정 모자라고 놀리면서도 은근히, 때론 노골적으로 탐냈고 지금까지도 탐내고 있다는 것이다.

—변승식 요한보스꼬

순진은 까미노에 오는 게 오랜 꿈이었다고 했다. 하지만 그녀는 어릴 적부터 원인 모를 다리 통증으로 심한 고통을 겪고 있었다. 그녀는 아주 느리게 하루 5~8킬로미터씩 걷고 있었다. 이탈리아인이 순진에게 물었다. "너는 가톨릭이니?" "아뇨, 하지만 저는 신을 찾고 있어요." 그녀는 한 손으로 하늘을 떠받치며 말했다. "한 걸음 디딜 때마다, 저는 그분의 뜻을 여쭈어요. 그리고 다음 걸음을 내딛을 힘을 달라고 기도해요." 나는 속으로 말했다. '그녀가 가톨릭이 아니라면 누가 가톨릭이며, 누가 진정 위대하고 선하며 용기 있는 사람인가! 그녀는 천사다!' 그리고 헤어진 지 40일 뒤, 산티아고 성당 앞에서 우리는 다시 만났다. 우린 함께 울고 웃으며 부둥켜안았다. 순진은 그 걸음으로 산티아고까지 왔다고 했다. 놀라운 일이었다. 노인은 그렇게 천사와 다시 만났다.

—마샬 오윌레

재회의 저녁
향긋한 여름 내음으로 가득하다.

샨티 회원제도 안내

샨티는 사람과 사람, 사람과 자연, 사람과 신과의 관계 회복에 보탬이 되는 책을 내고자 합니다. 만드는 사람과 읽는 사람이 직접 만나고 소통하고 나누기 위해 회원제도를 두었습니다. 책의 내용이 글자에서 머무는 것이 아니라 우리의 삶으로 젖어들 수 있도록 함께 고민하고 실험하고자 합니다. 여러분들이 나누어주시는 선한 에너지를 바탕으로 몸과 마음과 영혼에 밥이 되는 책을 만들고, 즐거움과 행복, 치유와 성장을 돕는 자리를 만들어 더 많은 사람들과 고루 나누겠습니다.

샨티의 회원이 되시면

샨티 회원에는 잎새 · 줄기 · 뿌리(개인/기업)회원이 있습니다. 잎새회원은 회비 10만 원으로 샨티의 책 10권을, 줄기회원은 회비 30만 원으로 33권을, 뿌리회원은 개인 100만 원, 기업/단체는 200만 원으로 100권을 받으실 수 있습니다. 그 외에도,

- 추가로 샨티의 책을 구입할 경우 20~30%의 할인 혜택을 드립니다.
- 신간 안내 및 각종 행사와 유익한 정보를 담은 〈샨티 소식〉을 보내드립니다.
- 샨티가 주최하거나 후원·협찬하는 행사에 초대하고 할인 혜택도 드립니다.
- 뿌리회원의 경우, 샨티의 모든 책에 개인 이름 또는 회사 로고가 들어갑니다.
- 모든 회원은 아래에 소개된 샨티의 친구 회사에서 프로그램 및 물건을 이용 또는 구입하실 때 할인 혜택을 받을 수 있습니다.

- 건강을 향한 첫걸음 '제대로 걷기 강좌(체형 및 워킹 교정)' 20~30% 할인
  070-7777-7713, http://blog.naver.com/supsaeng
- 문성희의 '평화가 깃든 밥상' 요리강좌 수강료 10% 할인
  070-8814-9956, http://cafe.daum.net/tableofpeace
- 오늘 행복하고 내일 부자되는 '포도재무설계' 재무 상담료 20% 할인
  http://www.podofp.com
- 대안교육잡지《민들레》정기 구독료 20% 할인 http://www.mindle.org
- 설아다원 유기농 녹차 10% 할인 http://www.seoladawon.co.kr

회원제도에 대한 자세한 사항은 샨티 블로그 http://blog.naver.com/shantibooks를 참조하십시오.

산티의 뿌리회원이 되어
'몸과 마음과 영혼의 평화를 위한 책'을 만들고 나누는 데
함께해 주신 분들께 깊이 감사드립니다.

뿌리회원(개인)

이슬, 이원태, 최은숙, 노을이, 김인식, 은비, 여랑, 윤석희, 하성주, 김명중, 산나무, 일부, 박은미, 정진용, 최미희, 최종규, 박태웅, 송숙희, 황안나, 최경실, 유재원, 홍윤경, 서화범, 이주영, 오수익, 문경보, 최종진, 여고운, 조성환, 김영란, 풀꽃, 백수영, 황지숙, 박재신, 염진섭, 이현주, 이재길, 이춘복, 장완, 한명숙, 이세훈, 이종기, 현재연, 문소영, 유귀자, 윤홍용, 김종휘, 이성모, 보리, 문수경, 전장호, 이진, 최애영, 김진회, 백예인, 이강선, 박진규, 이욱현, 최훈동, 이상운, 이산옥, 김진선, 심재한, 안필현, 육성철, 신용우, 곽지희, 전수영, 기숙희, 김명철, 장미경, 정정희, 변승식, 주중식, 이삼기, 홍성관, 이동현, 김혜영, 김진이, 추경희, 물다운, 서곤, 강서진, 이조완, 조영희, 이다겸, 이미경

뿌리회원(단체/기업)

주/김정문알로에 KIM JEONG MOON ALOE CO., LTD.
한경재단
design Vita

사단법인 한국가족상담협회·한국가족상담센터
생각과느낌 소아청소년 성인 몸 마음 클리닉

PN풍년

회원이 아니더라도 이메일(shantibooks@naver.com)로 이름과 전화번호, 주소를 보내주시면 독자회원으로 등록되어 신간과 각종 행사 안내를 이메일로 받아보실 수 있습니다.

전화 : 02-3143-6360 팩스 : 02-338-6360
이메일 : shantibooks@naver.com